中国古典文学名著

十二楼

[清] 李渔 著

华夏出版社
HUAXIA PUBLISHING HOUSE

图书在版编目（CIP）数据

十二楼／（清）李渔著. —北京：华夏出版
社，2013.01（2024.09重印）
（中国古典文学名著丛书）
ISBN 978-7-5080-6349-2

Ⅰ. ①十… Ⅱ. ①李… Ⅲ. ①话本小说-作品集-中
国-清代 Ⅳ. ①I242.3

中国版本图书馆 CIP 数据核字（2011）第 080865 号

出版发行：**华夏出版社**
（北京市东直门外香河园北里 4 号　邮编 100028）
经　　销：新华书店
印　　制：永清县晔盛亚胶印有限公司
版　　次：2013 年 01 月北京第 1 版
　　　　　2024 年 09 月北京第 2 次印刷
开　　本：670×970　1/16 开
印　　张：12.5
字　　数：185.5 千字
定　　价：30.00 元

前　言

　　《十二楼》又名《觉世名言十二楼》、《觉世名言》,是清代著名孤本白话短篇小说集。全书共十二卷三十八回,每卷写一个故事,每个故事都涉及一座楼阁,人物命运与情节发展均与楼有关,故命名为"十二楼"。

　　《十二楼》的作者李渔(1611～1679),字笠鸿、谪凡,号笠翁,浙江兰溪人,是明末清初著名的文学家、戏曲家。读者一般都熟知李渔的戏曲剧作《比目鱼》、《风筝误》和戏曲理论著作《闲情偶寄》。其实,在李渔的创作生涯中,虽然戏剧创作是主要的,但小说创作也成绩斐然,他的小说在当时风靡一时。李渔是继冯梦龙、凌濛初之后影响最大、最富有创作个性的白话短篇小说家。李渔在创作小说时,加以戏曲理论指导,形成了其独有的风格和特点。这在《十二楼》中表现最为突出。

　　作者把戏剧创作的手法和技巧搬到小说创作中来,使小说具有鲜明的艺术特色。《十二楼》的每个故事都主题鲜明,线索明晰,中心人物贯穿始终,在叙述过程中决不横生枝蔓;情节设计新颖奇特,悬念丛生,出人意表,但衔接上自然合理,不留破绽;结局在意料之外、情理之中;语言通俗浅显易懂,生动流利,涉笔成趣,具有很强的娱乐功能。但小说毕竟不同于戏剧,用戏剧的创作手法来创作小说,有时情节显得过于单纯,重故事而轻人物;有时过分逐奇弄巧,失之于轻佻薄俗,损害了作品的艺术性。但总的来看,《十二楼》在艺术上是成功的,在清代白话短篇小说中可推为上乘之作。

　　《十二楼》的思想内容相当复杂。它在一定程度上反映了当时的社会生活,有着进步的思想意义。比如,在《萃雅楼》、《鹤归楼》中能看到对统治阶级集团上层人物丑恶灵魂和残暴本质的揭露和鞭挞;《生我楼》、《奉先楼》从表面上看是破镜重圆的喜剧故事,而实际上描写的是千家万户妻离子散、流离失所的辛酸,反映了明末清初的社会动乱、造成人民颠沛流离的现实,表达了作者对劳动人民的同情;《夺锦楼》、《拂云楼》借青年男女的爱情波折,批判了封建礼教对青年恋爱婚姻的禁锢,批判了封建社会的门第观念与嫌贫爱富的市侩哲学,热情地肯定了青年男女为反抗封建束缚,追求婚姻自由所进行的斗争。但是,《十二楼》中所表现出的思想糟粕也是显而易见的。比如,在反映人民流离之苦的几篇小说中,有诋毁明末农民起义的内容;在劝善惩恶一类的小说中,也大都充斥着封建伦理道德的的说教;在描写爱情、婚姻和两性关系的作品中,主张并赞赏一夫多妻制,甚至有时把爱情和性爱相混淆,自觉或不自觉地宣扬封建享乐主义,并夹杂着低级庸俗的猥亵描写,这些是我们在阅读时应当予以批判的。

在这次再版中,我们约请了相关学者对原书进行了大量的较为精细的校勘、补正和释义,对原书原来缺字的地方用□表示了出来。希望尽量为读者扫除阅读障碍。由于时间仓促,水平有限,难免有疏漏之处,望各位专家及广大读者予以指正。

编　者

2011 年 3 月

序

　　觉道人山居稽古，得楼之事类，凡十有二。其说咸可喜。推而广之，于劝惩不无助。于是新编《十二楼》，复裒然成书。手以视余，且属言其端。余披阅一过，喟然叹觉道人之用心，不同于恒人也！

　　盖自说部逢世，而侏儒牟利。苟以求售，其言猥亵鄙靡，无所不至，为世道人心之患者无论矣。即或志存扶植，而才不足以达其辞，趣不足以辅其理，块然幽闷，使观者恐卧，而听者反走，则天地间又安用此无味之腐谈哉！

　　今是编以通俗语言，鼓吹经传；以人情啼笑，接引顽痴：殆老泉所谓"苏、张无其心，而龙、比无其术者"欤？

　　夫妙解连环，而要之不诡于大道。即施、罗二子，斯秘未睹，况其下者乎？语云："为善如登。"觉道人将以是编偕一世人结欢喜缘，相与携手徐步而登此十二楼也。使人忽忽忘为善之难而贺登天之易，厥功伟矣！道人尝语余云："吾于诗文，非不究心，而得志愉快，终不敢以稗史为末技。"嗟乎！诗文之名诚美矣，顾今之为诗文者，岂诗文哉？是曾不若吹篪蹴鞠，而可以傲入神之艺乎？吾谓与其以诗文造业，何如以稗史造福；与其以诗文贻笑，何如以稗史名家。

　　昔李伯时工绘事而好画马，昙秀师呵之，使画大士。今觉道人之稗史，固画大士者也。吾愿从此益为之不倦，虽四禅天不难到，岂第十二楼哉。

　　顺治戊戌中秋日钟离濬水题。

目　录

合影楼

第 一 回

防奸盗刻意藏形　起情氛无心露影

词云：

世间欲断钟情路，男女分开住。掘条深堑在中间，使他终身不度
是非关。

堑深又怕能生事，水满情偏炽。绿波惯会做红娘，不见御沟流出
墨痕香。

——右调《虞美人》

这首词，是说天地间越礼犯分之事，件件可以消除，独有男女相慕之
情，枕席交欢之谊，只除非禁于未发之先；若到那男子妇人动了念头之后，
莫道家法无所施，官威不能摄，就使玉皇大帝下了诛夷之诏，阎罗天子出
了缉获的牌，山川草木尽作刀兵，日月星辰皆为矢石，他总是拼了一死，定
要去遂心之愿。觉得此愿不了，就活上几千岁，然后飞升，究竟是个鳏寡
神仙。此心一遂，就死上一万年不得转世，也还是个风流鬼魅。到了这怨
生慕死的地步，你说还有什么法则可以防御得他？所以惩奸遏欲之事，定
要行在未发之先。未发之先，又没有别样禁法，只是严分内外，重别嫌疑，
使男女不相亲近而已。

儒书云："男女授受不亲。"道书云："不见可欲，使心不乱。"这两句
话，极讲得周密。男子与妇人，亲手递一件东西，或是相见一面，他自他，
我自我，有何关碍，这等防得森严？要晓得古圣先贤，也是有情有欲的人，
都曾经历过来，知道一见了面，一沾了手，就要把无意之事，认作有心，不
容你自家做主，要颠倒错乱起来。譬如妇人取一件东西，递与男子，过手
的时节，或高或下，或重或轻，总是出于无意。当不得那接手的人，常要画
蛇添足：轻的说他故示温柔；重的说他有心戏谑；高的说他提心在手，何异

举案齐眉；低的说他借物丢情，不啻抛球掷果。想到此处，就不好辜其来意，也要弄些手势答他。焉知那位妇人不肯将错就错。这本风流戏文，就从这件东西上做起了。

至于男女相见，那种眉眼招灾、声音起祸的利害，也是如此。所以只是不见不亲的妙。不信，但引两对古人做个证验：李药师所得的红拂妓，当初关在杨越公府中，何曾知道男子面黄面白？崔千牛所盗的红绡女，立在郭令公身畔，何曾对着男子说短说长？只为家主公要卖弄豪华，把两个得意侍儿与男子见得一面，不想她五个指头、一双眼睛就会说起话来。及至机心一动，任你铜墙铁壁，也禁她不住。私奔的私奔出去，窃负的窃负将来。若还守了这两句格言，使他"授受不亲"，"不见可欲"，哪有这般不幸之事？

我今日这回小说，总是要使齐家之人，知道防微杜渐，非但不可露形，亦且不可露影，不是单阐风情，又替才子佳人辟出一条相思路也。

元朝至正年间，广东韶州府曲江县有两个闲住的缙绅：一姓屠，一姓管。姓屠的由黄甲起家，官至观察之职；姓管的由乡贡起家，官至提举之职。他两个是一门之婿，只因内族无子，先后赘在家中。才情学术，都是一般，只有心性各别：管提举古板执拗，是个道学先生；屠观察跌宕豪华，是个风流才子。两位夫人的性格，起先原是一般，只因各适所夫，受了形于之化，也渐渐的相背起来：听过道学的，就怕讲风情；说惯风情的，又厌闻道学。这一对连襟、两个姊妹，虽是嫡亲瓜葛，只因好尚不同，互相贬驳，日复一日，就弄做仇家敌国一般。起先还是同居，到了岳丈、岳母死后，就把一宅分为两院。凡是界限之处，都筑了高墙，使彼此不能相见。独是后园之中，有两座水阁：一座面西的，是屠观察所得；一座面东的，是管提举所得。中间隔着池水，正合着唐诗二句：

> 遥知杨柳是门处，似隔芙蓉无路通。

陆地上的界限，都好设立墙垣，独有这深水之中，下不得石脚，还是上连下隔的。

论起理来，盈盈一水，也当得过黄河天堑？当不得管提举多心，还怕这位姨夫要在隔水间花之处，窥视他的姬妾。就不惜工费，在水底下立了石柱，水面上架了石板，也砌起一带墙垣，分了彼此，使他眼光不能相射。

从此以后,这两户人家,莫说男子与妇人,终年不得谋面;就是男子与男子,一年之内,也会不上一两遭。

却说屠观察生有一子,名曰珍生;管提举生有一女,名曰玉娟:玉娟长珍生半岁。两个的面貌,竟像一副印板印下来的。只因两位母亲,原是同胞姊妹,面容骨骼,相去不远,又且娇媚异常。这两个孩子,又能各肖其母,在襁褓的时节,还是同居,辨不出谁珍谁玉。有时屠夫人把玉娟认做儿子,抱在怀中饲奶;有时管夫人把珍生认做女儿,搂在身边睡觉。后来竟习以为常,两母两儿互相乳育。有《诗经》二句道得好:

　　　　螟蛉①有子,式榖②似之。

从来孩子的面貌,多肖乳娘,总是血脉相荫的缘故。

同居之际,两个都是孩子,没有知识,面貌像与不像,他也不得而知。直到分居析产之后,垂髫③总角之时,听见人说,才有些疑心,要把两副面容合来印正一印正,以验人言之确否。却又咫尺之间,分了天南地北,这两副面貌印正不成了。再过几年,他两人的心事就不谋而合,时常对着镜子,赏鉴自家的面容,只管啧啧赞羡道:“我这样人物,只说是天下无双,人间少二的了,难道还有第二个人,赶得我上不成?”他们这番念头,还是一片相忌之心,并不曾有相怜之意。只说九分相合,毕竟有一分相歧,好不到这般地步,要让他独擅其美。哪里知道,相忌之中,就埋伏了相怜之隙,想到后面做出一本风流戏来。

玉娟是个女儿,虽有其心,不好过门求见。珍生是个男子,心上思量道:“大人不相合,与我们孩子无干。便时常过去走走,也不失亲亲之义。姨娘可见,表妹独不可见乎?”就忽然破起格来,竟走过去拜谒。哪里知道,那位姨翁预先立了禁约,却像知道的一般,竟写几行大字,贴在厅后道:

　　　　凡系内亲,勿进内室。本衙止别男妇,不问亲疏,各宜体谅。

珍生见了,就立住脚跟,不敢进去。只好对了管公,请姨娘、表妹出来拜见。管公单请夫人见了一面,连“小姐”二字,绝不提起。及至珍生再

---

①　螟蛉——一种绿色小虫,古时用以比喻义子。

②　榖(gǔ)——养育。

③　垂髫(tiáo)——古时童子头发下垂。借指童年或儿童。

请,他又假示龙钟,茫然不答。珍生默喻其意,就不敢固请,坐了一会,即便告辞。

既去之后,管夫人问道:"两姨姊妹,分属表亲,原有可见之理,为什么该拒绝他?"管公道:"夫人有所不知,'男女授受不亲'这句话头,单为至亲而设;若还是陌路之人,他何由进我的门,何由入我之室?既不进门入室,又何须分别嫌疑?单为碍了亲情,不便拒绝,所以有穿房入户之事。这分别嫌疑的礼数,就由此而起。别样的瓜葛,亲者自亲,疏者自疏,皆有一定之理。独是两姨之子,姑舅之儿,这种亲情,最难分别:说他不是兄妹,又系一人所出,似有共体之情;说他竟是兄妹,又属两姓之人,并无同胞之义。因在似亲似疏之间,古人委决不下,不曾注有定义,所以泾渭难分,彼此互见,以致有不清不白之事做将出来。历观野史传奇,儿女私情,大半出于中表,皆因做父母的,没有真知灼见,竟把他当了兄妹,穿房入户,难以提防,所以混乱至此。我乃主持风教的人,岂可不加辨别,仍蹈世俗之陋规乎!"夫人听了,点头不已,说他讲得极是。

从此以后,珍生断了痴想,玉娟绝了妄念,知道家人的言语印正不来。随他像也得,不像也得;丑似我也得,好似我也得,一总不去计论他。

偶然有一日,也是机缘凑巧,该当遇合。岸上不能相会,竟把两个影子,放在碧波里面印正起来。有一首现成绝句,就是当年的情景。其诗云:

绿树阴浓夏日长,楼台倒影入池塘。

水晶帘动微风起,并作南来一味凉。

时当仲夏,暑气困人,这一男一女,不谋而合都到水阁上纳凉。只见清风徐来,水波不兴,把两座楼台的影子,明明白白倒竖在水中。玉娟小姐定睛一看,忽然惊讶起来道:"为什么我的影子,倒去在他家?形影相离,大是不祥之兆。"疑惑一会,方才转了念头,知道这个影子,就是平时想念的人:"只因科头而坐,头上没有方巾,与我辈妇人一样,又且面貌相同,故此疑他作我。"想到此处,方才要印正起来,果然一线不差,竟是自己的模样。既不能够独擅其美,就未免要同病相怜,渐渐有个怨怅爷娘不该拒绝亲人之意。

却说珍生倚栏而坐,忽然看见对岸的影子,不觉惊喜跳跃,凝眸细认一番,才知道人言不谬。风流才子的公郎,比不得道学先生的令爱:意气多而涵养少。那些童而习之的学问,等不到第二次就要试验出来,对着影子,轻轻的唤道:"你就是玉娟姐姐么? 好一副面容,果然与我一样。为什么不合在一处做了夫妻?"说话的时节,又把一双玉臂对着水中,却像要捞起影子,拿来受用的一般。

玉娟听了此言,看了此状,那点亲爱之心,就愈加歆①动起来。也想要答他一句,回他一手,当不得家法森严:逾规越检的话,从来不曾讲过;背礼犯分之事,从来不曾做过,未免有些碍手碍口。只好把满腹衷情,付之一笑而已。屠珍生的风流诀窍,原是有传授的。但凡调戏妇人,不问他肯不肯,但看他笑不笑。只消朱唇一裂,就是好音。这副同心带儿,已结在影子里面了。

从此以后,这一男一女,日日思想纳凉,时时要来避暑。又不许丫环服侍,伴当追随,总是孤凭画阁,独倚雕栏,好对着影子说话。大约珍生的话多,玉娟的话少,只把手语传情,使他不言而喻。恐怕说出口来,被爷娘听见,不但受鞭箠②之苦,亦且有性命之忧。

这是第一回,单说他两个影子相会之初,虚空模拟的情节。但不知见形之后,实事何如,且看下回分解。

---

①　歆(xīn)——羡慕。

②　箠(chuí)——鞭打。

第 二 回

受骂翁代图好事　被弃女错害相思

　　却说珍生与玉娟自从相遇之后，终日在影里盘桓，只可恨隔了危墙，不能够见面。偶然有一日，玉娟因睡魔缠扰，起得稍迟，盥栉①起来，已是巳牌时候。走到水阁上面，不见珍生的影子，只说他等我不来，又到别处去了。谁想回头一看，那个影子忽然变了真形，立在他玉体之后，张开两手，竟要来搂抱她。这是什么缘故？只为珍生蓄了偷香之念，乘她未至，预先赴水过来，藏在隐僻之处，等她一到，就钻出来下手。

　　玉娟是个胆小的人，要说句私情话儿，尚且怕人听见，岂有青天白日对了男子，做那不尴不尬的事，没有人捉奸之理？就大叫一声"呵呀"，如飞避了进去。一连三五日，不敢到水阁上来。看官，要晓得这番举动，还是提举公家法森严，闺门谨饬的效验。不然，就有真赃实犯的事做将出来。这段奸情，不但在影似之间而已了。

　　珍生见他喊避，也吃了一大惊，翻身跳入水中，跟跄而去。

　　玉娟那番光景，一来出于仓皇，二来迫于畏惧，原不是有心拒绝他。过了几时，未免有些懊悔，就草下一幅诗笺，藏在花瓣之内。又取一张荷叶，做了邮筒，使他入水不濡。张见珍生的影子，就丢下水去道："那边的人儿，好生接了花瓣。"

　　珍生听见，惊喜欲狂，连忙走下楼去，拾起来一看，却是一首七言绝句。

　　其诗云：

　　　　绿波摇漾最关情，何事虚无变有形？

　　　　非是避花偏就影，只愁花动动金铃。

　　珍生见了，喜出望外，也和他一首，放在碧筒之上，寄过去道：

　　　　惜春虽爱影横斜，到底如看梦里花。

---

　　① 栉(zhì)——梳头发。

但得冰肌亲玉骨，莫将修短问韶华。

玉娟看了此诗，知道他色胆如天，不顾生死，少不得还要过来，终有一场奇祸。又取一幅花笺，写了几行小字，去禁止他道：

初到止于惊避，再来未卜存亡。

吾翁不类若翁，我死同于汝死。

戒之，慎之！

珍生见她回得决裂，不敢再为佻达①之词，但写几句恳切话儿，以订婚姻之约。

其字云：

家范固严，杞忧亦甚。既杜桑间之约，当从冰上之言②。所虑吴越相衔，朱陈难合，尚俟徐觇动静，巧觅机缘。但求一字之贞，便矢终身之义。

玉娟得此，不但放了愁肠，又且合他本念，就把婚姻之事，一口应承，复他几句道：

既删《郑》《卫》，当续《周南》。愿深"窈窕"之求，勿惜"参差"之采。此身有属，之死靡他。倘背厥天，有如皎日！

珍生览毕，欣慰异常。

从此以后，终日在影中问答，形外追随。没有一日，不做几首情诗。做诗的题目，总不离一个"影"字。未及半年，珍生竟把唱和的诗稿汇成一帙，题曰《合影编》。放在案头，被父母看见，知道这位公郎是个肖子，不唯善读父书，亦且能成母志，倒欢喜不过，要替他成就姻缘。只是逆料那个迂儒，断不肯成人之美。

管提举有个乡贡同年，姓路，字子由，做了几任有司，此时亦在林下。他的心体，绝无一毫沾滞。既不喜风流，又不讲道学。听了迂腐的话，也不见攒眉；闻了鄙亵之言，也未尝洗耳。正合着古语一句："在不夷不惠之间。"故此与屠、管二人都相契厚。屠观察与夫人商议，只有此老可以做得媒人，就亲自上门求他作伐，说："敝连襟与小弟素不相能，望仁兄以和羹妙手调剂其间，使冰炭化为水乳，方能有济。"路公道："既属至亲，原

---

①　佻（tiāo）达——同佻佅（tà），轻薄。

②　冰上之言——媒人之言。

该缔好。当效犬马之力。"

一日,会了提举,问他:"令爱芳年,曾否许配?"等他回了几句,就把观察所托的话,婉婉转转说去说他。管提举笑而不答。因有笔在手头,就写几行大字在几案之上道:

素性不谐,矛盾已久。方著绝交之论,难遵缔好之言。欲求亲上加亲,何啻梦中说梦。

路公见了,知道他不可再强,从此以后,就绝口不提。走去回复观察,只说他坚执不允;把书台回复的狠话,隐而不传。

观察夫妇就断了念头,要替儿子别娶。又闻得人说路公有个螟蛉之女,小字锦云,才貌不在玉娟之下。另央一位媒人,走去说合。路公道:"婚姻大事,不好单凭己意,也要把两个八字合一合婚。没有刑伤损克,方才好许。"观察就把儿子的年庚,封与媒人送去。路公拆开一看,惊诧不已。原来珍生的年庚,就是锦云的八字。这一男一女,竟是同年同月同日同时的。路公道:"这等看来,分明是天作之合,不由人不许了,还有什么狐疑?"媒人照他的话过来回复。观察夫妇欢喜不了,就瞒了儿子,定下这头亲事。

珍生是个伶俐之人,岂有父母定下婚姻,全不知道的理?要晓得这位郎君,自从遇了玉娟,把三魂七魄倒附在影子上去。影子便活泼不过,那副形骸肢体竟像个死人一般:有时叫他也不应,问他也不答。除了水阁不坐,除了画栏不倚。只在那几尺地方走来走去,又不许一人近身。所以家务事情无由入耳,连自己婚姻定了多时,还不知道。倒是玉娟听得人说,只道他背却前盟,切齿不已,写字过来怨恨他,他才有些知觉。走去盘问爷娘,知道委曲,就号啕痛哭起来,竟像小孩子撒赖一般,倒在爷娘怀里,要死要活,硬逼他去退亲。又且痛恨路公,呼其名而辱骂说:"姨丈不肯许亲,都是他的鬼话。明明要我做女婿,不肯让与别人,所以借端推托。若央别个做媒,此时成了好事,也未见得。"千乌龟,万老贼,骂个不了。观察要把大义责他,只因骄纵在前,整顿不起。又知道:"儿子的风流,原是看我的样子。我不能自断情欲,如何禁止得他?"所以一味优容,只劝他:"暂缓愁肠,待我替你划策。"珍生限了时日,要他一面退亲,一面图谋好事;不然,就要自寻短计,关系他的宗祧。

观察无可奈何,只得负荆上门,预先请过了罪,然后把儿子不愿的话直告路公。路公变起色来道："我与你是何等人家，岂有结定婚姻，又行反复之理！亲友闻之，岂不唾骂。令郎的意思，既不肯与舍下联姻，毕竟心有所属，请问要聘哪一家？"观察道："他的意思，注定在管门。知其必不可得，决要希图万一，以俟将来。"路公听了，不觉掩口而笑，方才把那日说亲、书台回复的狠话直念出来。观察听了，不觉泪如雨下，叹口气道："这等说来，豚儿的性命决不能留，小弟他日必为'若敖之鬼'①矣。"路公道："为何至此？莫非令公郎与管小姐有了什么勾当，故此分拆不开？"观察道："虽无实事，颇有虚情。两副形骸，虽然不曾会合；那一对影子，已做了半载夫妻。如今情真意切，实是分拆不开。老亲翁何以救我？"说过之后，又把《合影编》的诗稿递送与他，说是一本风流孽账。

路公看过之后，怒了一回，又笑起来道："这桩事情，虽然可恼，却是一种佳话。对影钟情，从来未有其事，将来必传。只是为父母的不该使他至此。既已至此，哪得不成就他？也罢，在我身上替他生出法来，成就这桩好事。宁可做小女不着，冒了被弃之名，替他别寻配偶罢。"观察道："若得如此，感恩不尽。"

观察别了路公，把这番说话报与儿子知道。珍生转忧作喜，不但不骂，又且歌功颂德起来。终日催促爷娘，去求他早筹良计。又亲自上门，哀告不已。路公道："这桩好事不是一年半载做得来的，且去准备寒窗，再守几年孤寡。"

路公从此以后，一面替女儿别寻佳婿，一面替珍生巧觅机缘，把悔亲的来历在家人面前绝不提起。一来虑人笑耻，二来恐怕女儿知道，学了人家的样子，也要不尴不尬起来。倒说女婿不中意，恐怕误了终身，自家要悔亲别许。哪里知道儿女心多，倒从假话里面弄出真事故来。

却说锦云小姐，未经悔议之先，知道才郎的八字与自己相同，又闻得那副面容俊俏不过，方且自庆得人，巴不得早完亲事。忽然听见悔亲，不觉手忙脚乱。那些丫环侍妾，又替她埋怨主人说："好好一头亲事，已结成了，又替他拆开！使女婿上门哀告，只是不许。既然不许，就该断绝了他，为什么又应承作伐，把个如花似玉的女婿送与别人！"锦云听见，痛恨

---

① 若敖之鬼——若敖：复姓。周代楚王熊罴生子熊仪，命名为若敖，后即沿为姓氏。若敖氏的鬼因灭宗，无人祭祀而挨饿。比喻子孙断绝，没有后代。

不已,说:"我是他螟蛉之女,自然痛痒不关。若还是亲生自养,岂有这等不情之事!"恨了几日,不觉生起病来。俗语讲得好:

说不出的,才是真苦。

挠不着的,才是真痛。

她这番心事,说又说不出,只好郁在胸中,所以结成大块,攻治不好。

男子要离绝妇人,妇人反思念男子,这种相思,自开辟以来不曾有人害得。看官们看到此处,也要略停慧眼,稍掬愁眉,替她存想存想。且看这番孽障,后来如何结果。

第 三 回

堕巧计爱女嫁媒人　凑奇缘媒人赔爱女

却说管提举的家范原自严谨，又因路公来说亲，增了许多疑虑，就把墙垣之下、池水之中，填以瓦砾，覆以泥土，筑起一带长堤。又时常着人伴守，不容女儿独坐。从此以后，不但形骸隔绝，连一对虚空影子，也分为两处，不得相亲。珍生与玉娟，又不约而同做了几首《别影》诗附在原稿之后。

玉娟只晓得珍生别娶，却不知道他悔亲，深恨男儿薄幸，背了盟言，误得自己不上不下。又恨路公怀了私念，把别人的女婿攘为己有，媒人不做，倒反做起岳丈来。可见说亲的话，并非忠言，不过是勉强塞责，所以父亲不许。一连恨了几日，也渐渐的不茶不饭，生起病来。

路小姐的相思，叫做错害。管小姐的相思，叫做错怪。害与怪虽然不同，其错一也。更有一种奇怪的相思，害在屠珍生身上，一半像路，一半像管。恰好在错害、错怪之间。

这是什么缘故？他见水中墙下筑了长堤，心上思量道："他父亲若要如此，何不行在砌墙立柱之先？还省许多工料。为什么到了此刻，忽然多起事来？毕竟是她自己的意思，知道我聘了别家，竟要断恩绝义，倒在爷娘面前讨好，假妆个贞节妇人，故此叫他筑堤，以示诀绝之意，也未见得。我为她做了义夫，把说成的亲事都回绝了，依旧要想娶她。万一此念果真，我这段痴情向何处着落？闻得路小姐娇艳异常，她的年庚，又与我相合，也不叫做无缘。如今年庚相合的，既回了去；面貌相似的，又娶不来：竟做了一事无成，两相耽误，好没来由。"只因这两条错念，横在胸中，所以他的相思，更比二位佳人害得诧异。想到玉娟身上，就把锦云当了仇人，说她是起祸的根由，时常在梦中咒骂；想到锦云身上，又把玉娟当了仇人，说她是误人的种子，不住在暗里唠叨。弄得父母说张不是，说李不是，只好听其自然。

却说锦云小姐的病体越重，路公择婿之念愈坚；路公择婿之念愈坚，锦云小姐的病体越重。路公不解其意,只说她年大当婚,恐有失时之叹,故此忧郁成病。只要选中才郎,成了亲事,她自然勿药有喜。所以吩咐媒婆,引了男子上门,终朝选择。谁想引来的男子,都是些魑魅魍魉,丫环见了一个,走进去形容体态,定要惊个半死。惊上几十次,哪里还有魂灵,只剩得几茎残骨,一副枯骸,倒在床褥之间,恹恹待毙。

路公见了,方才有些着忙,细问丫环,知道她得病的来历,就翻然自悔道:"妇人从一而终,原不该悔亲别议。她这场大病,倒害得不差,都是我做爷的不是。当初屠家来退亲,原不该就许。如今既许出口,又不好再去强他。况且那桩好事,我已任在身上,大丈夫千金一诺,岂可自食其言?只除非把两头亲事合做一头,三个病人串通一路,只瞒着老管一个,等他自做恶人。直等好事做成,方才使他知道。到那时节,生米煮成熟饭,要强也强不去了。只是大小之间,有些难处。"仔细想了一会,又悟转来道:"当初娥皇、女英,同是帝尧之女,难道配了大舜,也分个妻妾不成?不过是姊妹相称而已。"

主意定了,一面叫丫环安慰女儿,一面请屠观察过来商议说:"有个两便之方,既不令小女二天,又不使管门失节。只是令郎有福,忒煞讨了便宜,也是他命该如此。"观察喜之不胜,问他:"计将安出?"路公道:"贵连襟心性执拗,不便强之以情,只好欺之以理。小弟中年无子,他时常劝我立嗣。我如今只说立了一人,要聘他女儿为媳,他念相与之情,自然应许。等他许定之后,我又说小女尚未定人,要招令郎为婿,屈他做个四门亲家,以终夙昔之好。他就要断绝你,也却不得我的情面。许出了口,料想不好再许别人。待我选了吉日,只说一面娶亲,一面赘婿,把二女一男并在一处,使他各畅怀来,岂不是桩美事?"屠观察听了,笑得一声,不觉拜倒在地,说他"不但有回天之力,亦且有再造之恩"。感颂不了。就把异常的喜信,报与儿子知道。

珍生正在两忧之际,得了双喜之音,如何跳跃得住。他那种诧异相思,不是这种诧异的方术也医他不好。锦云听了丫环的话,知道改邪归正,不消医治,早已拔去病根。只等那一男一女过来就他,好做女英之姊,大舜之妻。此时,三个病人好了两位,只苦得玉娟一个,有了喜信,究竟不得而知。

路公会着提举,就把做成的圈套去笼络他。管提举见女儿病危,原有早定婚姻之意，又因他是契厚同年，巴不得联姻缔好，就满口应承，不做一毫难色。路公怕他食言，隔不上一两日，就送聘礼过门。纳聘之后，又把招赘珍生的话吐露出来。管提举口虽不言，心上未免不快，笑他明于求婚，暗于择婿，前门进人，后门入鬼，所得不偿所失。只因成事不说，也不去规谏他。

玉娟小姐见说自己的情郎赘了路公之女，自己又要嫁入路门，与他同在一处，真是羞上加羞，辱中添辱，如何气愤得了。要写一封密札寄与珍生，说明自家的心事，然后去赴水悬梁，寻个自尽。当不得丫环厮守，父母提防，不但没有寄书之人，亦且没有写书之地。

一日，丫环进来传话说："路家小姐闻得嫂嫂有病，要亲自过来问安。"玉娟闻了此言，一发焦躁不已，只说："她占了我的情人，夺了我的好事，一味心高气傲，故意把喜事骄人，等不得我到她家，预先上门来羞辱。这番歹意，如何依允得她。"就催逼母亲，叫人过去回复。

哪里知道这位姑娘并无歹意，要做个瞒人的喜鹊，飞入耳朵来报信的。只因路公要完好事，知道这位小姐是道学先生的女儿，决不肯做失节之妇，听见许了别人，不知就里，一定要寻短计。若央别个寄信，当不得他门禁森严，三姑六婆无由而入。只得把女儿权做红娘，过去传消递息。

玉娟见说回复不住，只得随她上门。未到之先，打点一副吃亏的面孔，先忍一顿羞惭，等她得志过了，然后把报仇雪耻的话去回复她。不想走到面前，见过了礼，就伸出一双嫩手，在她玉臂之上捏了一把，却像别有衷情，不好对人说得，两下心照的一般。玉娟惊诧不已。一茶之后，就引入房中，问她捏臂之故。

锦云道："小妹今日之来，不是问安，实来报喜。《合影编》的诗稿，已做了一部传奇，目下就要团圆了。只是正旦之外，又添了一脚小旦，你却不要多心。"玉娟惊问其故，锦云把父亲作合的始末细述一番。玉娟喜个不了。只消一剂妙药，医好了三个病人。大家设定机关，单骗着提举一个。

路公选了好日，一面抬珍生进门，一面娶玉娟入室，再把女儿请出洞房，凑成三美，一起拜起堂来。真个好看。只见：

男同叔宝，女类夷光。评品姿容，却似两朵琼花，倚着一根玉树；形容态度，又像一轮皎月，分开两片轻云。那一边，年庚相合，牵来比并，辨不清孰妹孰兄；这一对，面貌相同，卸去冠裳，认不出谁男谁女。把男子推班出色，遇红遇绿，到处成牌；用妇人接羽移宫，鼓瑟鼓琴，皆能合调。允矣，无双乐事；诚哉，对半神仙！

成亲过了三日，路公就准备筵席，诸屠、管二人会亲。又怕管提举不来，另写一幅单笺，夹在请帖之内道：

亲上加亲，昔闻戒矣。梦中说梦，姑妄听之。令为说梦主人，屈作加亲创举，勿以小嫌介意，致令大礼不成。再订。

管提举看了前面几句，还不介怀。直到末后一联，有"大礼"二字，就未免为礼法所拘，不好借端推托。

到了那一日，只得过去会亲。走到的时节，屠观察早已在座。路公铺下毡单，把二位亲翁请在上首，自己立在下首，一同拜了三拜。又把屠观察请过一边，自家对了提举，深深叩过三首，道："起先三拜是会亲，如今三拜是请罪。从前以后，凡有不是之处，俱望老亲翁海涵。"管提举道："老亲翁是个简略的人，为何到了今日，忽然多起礼数来？莫非因人而施，因小弟是个拘儒，故此也作拘儒之套么？"路公道："怎敢如此。小弟自议亲以来，负罪多端，擢发莫数，只求念'至亲'二字，多方原宥。俗语道得好，儿子得罪父亲，也不过是负荆而已，何况儿女亲家。小弟拜过之后，大事已完，老亲翁要施责备，也责备不成了。"管提举不解其意，还只说是谦逊之词。

只见说过之后，阶下两边鼓乐一起吹打起来，竟像轰雷震耳。莫说两人对语，绝不闻声，就是自己说话，也听不出一字。正在喧闹之际，又有许多侍妾拥了对半新人，早已步出画堂，立在毡单之上，俯首躬身，只等下拜。管提举定睛细看，只见女儿一个立在左手，其余都是外人，并不见自家的女婿，就对着女儿高声大喊道："你是何人，竟立在姑夫左手！不唯礼数欠周，亦且浑乱不雅，还不快走开去！"他便喊叫得慌，并没有一人听见。这一男二女，低头竟拜。管提举掉转身来正要回避，不想二位亲翁走到，每人拉住一边，不但不放他走，亦且不容回拜，竟像两块夹板夹住身子的一般，端端正正受了一十二拜。直到拜完之后，两位新人一起走了进去，方才吩咐乐工住了吹打。听管提举变色而道，说："小女拜堂，令郎为何不见？令婿与令爱，与小弟并非至亲，岂有受拜之礼？这番仪节，小弟不解，老亲翁请道其故。"路公道："不瞒老亲翁说，这位令姨侄，就是小弟的螟蛉。小弟的螟蛉，就是亲翁的令婿。亲翁的令婿，又是小弟的东床。他一身充了三役，所以方才行礼，拜了三三九拜。老亲翁是个至明至聪的人，难道还懂不着？"管提举想了一会，再辨不清，又对路公道："这些说话，小弟一字不解，缠来缠去，不得明白。难道今日之来，不是会亲，竟在这边做梦不成？"路公道："小柬上面已曾讲过，'今为说梦主人'，就是为此。要晓得'说梦'二字，原不是小弟创起。当初替他说亲，蒙老亲翁书台回复，那个时节早已种下梦根了。人生一梦耳，何必十分认真？劝你将错就错，完了这场春梦罢。"

提举听了这些话，方才醒悟，就问他道："老亲翁是个正人，为何行此暧昧之事？就要做媒，也只该明讲，怎么设定圈套，弄起我来？"路公道："何尝不来明讲？老亲翁并不回言，只把两句话儿示之以意，却像要我说梦的一般，所以不复明言，只得便宜行事。若还自家弄巧，单骗令爱一位，使亲翁做了愚人，这重罪案就逃不去了。如今舍得自己，赢得他人，方才拜堂的时节，还把令爱立在左首，小女甘就下风，这样公道拐子，折本媒人，世间没有第二个！求你把责人之念稍宽一分，全了忠恕之道罢。"提举听到此处，颜色稍和。想了一会，又问他道："敝连襟舍了小女，怕没有别处求亲？老亲翁除了此子，也另有高门纳彩。为什么把二女配了一夫，定要陷人以不义？"路公道："其中就里，只好付之不言；若还根究起来，只怕方才那三拜，老亲翁该赔还小弟，倒要认起不是来。"

提举听到此处，又重新变起色来道："小弟有何不是？快请说来。"路公道："只因府上的家范过于严谨，使男子妇人不得见面，所以郁出病来。别样的病只害得自己一个，不想令爱的尊恙，与时灾疫症一般，一家过到一家，蔓延不已。起先过与他，后来又过与小女，几乎把三条性命断送在一时。小弟要救小女，只得预先救他。既要救他，又只得先救令爱。所以把三个病人，合来住在一处，才好用药调理。这就是联姻缔好的缘故。老亲翁不问，也不好直说出来。"

提举听了，一发惊诧不已。就把自家坐的交椅，一步一步挪近前来，就着路公，好等他说明就里。路公怕他不服，索性说个尽情，就把对影钟情、不肯别就的始末，一缘二故诉说出来。气得他面如土色，不住的咒骂女儿。

路公道："姻缘所在，非人力之所能为。究竟令爱守贞，不肯失节，也还是家教使然。如今也已成亲,也算做'既往不咎'了,还要怪她做什么?"提举道:"这等看来,都是小弟治家不严,以致如此。空讲一生道学,不曾做得个完人。快取酒来,先罚我三杯,然后上席。"路公道:"这也怪不得亲翁。从来的家法,只能痼形,不能痼影。这是两个影子做出事来,与身体无涉,哪里防得许多! 从今以后,也使治家的人知道,这番公案,连影子也要提防,绝没有露形之事了。"又对观察道:"你两个的是非曲直,毕竟要归重一边。若还府上的家教也与贵连襟一般,使令公郎有所畏惮,不敢胡行,这桩诧事,就断然没有了。究竟是你害他,非是他累你。不可因令公郎得了便宜,倒说风流的是,道学的不是,把是非曲直颠倒过来,使人喜风流而恶道学,坏先辈之典型。取酒过来,罚你三巨斝,以服贵连襟之心,然后坐席。"观察道:"讲得有理,受罚无辞。"一连饮了三杯,就作揖赔个不是,方才就席饮酒,尽欢而散。

从此以后,两家释了芥蒂,相好如初。过到后来依旧把两院并为一宅,就将两座水阁做了金屋,以贮两位阿娇,题曰"合影楼",以成其志。不但拆去墙垣,掘开泥土,等两位佳人互相盼望;又架起一座飞桥,以便珍生之来往,使牛郎织女无天河银汉之隔。后来珍生联登二榜,入了词林,位到侍讲之职。

这段逸事出在《胡氏笔谈》,但系抄本,不曾刊板行世,所以见者甚少。如今编做小说,还不能取信于人,只说这一十二座亭台,都是空中楼阁也。

夺锦楼

第 一 回
生二女连吃四家茶　娶双妻反合孤鸾命

词云：

　　一马一鞍有例，半子难招双婿。失口便伤伦，不俟他年改配。成对，成对！此愿也难轻遂！

——右调《如梦令》

　　这首词，单为乱许婚姻，不顾儿女终身者作。常有一个女儿，以前许了张三，到后来算计不通，又许了李四。以致争论不休，经官动府，把跨凤乘鸾的美事，反做了鼠牙雀角的讼端。那些官断私评，都说他后来改许的不是。据我看来，此等人的过失，倒在第一番轻许，不在第二番改诺。只因不能慎之于始，所以不得不变之于终。做父母的，哪一个不愿儿女荣华，女婿显贵。他改许之意，原是为爱女不过，所以如此，并没有什么歹心。只因前面所许者或贱或贫，后面所许者非富即贵。这点势利心肠，凡是择婿之人，个个都有；但要用在未许之先，不可行在既许之后。未许之先，若能够真正势利，做一个趋炎附势的人，遇了贫贱之家，决不肯轻许，宁可迟些日子，要等个富贵之人，这位女儿就不致轻易失身，倒受他势利之福了。当不得他预先盛德，一味要做古人，置贫贱富贵于不论；及至到既许之后，忽然势利起来，改弦易辙，毁裂前盟，这位女儿就不能够自安其身，反要受他盛德之累了。这番议论，无人敢道，须让我辈胆大者言之。虽系末世之言，即使闻于古人，亦不以为无功而有罪也。

　　如今说件轻许婚姻之事，兼表一位善理词讼之官，又与世上嫁错的女儿申一日怨气。

　　明朝正德初年，湖广武昌府江夏县有个鱼行经纪，姓钱号小江，娶妻边氏。夫妻两口，最不和睦，一向艰于子息。到四十岁上，同胞生下二女，止差得半刻时辰。世上的人都说儿子像爷,女儿像娘,独有这两个女儿不肯蹈袭成规,另创一种面目,竟像别人家儿女抱来抚养的一般。不但面貌不同,连心性也各别。父母极丑陋、极愚蠢,女儿极标致、极聪明。

长到十岁之外,就像海棠着露,菡萏①经风,一日娇媚似一日。到了十四岁上,一发使人见面不得:莫说少年子弟看了无不销魂,就是六七十岁的老人家瞥面遇见,也要说几声"爱死,爱死"。资性极好,只可惜不曾读书,但能记账打算而已。至于女工针织,一见就会,不用人教。穿的是缟衣布裙,戴的是铜簪锡珥,与富贵人家女儿立在一处,偏要把她们比并下来。旁边议论的人都说:"缟布不换绮罗,铜锡不输金玉。"只因她们抢眼不过,就是有财有力的人家,多算多谋的子弟,都群起而图之。

小江与边氏虽是夫妻两口,却与仇敌一般。小江要许人家,又不容边氏做主;边氏要招女婿,又不使小江与闻。两个我瞒着你,你瞒着我,都央人在背后做事。小江的性子,在家里虽然倔强,见了外面的朋友,也还蔼然可亲;不像边氏来得泼悍,动不动要打上街坊,骂断邻里。那些做媒的人,都说:"丈夫可欺,妻子难惹。求男不如求女,瞒妻不若瞒夫。"所以边氏议就的人家,倒在小江议就的前面。两个女儿各选一个女婿,都叫他:"拣了吉日,竟送聘礼上门,不怕他做爷的不受。省得他预先知道,又要嫌张嫌李,不容我自做主张。"

有几个晓事的人说:"女儿许人家,全要父亲做主。父亲许了,就使做娘的不依,也还有状词可告。没有做官的人也为悍妇所制,倒去了男子汉凭内眷施为之理。"就要别央媒人,对小江说合。当不得做媒的人都有些欺善怕恶,叫他瞒了边氏,就个个头疼,不敢招架,都说:"得罪于小江,等他发作的时节,还好出头分理;就受些凌辱,也好走去禀官。得罪了边氏,使她发起泼来,男不与妇敌,莫说被她咒骂不好应声,就是挥上几拳、打上几掌,也只好忍疼受苦,做个唾面自干。难道好打她一顿,告她一状不成?"所以到处央媒,并无一人肯做,只得自己对着小江说起求亲之事。小江看见做媒的人只问妻子,不来问他,大有不平之意。如今听见"求

---

① 菡(hàn)萏(dàn)——荷花的别称。

亲"二字，就是空谷足音①，得意不过，自然满口应承，哪里还去论好歹？那求亲的人又说："众人都怕令正，不肯做媒，却怎么处？"小江道："两家没人通好，所以用着媒人。我如今亲口许了，还要什么媒妁！"求亲的人得了这句话，就不胜之喜。当面选了吉日，要送盘盒过门。小江的主意也与妻子一般，预先并不通知，直待临时发觉。

　　不想好日多同，四姓人家的聘礼，都在一时一刻送上门来。鼓乐喧天，金珠罗列，辨不出谁张谁李。还只说送聘的人家知道我夫妻不睦，唯恐得罪了一边，所以一姓人家备了两副礼帖，一副送与男子，一副送与妇人。所谓宁可多礼，不可少礼。及至取帖一看，谁想"眷侍教生"之下，一字也不肯雷同，倒写得错综有致。头上四个字合念起来，正含着百家姓一句，叫做"赵钱孙李"。夫妻二口就不觉四目交睁，两声齐发。一边说："我至戚之外，哪里来这两门野亲？"一边道："我喜盒之旁，何故增这许多牢食？"小江对着边氏说："我家主公不发回书，谁敢收他一盘一盒！"边氏指着小江说：我家主婆不许动手，谁敢接他一线一丝！"丈夫又问妻子说："在家从父，出嫁从夫。若论在家的女儿，也该是我父亲为政。若论出嫁的妻子，也该是我丈夫为政。你有什么道理，辄敢胡行！"妻子又问丈夫说："娶媳由父，嫁女由母。若还是娶媳妇，就该由你做主；目今是嫁女儿，自然由我做主。你是何人，敢来搀越！"

　　两边争竞不已，竟要厮打起来。亏得送礼之人一起隔住，使他近不得身，交不得手。边氏不由分说，竟把自己所许的，照着礼单，件件都替他收下，央人代写回帖，打发来人去了；把丈夫所许的，都叫人推出门外，一件不许收。小江气愤不过，偏要扯进门来，连盘连盒都替他倒下，自己写了回帖，也打发出门。

　　小江知道，这两头亲事都要经官，且把告状做了末着，先以早下手为强。就吩咐亲翁，叫他快选吉日，多备灯笼火把，雇些有力之人前来抢夺。且待抢夺不去，然后告状也未迟。那两姓人家，果然依了此计，不上一两日，就选定婚期，雇了许多打手，随着轿子前来，指望做个万人之敌。不想男兵易斗，女帅难降，只消一个边氏捏了闩门的杠子，横驱直扫，竟把过去

---

　　① 空谷足音——在寂静的山谷里听到人的脚步声。比喻非常难得的音信或事物。

的人役杀得片甲不留,一个个都抱头鼠窜。连花灯彩轿、灯笼火把,都丢了一半下来,叫做:"借寇兵而赍盗粮";被边氏留在家中,备将来遣嫁之用。小江一发气不过,就催两位亲家速速告状。亲家知道状词难写,没有把亲母告做被犯、亲母填做干证之理,只得做对头不着,把打坏家人的事,都归并在他身上,做个"师出有名"。不由县断,竟往府堂告理。准出之后,小江就递诉词一纸,以作应兵,好替他当官说话。那两姓人家,少不得也具诉词,恐怕有夫之妇不便出头,把他写做头名干证,说是媳妇的亲母,好待官府问他。

彼时太守缺员,乃本府刑尊署印。刑尊到任未几,最有贤声,是个青年进士。准了这张状词,不上三日,就悬牌挂审。先唤小江上去,盘驳了一番。然后审问四姓之人,与状上有名的媒妁。只除边氏不叫,因他有丈夫在前,只说丈夫的话与他所说的一般,没有夫妻各别之理。哪里知道被告的干证,就是原告干证的对头;女儿的母亲,就是女婿丈人的仇敌。只见人说"会打官司同笔砚",不曾见说"会打官司共枕头"。

边氏见官府不叫,就高声喊起屈来。刑尊只得唤她上去。边氏指定了丈夫,说:"他虽是男人,一些主意也没有,随人哄骗,不顾儿女终身。他所许之人,都是地方的光棍,所以小妇人便宜行事,不肯容他做主。求老爷俯鉴下情。"

刑尊听了,只说她情有可原,又去盘驳小江。小江说:"妻子悍泼非常,只会欺凌丈夫,并无一长可取。别事欺凌还可容恕,婚姻是桩大典,岂有丈夫退位让妻子专权之理?"

刑尊见他也说得是,难以解纷,就对他二人道:"论起理来,还该由丈夫做主。只是家庭之事,尽有出于常理之外者,不可执一而论。待本厅唤你女儿到来,且看她们意思何如,还是说爷讲的是,娘讲的是。"二人磕头道:"正该如此。"

刑尊就出一枝火签,差人去唤女儿。唤便去唤,只说他父母生得丑陋,料想茅茨里面开不出好花,还怕一代不如一代,不知丑到什么地步方才底止,就扮一副吃惊见怪的面孔,在堂上等她们。谁想二人走到,竟使满堂书吏与皂快人等,都不避官法,一起挨挤拢来,个个伸头,人人着眼,竟像九天之上掉下个异宝来的一般。至于堂上之官,一发神摇目定,竟不知这两位神女从何处飞来。还亏得签差禀了一声说:"某人的女儿拿到!"方才晓得是茅茨里面开出来的异花:不但后代好似前代,竟好到没影的去处方才底止。惊骇了一会,就问她们道:"你父母二人不相知会,竟把你们两个许了四姓人家。及至审问起来,父亲又说母亲不是,母亲又说父亲不是。古语道得好:'清官难断家务事。'所以叫你们来问:平昔之间,还是父亲做人好,母亲做人好?"

这两个女儿,平日最是害羞,看见一个男子,尚且思量躲避;何况满堂之人,把几百双眼睛盯在她们二人身上,恨不得掀开官府的桌围,钻进去权躲一刻。谁想官府的法眼,又比众人看得分明,看之不足,又且问起话来,叫她们满面娇羞,如何答应得出。所以刑尊问了几次,她们并不作声,只把面上的神色做了口供。竟像他父母做人都有些不是,为女儿者不好说得的一般。刑尊默喻其意,思想这样绝色女子,也不是将就男人可以配得来的。如今也不论父许的是,母许的是,只把那四个男子一起拘拢来,替她们比并比并。只要配得过的,就断与她们成亲罢了。

算计已定,正要出签去唤男子,不想四个犯人一起跪上来,禀道:"不消老爷出签,小的们的儿子都现在二门之外,防备老爷断亲与他,故此先来等候。待小的们自己出去,各人唤进来就是了。"刑尊道:"既然如此,快出去唤来。"只见四人去不多时,各人扯着一个走进来,禀道:"这就是儿子,求老爷判亲与他。"

刑尊抬起头来,把四个后生一看,竟像一对父母所生,个个都是奇形怪状。莫说标致的没有,就要选个四体周全、五官不缺的,也不能够。心上思量道:"二女之夫,少不得出在这四个里面。矮子队里选将军,叫我如何选得出。不意红颜薄命,亦至于此。"叹息了一声,就把小江所许的叫他跪在东首,边氏所许的,叫他跪在西首。然后把两个女儿唤来,跪在中间,对她们吩咐道:"你父母所许的人,都唤来了。起先问你,你既不肯直说,想是一来害羞,二来难说父母的不是。如今不要你开口,只把头儿略转一转,分个向背出来。要嫁父亲所许的,就向了东边;要嫁母亲所许的,就向了西边。这一转之间,关系终身大事,你两个的主意,须是要定得好。"说了这一句,连满堂之人,都定睛不动,要看她们转头。

谁想这两位佳人,起先看见男子进来,倒还左顾右盼,要看四个人的面容;及至见了奇形怪状,都低头合眼,暗暗的坠起泪来。听见官府问她们,也不向东,也不向西,正正的对了官府,就放声大哭起来。越问得勤,她们越哭得急。竟把满堂人的眼泪都哭出来，个个替她们称冤叫苦。刑尊道："这等看起来，两边所许的，各有些不是，你都不愿嫁他们的了？我老爷心上也正替你们踌躇，没有这等两个人，都配了村夫俗子之理。你们且跪在一边，我自有处。""叫他父母上来！"小江与边氏一起跪到案桌之前，听官吩咐。

刑尊把桌子一拍，大怒起来道："你夫妻两口，全没有一毫正经，把儿女终身视为儿戏！既要许亲，也大家商议商议，看女儿女婿可配得来。为什么把这样的女儿，都配了这样的女婿？你看方才那种哭法，就知道配成之后，得所不得所了。还亏得告在我这边，除常律之外，另有一个断法。若把别位官儿，定要拘牵成格，判与所许之人。这两条性命，就要在他笔底勾消了！如今两边所许的，都不作准。待我另差官媒，与她们作伐，定要嫁个相配的人，我今日这个断法，也不是曲体私情，不循公道，原有一番至理。待我做出审单，与众人看了，你们自然心服。"说完之后，就提起笔来，写出一篇谳词道：

审得钱小江与妻边氏，一胞生女二人，均有姿容，人人欲得以为妇，某某，某某，希冀联姻，非一日矣。因其夫妇异心，各为婚主：媚灶出奇者，既以结妇欺男为得志；盗铃取胜者，又以掩中袭外为多功。遂致两不相闻，多生诖误①。二其女而四其夫，既少分身之法；东家食今西家宿，亦非训俗之方。相女配夫，怪妍媸之太别；审音察貌，怜痛楚之难胜。是用以情逆理，破格行仁；然亦不敢枉法以行私，仍效引经而折狱。六礼同行，三茶共设，四婚何以并行？父母之命，媒妁之言，二者均不可少。兹审边氏所许者，虽有媒言，实无父命，断之使就，虑开无父之门；小江所许者，虽有父命，实少媒言，判之使从，是辟无媒之径。均有妨于古礼，且无裨于今人。四男别缔丝萝，二女非其伉俪。宁使噬脐于今日，无令反目于他年。此虽救女之婆心，抑亦筹男之善策也。各犯免供，仅存此案。

做完之后，付与值堂书吏，叫他对了众人，高声朗诵一遍，然后把众人逐出，一概免供。又差人传谕官媒："替二女别寻佳婿。如得其人，定要领至公堂，面相一过，做得她们的配偶，方许完姻。"

---

① 诖(guà)误——受别人牵连而受到损害。

官媒寻了几日，领了许多少年，私下说好，当官都相不中。刑尊就别生一法，要在文字之中替她们择婿，方能够才貌两全。恰好山间的百姓拿着一对活鹿，解送与他，正合刑尊之意，就出一张告示，限于某月某日，季考生童。叫生童于卷面之上，把"已冠""未冠"四个字改做"已娶""未娶"。说："本年乡试不远，要识英才于未遇之先，特悬两位淑女、两头瑞鹿，做了锦标，与众人争夺。已娶者以得鹿为标，未娶者以得女为标，夺到手者，即是本年魁解①。"

考场之内，原有一所空楼，刑尊唤边氏领着二女住在楼上，把二鹿养在楼下。暂悬一匾，名曰"夺锦楼"。

告示一出，竟把十县的生童，引得人人兴发，个个心痴。已娶之人，还只从功名起见，抢得活鹿到手，只不过得些彩头。那些未娶的少年，一发踊跃不过，未曾折桂，先有了月里嫦娥。纵不能够大富贵，且先落个小登科。到了考试之日，恨不得把心肝五脏都呕唾出来，去换这两名绝色。考过之后，个个不想回家，都挤在府前等案。

只见到三日之后，发出一张榜来，每县只取十名听候复试。那些取着的，知道此番复考不在看文字，单为选人才。生得标致的，就有几分机会了。

到复试之日，要做新郎的，倒反先做新娘，一个个都去涂脂抹粉，走到刑尊面前，还要扭扭捏捏，装些身段出来，好等他相中规模，取作案首。谁想这位刑尊，不但善别人才，又且长于风鉴。既要看他妍媸好歹，又要决他富贵穷通。所以在唱名的时节，逐个细看一番，把朱点做了记号。高低轻重之间，就有尊卑前后之别。考完之后，又吩咐礼房，叫到"次日清晨唤齐鼓乐，待我未曾出堂的时节，先到"夺锦楼"上，迎了那两个女子、两头活鹿出来。把活鹿放在府堂之左，那两个女子坐着碧纱彩轿，停在府堂之右。再备花灯鼓乐，好送她们出去成亲"。吩咐已毕，就回衙阅卷。

及至到次日清晨，挂出榜来，只取特等四名。两名已娶，两名未娶，以充夺标之选。其余一等、二等，都在给赏花红之列。已娶得鹿之人，不过是两名陪客，无甚关系，不必道其姓名。那未娶二名：一个是已进的生员，姓袁，名士骏；一个是未进的童生，姓郎，名志远。凡是案上有名的，都齐

---

① 魁解——状元、解元。指第一、二名。

入府堂,听候发落。闻得东边是鹿,西边是人,大家都舍东就西,去看那两名国色,把半个府堂挤做人山人海。府堂东首,只得一个生员,立在两鹿之旁,徘徊叹息,再不去看妇人。满堂书吏都说他是已娶之人,考在特等里面,知道女子没份,少不得这两头活鹿有一头到他,所以预为之计,要把轻重肥瘦估量在胸中,好待临时牵取。

谁想那边的秀才,走过来一看,都对他拱拱手道:"袁兄,恭喜! 这两位佳人,定有一位是尊嫂了。"那秀才摇摇手道:"与我无干。"众人道:"你考在特等第一,又是未娶的人,怎么说出'无干'二字?"那秀才道:"少刻见了刑尊,自知分晓。"众人不解其故,都说他是谦逊之词。

只见三梆已毕,刑尊出堂。案上有名之人,一起过去拜谢。刑尊就问:"特等诸兄是哪几位? 请立过一边,待本厅预先发落。"礼房听了这一句,就高声唱起名来。袁士骏之下,还该有三名特等,谁想止得两名,都是已娶。临了一名不到,就是未娶的童生。刑尊道:"今日有此盛举,他为什么不来?"袁士骏打一躬道:"这是生员的密友,住在乡间,不知太宗师今日发落,所以不曾赶到。"刑尊道:"兄就是袁士骏么? 好一分天才,好一管秀笔,今科决中无疑了。这两位佳人,实是当今的国色,今日得配才子,可谓天付良缘了。"袁士骏打一躬道:"太宗师虽有盛典,生员系薄命之人,不能享此奇福。求另选一名挨补,不要误了此女的终身。"刑尊道:"这是何事,也要谦让起来?"叫礼房:"去问那两个女子,是哪一个居长? 请她上来与袁相公同拜花烛。"

袁士骏又打一躬,止住礼房,叫他不要去唤。刑尊道:"这是什么缘故?"袁士骏道:"生员命犯孤鸾。凡是聘过的女子,都等不到过门,一有成议,就得暴病而死。生员才满二旬,已曾误死六个女子。凡是推算的星家,都说命中没有妻室,该做个僧道之流。如今虽列衣冠,不久就要逃儒归墨,所以不敢再误佳人,以重生前的罪孽。"刑尊道:"哪有此事? 命之理微,岂是寻常星士推算得出的? 就是几番虚聘,也是偶然。哪有见噎废食之理? 兄虽见却,学生断不肯依。只是一件:那第四名郎志远,为什么不到? 一来选了良时吉日,要等他来做亲;二来复试的笔踪,与原卷不合,还要面试一番。他今日不到,却怎么处?"

袁士骏听了这句话,又深深打一躬道:"生员有一句隐情,论理不该说破,因太宗师见论及此,若不说明,将来就成过失了。这个朋友与生员有八拜之交，因他贫不能娶，有心要成就他。前日两番的文字，都是生员代作的。初次是他自誊，第二次因他不来，就是生员代写。还只说两卷之内或者取得一卷，就是生员的名字，也要把亲事让他。不想都蒙特拔，极是侥幸的了。如今太宗师明察秋毫，看出这种情弊，万一查验出来，倒把为友之心，变做累人之具了。所以不敢不说，求太宗师原情恕罪，与他一体同仁。"

刑尊道："原来如此。若不亏兄说出，几乎误了一位佳人。既然如此，两名特等都是兄考的，这两位佳人都该是兄得了。富贵功名，倒可以冒认得去；这等国色天香，不是人间所有，非真正才人不能消受，断然是假借不得的。"叫礼房快请那两位女子过来，一起成了好事。袁士骏又再三推却说："命犯孤鸾的人，一个女子尚且压她不住，何况两位佳人？"刑尊笑起来道："今日之事，倒合着吾兄的尊造了。所谓命犯孤鸾者，乃是单了一人，不是成双之意。若还是一男一女做了夫妻，倒是双而不单，恐于尊造有碍；如今两女一男，除起一双，就要单了一个，岂不是命犯孤鸾？这等看起来，信乎有命。从今以后，再没有兰摧玉折之事了。"

他说话的时节，下面立了无数的诸生，见他说到此处，就一起赞颂起来，说："从来帝王卿相都可以为人造命，今日这段姻缘出于太宗师的特典，就是替兄造命了。何况有这个解法，又是至当不易之理。袁兄不消执意，竟与两位尊嫂一同拜谢就是了。"

袁士骏无可奈何，只得勉遵上意，曲徇舆情，与两位佳人立做一处，对着大恩人深深拜了三拜。然后当堂上马，与两乘彩轿一同迎了回去。出去之后，方才分赐瑞鹿，给赏花红。众人看了袁士骏，都说："上界神仙之乐，不能有此。总亏了一位刑尊，实实的怜才好士，才有这番盛举。"

当年乡试，这四名特等之中，恰好中了三位，所遗的一个，原不是真才。代笔的中了，也只当他中一般。后来三个之中，只联捷得一个，就是夺着女标的人。

刑尊为此一事，贤名大噪于都中。后来钦取入京，做了兵科给事。袁士骏由翰林散馆，也做了台中，与他同在两衙门，意气相投，不啻家人父子。古语云："唯英雄能识英雄。"此言真不谬也。

三与楼

第 一 回
造园亭未成先卖　图产业欲取姑予

诗云：

> 茅庵改姓属朱门，抱取琴书过别村。
> 自起危楼还自卖，不将荡产累儿孙。

又云：

> 百年难免属他人，卖旧何如自卖新。
> 松竹梅花都入券，琴书鸡犬尚随身。
> 壁间诗句休言值，槛外云衣不算缛。
> 他日或来闲眺望，好呼旧主作嘉宾。

这首绝句与这首律诗，乃明朝一位高人为卖楼别产而作。卖楼是桩苦事，正该嗟叹不已，有什么快乐，倒反形诸歌咏？要晓得世间的产业，都是此传舍蘧庐，没有千年不变的江山，没有百年不卖的楼屋。与其到儿孙手里烂贱的送与别人，不若自寻售主，还不十分亏折。即使卖不得价，也还落个慷慨之名，说他明知费重，故意卖轻，与施恩仗义一般，不是被人欺骗。若使儿孙贱卖，就有许多议论出来，说他废祖父之遗业，不孝；割前人之所爱，不仁；昧创业之艰难，不智。这三个恶名，都是创家立业的祖父带挈他受的。倒不如片瓦不留、卓锥无地之人，反使后代儿孙白手创起家来，还得个不阶尺土的美号。所以为人祖父者，到了桑榆暮景之时，也要回转头来，把后面之人看一看。若还规模举动不像个守成之子，倒不如预先出脱，省得做败子封翁，受人讥诮。

从古及今，最著名的达者只有两位：一个叫做唐尧，一个叫做虞舜。他见儿子生得不肖，将来这份大产业少不得要白送与人，不如送在自家手里，还合着古语二句，叫做：

　　宝剑赠与烈士，红粉送与佳人。

若叫儿孙代送，绝寻不出一个好受主，少不得你争我夺，构起干戈。莫说儿子媳妇没有住场，连自己两座坟山也保不得不来侵扰。有天下者尚且如此，何况庶人。

　　我如今再说一位达者，一个愚人，与庶民之家做个榜样。这两户人家的产业，还抵不得唐尧屋上一片瓦，虞舜墙头几块砖，为什么要说两户小人家，竟用着这样的高比？只因这两个庶民，一家姓唐，一家姓虞，都说是唐尧、虞舜之后，就以国号为姓，一脉相传下来的，所以借祖形孙，不失本源之义。只是这位达者，便有乃祖之风；那个愚人，绝少家传之秘。肖与不肖，相去天渊，亦可为同源异派之鉴耳。

　　明朝嘉靖年间，四川成都府成都县有个骤发的富翁，姓唐号玉川。此人素有田土之癖，得了钱财，只喜买田置地，再不起造楼房，连动用的家伙，也不肯轻置一件。至于衣服饮食，一发与他无缘了。他的本心，只为要图生息，说："良田美产，一进了户，就有花利出来，可以日生月大。楼房什物，不但无利，还怕有回禄之灾，一旦归之乌有。至于衣服一好，就有不情之辈走来借穿；饮食一丰，就有托熟之人坐来讨吃。不若自安粗粝，使人无可推求。"他拿定这个主意，所以除了置产之外，不肯破费分文。心上如此，却又不肯安于鄙啬，偏要窃个至美之名，说他是唐尧天子之后。祖上原有家风，住的是茅茨土阶，吃的是太羹玄酒用的是土硎土簋①，穿的是布衣鹿裘。祖宗俭朴如此，为后裔者不可不遵家训。

　　众人见他悭吝太过，都在背后料他，说："古语有云：'鄙啬之极，必生奢男。'少不得有个后代出来，替他变古为今，使唐风俭不到底。"

　　谁想生出来的儿子，又能酷肖其父。自小夤缘②入学，是个白丁秀才。饮食也不求丰，衣服也不求侈，器玩也不求精。独有房屋一事，却与诸愿不同，不肯安于俭朴。看见所住之屋与富贵人家的坑厕一般，自己深以为耻。要想做肯堂肯构③之事，又怕兴工动作，所费不赀。闻得人说

①　土硎（xíng）土簋（guǐ）——硎，磨刀石；簋，古代食器。
②　夤（yín）缘——攀附上升，比喻拉关系，向上巴结。
③　肯堂肯构——肯：愿意；堂：奠立堂基；构：架屋。比喻儿子能继承父业。

"起新不如买旧",就与父亲商议道:"若置得一所美屋,做了住居;再寻一座花园,做了书室:生平之愿足矣。"

玉川思想做"封君",只得要奉承儿子,不知不觉就变起常性来,回复他道:"不消性急,有一座连园带屋的门面,就在这里巷之中,还不曾起造得完,少不得造完之日,就是变卖之期。我和你略等一等就是了。"儿子道:"要卖就不起,要起就不卖,哪有起造得完就想变卖之理?"玉川道:"这种诀窍,你哪里得知。有万金田产的人家,才起得千金的屋宇。若还田屋相半,就叫做树大无根,少不得被风吹倒。何况这户人家,没有百亩田庄,忽起千间楼屋,这叫做无根之树,不待风吹,自然会倒的了,何须问得。"

儿子听了这句话,说他是不朽名言。依旧学了父亲,只去求田,不来问舍,巴不得他早完一日,等自己过去替他落成。原来财主的算计,再不会差,到后来果应其言,合着《诗经》二句。

维鹊有巢,维鸠居之。

那个造屋之人,乃重华后裔,姓虞名灝,字素臣,是个喜读诗书,不求闻达的高士。只因疏懒成性,最怕应酬,不是做官的材料。所以绝意功名,寄情诗酒,要做个不衫不履①之人。他一生一世没有别样嗜好,只喜欢构造园亭。一年到头,没有一日不兴工作。所造之屋,定要穷精极雅,不类寻常。他说:"人生一世,任你良田万顷,厚禄千钟,兼金百镒,都是他人之物,与自己无干。只有三件器皿,是实在受用的东西,不可不求精美。"那三件?

日间所住之屋,夜间所睡之床,死后所贮之棺。

他有这个见解列在胸中,所以好兴土木之工,终年为之而不倦。

唐玉川的儿子等了数载,只不见他完工,心上有些焦躁,又对父亲道:"为什么等了许久,他家的房子再造不完?他家的银子再用不尽?这等看起来,是个有积蓄的人家。将来变卖之事,有些不稳了。"玉川道:"迟一日,稳一日,又且便宜一日。你再不要虑他。房子起不完者,只因造成之后看不中意,又要拆了重起,精而益求其精,所以耽搁了日子。只当替我改造,何等便宜。银子用不尽者,只因借贷之家与工匠之辈,见他起得

① 不衫不履——形容人性情洒脱,不讲究穿着。

高兴，情愿把货物赊他。工食欠而不取，多做一日，多趁他一日的钱财。若还取逼得紧，他就要停工歇作，没有生意做了。所以他的银子还用不完。这叫做'挖肉补疮'，不是真有积蓄。到了扯拽不来的时节，那些放账的人，少不得一起逼讨，念起紧箍咒来，不怕他不寻头路。田产卖了不够还人，自然想到屋上。若还收拾得早，所欠不多，还好待价而沽，就卖也不肯贱卖。正等他迟些日子，多欠些债负下来，卖得着慌，才肯减价。这都是我们的造化，为什么反去愁他？"儿子听了，愈加赞服。

　　果然到数年之后，虞素臣的逋欠①，渐渐积累起来，终日上门取讨，有些回复不去。所造的房产竟不能够落成，就要寻人货卖。但凡卖楼卖屋与卖田地不同，定要在就近之处寻觅受主。因他或有基址相连，或有门窗相对。就是别人要买，也要访问邻居。邻居口里若有一字不干净，那要买的人也不肯买了。比不得田地山塘，落在空野之中，是人都可以管业。所以卖楼卖屋，定要从近处卖起。唐玉川是个财主，没人赛得他过，少不得房产中人先去寻他。

　　玉川父子心上极贪，口里只回不要。等他说得紧急，方才走去借观，又故意憎嫌，说他起得小巧，不像个大门大面。回廊曲折，走路的耽搁工夫；绣户玲珑，防贼时全无把柄。明堂大似厅屋，地气太泄，无怪乎不聚钱财；花竹多似桑麻，游玩者来，少不得常赔酒食。这样房子，只好改做庵堂寺院，若要做内宅，住家小，其实用他不着。

　　虞素臣一生心血费在其中，方且得意不过，竟被他嫌出屁来，心上十分不服。只因除了此人，别无售主，不好与他争论。那些居间之人劝他不必憎嫌，总是价钱不贵，就拆了重起，那些工食之费也还有在里边。玉川父子二人少不得做好做歹，还一个极少的价钱，不上五分之一。虞素臣无可奈何，只得忍痛卖了。一应厅房台榭，亭阁池沼，都随契交卸；只有一座书楼，是他起造一生最得意的结构，不肯写在契上，要另设墙垣，别开门户，好待他自己栖身。玉川之子定要强他尽卖，好凑方圆。玉川背着众人努一努嘴，道："卖不卖由他，何须强得。但愿他留此一线，以作恢复之基，后面发起财来，依旧还归原主，也是一桩好事。"众人听了，都说是长者之言。哪里知道并不是长者，全是轻薄之词。料他不能回赎，就留此一

---

① 逋(bū)欠——所欠的债。

线,也是枉然。少不得并做一家,只争迟早。所以听他吩咐,极口依从,竟把一宅分为两院。新主得其九,旧人得其一。

原来这几间书楼竟抵了半座宝塔,上下共有三层,每层有匾式一个,都是自己命名、高人写就的。最下一层,有雕栏曲槛,竹座花薇,是他待人接物之处,匾额上有四个字云"与人为徒"。中间一层,有净几明窗,牙签玉轴,是他读书临帖之所,匾额上有四个字云"与古为徒"。最上一层,极是空旷,除名香一炉,《黄庭》一卷之外,并无长物,是他避俗离嚣,绝人屏迹的所在。匾额上有四个字云"与天为徒"。既把一座楼台分了三样用处,又合来总题一匾,名曰"三与楼"。未曾弃产之先,这三种名目虽取得好,还是虚设之词,不曾实在受用。只有下面一层,因他好客不过,或有远人相访,就下榻于其中,还合着"与人为徒"四个字。至于上面两层,自来不曾走到。如今园亭既去,舍了"与古为徒"的去处,就没有读书临帖之所;除了"与天为徒"的所在,就没有离嚣避俗之场。终日坐在其中,正合着命名之意,才晓得舍少务多,反不如弃名就实。俗语四句,果然说得不差:

　　良田万顷,日食一升。

　　大厦千间,夜眠七尺。

以前那些物力,都是虚费了的。

从此以后,把求多务广的精神合来用在一处,就使这座楼阁分外齐整起来。虞素臣住在其中,不但不知卖园之苦,反觉得赘瘤既去,竟松爽了许多。但不知强邻在侧,这一座楼阁可住得牢?说在下回,自有着落。

第　二　回

不窝不盗忽致奇赃　连产连人愿归旧主

玉川父子买园之后，少不得财主的心性与别个不同，定要更改一番。不必移梁换柱，才与前面不同。就像一幅好山水，只消增上一草，减去一木，看不成个画意了。经他一番做造，自然失去本来。指望点铁成金，不想变金成铁。走来的人都说："这座园亭大而无当，倒不若那座书楼，紧凑得好。怪不得他取少弃多，坚执不卖，原来有寸金丈铁之分。"玉川父子听了这些说话，就不觉懊悔起来，才知道做财主的，一着也放松不得。就央了原中过去撺掇，叫他写张卖契，并了过来。

虞素臣卖园之后，永不兴工，自然没有浪费。既不欠私债，又不少官钱，哪里还肯卖产。就回复他道："此房再去，叫我何处栖身？即使少吃无穿，也还要死守；何况支撑得去，叫他不要思量。"中人过来说了。玉川的儿子未免讥诮父亲，说他："终日料人，如今料不着了。"玉川道："他强过生前，也强不过死后。如今已是半老之人，又无子嗣，少不得一口气断，连妻妾家人，都要归与别个，何况这几间住房。到那时节，连人带土一起并他过来，不怕走上天去。"儿子听了，道他虽说得是，其如大限未终，等他不得，还是早些归并的好。

从此以后，时时刻刻把虞素臣放在心头，不是咒他速死，就是望他速穷。到那没穿少吃的时节，自然不能死守。谁想人有善愿，天不肯从，不但望他不穷，亦且咒他不死。过到后面，倒越老越健起来。衣不愁穿，饭不少吃，没有卖楼的机会。玉川父子懊恼不过，又想个计较出来，倒去央了原中，逼他取赎。说："一所花园，住不得两家的宅眷。立在三与楼上，哪一间厅屋不在眼前？他看见我的家小，我不见他的妇人，这样失志的事，没人肯做。"虞素臣听了这些话，知道退还是假，贪买是真，依旧照了前言，斩钉截铁的回复。玉川父子气不过，只得把官势压他。写下一张状词，当堂告退，指望通些贿赂，买嘱了官府，替他归并过来。谁想那位县尊，也曾做过贫士，被财主欺凌过的，说："他是个穷人，如何取赎得起？

分明是吞并之法。你做财主的便要'为富不仁',我做官长的偏要'为仁不富'。"当堂辱骂一顿,扯碎状子,赶了出来。

虞素臣有个结义的朋友,是远方人氏,拥了巨万家资,最喜轻财任侠。一日,偶来相访,见他卖去园亭,甚为叹息。又听得被人谋占,连这一线窠巢也住不稳,将来必有尽弃之事,就要捐出重资,替虞素臣取赎。当不得他为人狷介①,莫说论千论百不肯累人,就送他一两五钱,若是出之无名,他也决然推却。听了朋友的话,反说他:"空有热肠,所见不达。世间的产业,哪有千年不卖的? 保得生前,也保不得身后。你如今替我不愤,损了重资,万一赎将过来,住不上三年五载,一旦身亡,并无后嗣,连这一椽片瓦少不得归与他人。你就肯仗义轻财,只怕这般盛举,也行不得两次。难道如今替人赎了,等到后面又替鬼赎不成?"

那位朋友见他回得决烈,也就不好相强,在他三与楼下宿了几夜,就要告别回归。临行之际,对了虞素臣道:"我夜间睡在楼下,看见有个白老鼠走来走去,忽然钻入地中,一定是财星出现。你这所房子,千万不可卖与人,或者住到后面,倒得些横财也未见得。"虞素臣听了这句话,不过冷笑一声,说一句"多谢",就与他分手。古语道得好:"横财不发命穷人。"只有买屋的财主,时常掘着银藏,不曾见有卖产的人,在自家土上拾到半个低钱。虞素臣是个达人,哪里肯作痴想。所以听他说话,不过冷笑一声,决不去翻砖掘土。

唐玉川父子自从受了县官的气,悔恨之后,继以羞惭,一发住不得手。只望他早死一日,早做一日的孤魂,好看自家进屋。谁想财主料事件件料得着,只有"生死"二字,不肯由他做主。虞素臣不但不死,过到六十岁上,忽然老兴发作,生个儿子出来。一时贺客纷纷,齐集在三与楼上,都说:"恢复之机,端在是矣。"玉川父子听了,甚是徬徨。起先唯恐不得,如今反虑失之,哪里焦躁得过。

不想一月之后,有几个买屋的原中忽然走到,说:"虞素臣生子之后,倒被贺客弄穷了,吃得他盐干醋尽,如今别无生法,只得想到住居。断根出卖的招贴,都贴在门上了。机会不可错过,快些下手。"玉川父子听见,惊喜欲狂。还只怕他记恨前情,宁可卖与别人,不屑同他交易。谁想虞素

---

① 狷(juàn)介——性情正直,不肯同流合污。

臣的见识,与他绝不相同,说:"唐、虞二族,比不得别姓人家,他始祖帝尧,曾以天下见惠;我家始祖,并无一物相酬。如今到儿孙手里,就把这些产业白送与他,也不为过,何况得了价钱。决不以今日之小嫌,抹杀了先世的大德。叫他不须芥蒂,任凭找些微价,归并过去就是了。"

玉川父子听见,欣幸不已,说:"我平日好说祖宗,毕竟受了祖宗之庇。若不是遥遥华胄,怎得这奕奕高居?故人乐有贤祖宗也。"就随着原中过去,成了交易。他一向爱讨便宜,如今叙起旧来,自然要叨惠到底。虞素臣并不较量,也学他的祖宗,竟做推位让国之事。另寻几间茅屋搬去栖身,使他成了一统之势。

有几个公直朋友,替虞素臣不服,说:"有了楼房,哪一家不好卖得,偏要卖与贪谋之人,使他遂了好谋,到人面前说嘴。你未有子嗣之先,倒不肯折气;如今得了子嗣,正有恢复之基,不赎他的转来,也够得紧了,为什么把留下的产业,又送与他?"虞素臣听见,冷笑了一声,方才回复道:"诸公的意思极好。只是单顾眼前,不曾虑到日后。我就他的意思,原是为着自己。就要恢复,也须等儿子大来,挣起人家,方才取赎得转。我是个老年之人,料想等不得儿子长大。焉知我死之后,儿子不卖与他?与其等儿子弃产,使他笑骂父亲;不如父亲卖楼,还使人怜惜儿子。这还是桩小事。万一我死得早,儿子又不得大,妻子要争恶气,不肯把产业与人,他见新的图不到手,旧的又怕回赎,少不得要生毒计,斩绝我的宗桃。只怕产业赎不来,连儿子都送了去,这才叫做折本。我如今贱卖与他,只当施舍一半,放些欠账与人。到儿孙手里,他就不还,也有人代出。古语云:'吃亏人常在。'此一定之理也。"众人听到此处,虽然警醒,究竟说他迂阔。

不想虞素臣卖楼之后,过不上几年,果然死了。留下三尺之童与未亡人抚育,绝无生产。只靠着几两楼价生些微利出来,以作糊口之计。唐玉川的家资,一日富似一日。他会创业,儿子又会守成,只有进气,没有出气。所置的产业,竟成了千年不拔之基。众人都说:"天道无知,慷慨仗义者,子孙个个式微;刻薄成家者,后代偏能发迹。"

谁想古人的言语再说不差:

　　善恶到头终有报,只争来早与来迟。

这两句说话,虽在人口头,却不曾留心玩味。若还报得迟的也与报得早的一样,岂不难为了等待之人?要晓得报应的迟早,就与放债取利一般,早取一日,少取一日的子钱;多放一年,多生一年的利息。你望报之心愈急,他偏不与你销缴,竟像没有报应的一般;等你望得心灰意懒,丢在肚皮外面,他倒忽然报应起来。犹如多年的冷债,主人都忘记了,平空白地送上门来,又有非常的利息,岂不比哪现讨现得的,更加爽快。

虞素臣的儿子,长到十七八岁,忽然得了科名,叫做虞嗣臣,字继武。做了一任县官,考选进京,升授掌科之职。为人敢言善诤,世宗皇帝极眷注他。一日,因母亲年老,告准了终养,驰驿还家。竟在数里之外,看见一个妇人,年纪不过二十多岁,手持文券,跪在道旁,口中叫喊:"只求虞老爷收用。"继武唤他上船,取文契一看,原来是她丈夫的名字,要连人带产投靠进来为仆的。继武问他道:"看你这个模样,有些大家举止,为什么要想投靠?丈夫又不见面,叫你这妇人出头,赶到路上来叫喊?"

那妇人道:"小妇人原是旧家,只因祖公在日,好置田产。凡有地亩相连、屋宇相接的,定要谋来凑锦。那些失业之人,不是出于情愿,个个都怀恨在心。起先祖公未死,一来有些小小时运,不该破财;二来公公是个生员,就有些官符口舌,只要费些银子,也还抵当得住。不想时运该倒,未及半载,祖公相继而亡。丈夫年小,又是个平民,那些欺孤虐寡的人,就一起发作,都往府县告起状来。一年之内,打了几十场官司,家产费去一大半。如今还有一桩奇祸,未曾销缴。丈夫现在狱中,不是钱财救得出、份上讲得来的,须是一位显宦替他出头分理,当做己事去做,方才救得出来。如今本处的显宦只有老爷,况且这桩事情,又与老爷有些干涉,虽是丈夫的事,却与老爷的事一般,所以备下文书,叫小妇人前来投靠。凡是家中的产业,连人带土,都送与老爷,只求老爷不弃轻微,早些取纳。"

继武听了此言,不胜错愕,问他:"未曾一缴的是桩什么事?为何干涉于我?莫非我不在家,奴仆借端生事,与你丈夫两个一起惹出祸来,故此引你投靠,要我把外面的人都认做管家,覆庇你们做那行势作恶的事么?"

那妇人道:"并无此事。只因家中有一座高阁,名为'三与楼',原是老爷府上卖出来的。管业多年,并无异说。谁想到了近日,不知什么仇人递了一张匿名状子,说丈夫是强盗窝家,祖孙三代俱做不良之事,现有二十锭元宝藏在三与楼下,起出真赃,便知分晓。县官见了此状,就密差几个应捕前来起赃。谁想在地板之下，果然起出二十锭元宝，就把丈夫带入县堂，指为窝盗，严刑夹打，要他招出同伙之人，与别处劫来的赃物。丈夫极力分诉，再辨不清。这宗银子不但不是己物，又不知从何处飞来，只因来历不明，以致官司难结。还喜得没有失主，问官作了疑狱，不曾定下罪名。丈夫终日思想：这些产业，原是府上出来的，或者是老爷的祖宗预先埋在地下，先太老爷不知，不曾取得，所以倒把有利之事贻害于人。如今不论是不是，只求老爷认了过来，这宗银子就有着落。银子一有着落，小妇人的丈夫，就从死中得活了。性命既是老爷救，家产该是老爷得。何况这座园亭，这些楼屋，原是先太老爷千辛万苦创造出来的，物各有主，自然该归与府上，并没有半点嫌疑。求老爷不要推却。"

继武听了这些话，甚是狐疑，就回复她道："我家有禁约在先，不受平民的投献。这'靠身'二字，不必提起。就是那座园亭，那些楼屋，俱系我家旧物，也是明中正契，出卖与人，不是你家占去的。就使我要，也要把原价还你，方才管得过来，没有白白退还之理。至于那些元宝，一发与我无干，不好冒认。你如今且去，待我会过县官，再叫他仔细推详，定要审个明白。若无实据，少不得救你丈夫出来，决不冤死他就是。"

妇人得了此言，欢喜不尽，千称万谢而去。但不知这场祸患，从何而起，后来脱与不脱，只剩一回，略观便晓。

第 三 回

老侠士设计处贪人　贤令君留心折疑狱

　　虞继武听了妇人的话,回到家中就把自己当做问官,再三替他推测道:"莫说这些财物不是祖上所遗,就是祖上所遗,为什么子孙不识,宗族不争,倒是旁人知道,走去递起状来?状上不写名字,分明是仇害无疑了。只是那递状之人就使与他有隙,哪一桩歹事不好加他,定要指为窝盗?起赃的时节,又能果应其言,恰好不多不少,合着状上的数目,难道那递状之人为报私仇,倒肯破费千金,预先埋在他地上去做这桩呆事不成?"想了几日,并无决断,就把这桩疑事,刻刻放在心头,睡里梦里,定要噫呀几声,哝聒几句。

　　太夫人听见,问他为着何事?继武就把妇人的话细细述了一番。太夫人初听之际,也甚是狐疑;及至想了一会,就忽然大悟道"是了,是了。这主银子果然是我家的,他疑得不错。你父亲在日,曾有一个朋友,是远方之人。他在三与楼下宿过几夜,看见有个白老鼠走来走去,钻入地板之中。他临去的时节,曾对你父亲说过,叫他不可卖楼,将来必有横财可得。这等看起来,就是财神出现。你父亲不曾取得,所以嫁祸于人。竟去认了出来,救他一命就是了。"

　　虞继武道:"这些说话,还有些费解。仕宦口中说不得荒唐之事,何况对了县父母讲出'白老鼠'三字来,焉知不疑我羡慕千金,不好白得,故意创为此说,好欺骗愚人?况且连这个白老鼠,也不是先人亲眼见的;连这句荒唐话,也不是先人亲口讲的。玄而又虚,真所谓痴人说梦。既是我家的财物,先人就该看见,为什么自己不见露形,反现在别人眼里?这是必无之事,不要信他。毕竟要与县父母商量,审出这桩疑事,救了无罪之民,才算个仁人君子。"

　　正在讲话之际,忽有家人传禀说:"县官上门参谒。"继武道:"正要相会,快请进来。"知县谒见之后,说了几句闲话,不等虞继武开口,先把这桩疑事,请教主人说:"唐某那主赃物,再三研审,不得其实。昨日又亲口招称,说起赃之处乃府上的原产,一定是令祖所遗。故此卑职一来奉谒,二来请问老大人,求一个示下,不知果否?"继武道:"寒家累代清贫,先祖并无积蓄。这主赃物,学生不敢冒认,以来不洁之名。其间必有他故,也未必是窝盗之赃,还求老父母明访暗察,审出这桩事来,出了唐犯之罪才好。"知县道:"太翁仙逝之日,老大人尚在髫龄,以前的事,或者未必尽晓。何不请问太夫人,未经弃产之时,可略略有些见闻否?"继武道:"已曾问过家母,家母说来的话,颇近荒唐。又不出于先人之口,如今对了老父母,不便妄谈,只好存而不论罢了。"

知县听见这句话,毕竟要求说明,继武断不肯说,亏了太夫人立在屏后,一心要积阴功,就吩咐管家出来,把以前的说话细述一遍,以代主人之口。知县听罢,默默无言。想了好一会,方才对管家道:"烦你进去再问一声说:那看见白鼠的人住在哪里? 如今在也不在? 他家贫富如何? 太老爷在日,与他是何等的交情,曾有缓急相通之事否? 求太夫人说个明白。今日这番问答,就当做审事一般,或者无意之中,倒决了一桩疑狱,也未见得。"

管家进去一会,又出来禀复道:"太夫人说,那看见白鼠的乃远方人氏,住在某府某县,如今还不曾死。他的家资极厚,为人仗义疏财,与太老爷有金石之契。看见太老爷卖去园亭,将来还有卖楼之事,就要捐金取赎。太老爷自己不愿,方才中止。起先那句话,是他临行之际说出来的。"

知县又想一会,吩咐管家,叫他进去问道:"既然如此,太老爷去世之后,他可曾来赴吊? 相见太夫人,问些什么说话? 一发讲来。"

管家进去一会,又出来禀复道:"太夫人说,太老爷殁①了十余年,他方才知道,特地赶来祭奠。看见楼也卖去,十分惊骇。又问:'我去之后,可曾得些横财?'太夫人说:'并不曾有。'他就连声叹息说:'便宜了受业之人。欺心谋产,又得了不义之财,将来必有横祸。'他去之后,不多几日,就有人出首唐家,弄出这桩事。太夫人常常赞服,说他有先见之明。"

知县听到此处,就大笑起来,对了屏风后深深打一躬道:"多谢太夫人教导,使我这愚蒙县令,审出一桩奇事来。如今不消说得,竟烦尊使递

---

①　殁(mò)——死。

张领状,把那二十锭元宝送到府上来就是了。"继武道:"何所见而然? 还求老父母明白赐教。"知县道:"这二十锭元宝,也不是令祖所遗,也不是唐犯所劫,就是那位高人要替先太翁赎产。因先太翁素性廉介,坚执不从,故此埋下这主财物,赠与先太翁,为将来赎产之费的。只因不好明讲,所以假托鬼神好等他去之后,太翁掘取的意思。及至赴吊之时,看见不赎园亭,又把住楼卖去,就知道这主财物反为仇家所有,心上气愤不过,到临去之际,丢下一张匿名状词,好等他破家荡产的意思。如今真情既白,原物当还,竟送过来就是了,还有什么讲得。"

虞继武听了,心上虽然赞服,究竟碍了嫌疑,不好遽然称谢。也对知县打了一躬,说他"善察迩言,复多奇智,虽龙图复出,当不至此。只是这主财物,虽说是侠士所遗,究竟无人证见,不好冒领,求老父母存在库中,以备赈饥之费罢了。"

正在推让之际,又有一个家人手持红帖,对了主人轻轻的禀道:"当初讲话的人,现在门首,说从千里之外赶来问候太夫人的。如今太爷在此,本不该传,只因当日的事情,是他知道,恰好来在这边,所以传报。老爷,可好请进来质问?"虞继武大喜,就对知县说知。知县更加踊跃,叫快请进来。

只见走到面前,是个童颜鹤发的高士,藐视新贵,重待故人。对知县作了一揖,往后面竟走,说:"我今日之来,乃问候亡友之妻,不是趋炎附势。贵介临门,不干野叟之事,难以奉陪。引我到内室之中,去见嫂夫人罢了。"

虞继武道:"老伯远来,不该屈你陪客。只因县父母有桩疑事,要访问三老,难得高人到此,就屈坐片刻也无妨。"此老听见这句话,方才拱手而坐。知县陪了一茶,就打躬问道:"老先生二十年前曾做一桩盛德之事,起先没人知觉;如今遇了下官,替你表白出来了。那藏金赠友,不露端倪,只以神道设教的事,可是老先生做的么?"此老听见这句话,不觉心头跳动,半晌不言。踌躇了一会,方才答应他道:"山野之人,哪有什么盛德之事? 这句说话,贤使君问错了!"虞继武道:"白鼠出现的话,闻得出于老伯之口。如今为这一桩疑事,要把窝盗之罪加与一个良民,小侄不忍,求县父母宽释他。方才说到其间,略略有些头绪。只是白鼠之言,究竟不知是真是假,求老伯一言以决。"此老还故意推辞,不肯直说。

直到太夫人传出话来,求他吐露真情,好释良民之罪,此老方才大笑一场,把二十余年不曾泄露的心事,一起倾倒出来,与知县所言不爽一字。连元宝上面凿的什么字眼,做的什么记号,叫人取来质验,都历历不差。知县与继武称道此老的盛德,此老与继武夸颂知县的神明。知县与此老又交口赞叹说继武"不修宿怨,反沛新恩,做了这番长厚之事,将来前程远大,不卜可知"。你赞我,我赞你,大家讲个不住。只有两班皂快,立在旁边,个个掩口而笑,说:"本官出了告示,访拿匿名递状之人。如今审问出来,不行夹打,反同他坐了讲话,岂不是件新闻!"

知县回到县中,就取那二十锭元宝,差人送上门来,要取家人的领状。继武不收,写书回复知县,求他:"他这项银两给与唐姓之人,以为赎产之费。一来成先人之志;二来遂侠客之心;三来好等唐姓之人别买楼房居住,庶便与者、受者两不相亏,均颂仁侯之异政。"知县依了书中的话,把唐犯提出狱来,给还原价,取出两张卖契,差人押送上门。把楼阁园亭,交还原主管业。

当日在三与楼上举酒谢天,说:"前人为善之报,丰厚至此;唐姓为恶之报,惨酷至此。人亦何惮而不为善,何乐而为不善哉。"唐姓夫妇依旧写了身契,连当官所领之价,一并送上门来,抵死求他收用。继武坚辞不纳,还把好言安慰他。唐姓夫妇刻了长生牌位,领回家去供养。虽然不蒙收录,仍以家主事之。不但报答前恩,也要使旁人知道,说他是虞府家人,不敢欺负的意思。

众人有诗一首,单记此事,要劝富厚之家不可谋人田产。其诗云:
　　割地予人去,连人带产来。
　　存仁终有益,图利必生灾。

夏宜楼

第 一 回
浴荷池女伴肆顽皮　慕花容仙郎驰远目

诗云：

　　两村姊妹一般娇，同住溪边隔小桥。

　　相约采莲期早至，来迟罚取荡轻桡①。

又云：

　　采莲欲去又逡巡，无语低头各祷神。

　　折得并头应嫁早，不知佳兆属何人。

又云：

　　不识谁家女少年，半途来搭采莲船；

　　荡舟懒用些须力，才到攀花却占先。

又云：

　　采莲只唱采莲词，莫向同侪浪语私；

　　岸上有人闲处立，看花更看采花儿。

又云：

　　人在花中不觉香，离花香气远相将。

　　从中悟得勾郎法，只许郎看不近郎。

又云：

　　姊妹朝来唤采蕖②，新妆草草欠舒徐；

　　云鬟摇动浑松却，归去重教阿母梳。

　　这六首绝句，名为《采莲歌》，乃不肖儿时所作。共得十首，今去其

---

①　桡(ráo)——划船的桨。

②　蕖(qú)——荷花。

四。凡作《采莲》诗首，都是借花以咏闺情，再没有一首说着男子。又是借题以咏美人，并没有一句说着丑妇。可见荷花不比别样，只该是妇人采，不该用男子摘；只该入美人之手，不该近丑妇之身。

　　世间可爱的花卉，不知几千百种，独有荷花一件，更比诸卉不同：不但多色，又且多姿；不但有香，又且有韵；不但娱神悦目，到后来变作莲藕，又能解渴充饥。古人说他是"花之君子"，我又替他别取一号，叫做"花之美人"。这一种美人，不但在偎红倚翠、握雨携云的时节，方才用得他着；竟是个荆钗裙布之妻，箕帚蘋蘩之妇，既可生男育女，又能宜室宜家。自少至老，没有一日空闲，一时懒惰。开花放蕊时节，是他当令之秋，那些好处，都不消说得，只说他前乎此者与后乎此者：自从出水之际，就能点缀绿波，雅称"荷钱"之号；未经发蕊之先，便可饮嗽清香，无愧"碧筒"之誉。花瓣一落，早露莲房，荷叶虽枯，犹能适用。这些妙处，虽是他的绪余，却也可矜可贵，比不得寻常花卉，不到开放之际，毫不觉其可亲；一到花残絮舞之后，就把他当了弃物。古人云："弄花一年，看花十日。"想到此处，都有些打算不来。独有种荷栽藕，是桩极讨便宜之事，所以将他比做美人。

　　我往时讲一句笑话，人人都道可传，如今说来请教看官，且看是与不是？但凡戏耍亵狎之事，都要带些正经方才可久。尽有戏耍亵狎之中，做出正经事业来者。就如男子与妇人交媾，原不叫做正经，为什么千古相传，做了一件不朽之事？只因在戏耍亵狎里面，生得儿子出来，绵百世之宗祧，存两人之血脉：岂不是戏耍而有益于正，亵狎而无叛于经者乎？因说荷花，偶然及此，幸勿怪其饶舌。

　　如今叙说一篇奇话，因为从采莲而起，所以就把采莲一事做了引头，省得在树外寻根到这移花接木的去处：两边合不着笋也。

　　元朝至正年间，浙江婺州府金华县，有一位致仕的乡绅，姓詹号笔峰，官至徐州路总管之职。因早年得子二人，先后皆登仕路，故此急流勇退，把未尽之事，付与两位贤郎，终日饮酒赋诗，为追陶、仿谢之计。中年生得一女，小字娴娴。自幼丧母，俱是养娘抚育，詹公不肯轻易许配。因有儿子在朝，要他在仕籍里面选一个青年未娶的，好等女儿受现成封诰。这位小姐，既有秾桃艳李之姿，又有璞玉浑金之度。虽生在富贵之家，再不喜乔妆艳饰，在人前卖弄娉婷。终日淡扫蛾眉，坐在兰房，除女工绣作之外，只以读书为事。

詹公家范极严,内外男妇之间最有分别。家人所生之子,自十岁以上者,就屏出二门之外;即有呼唤,亦不许擅入中堂,只立在阶沿之下,听候使令。因女儿年近二八,未曾赘有东床,恐怕她身子空闲,又苦于寂寞,未免要动怀春之念,就生个法子出来扰动她。把家人所生之女,有资性可教、面目可观者,选出十数名来,把女儿做了先生,每日教她们写字一张,识字几个。使任事者既不寂寞,又不空闲,自然不生他想。

哪里知道,这位小姐原是端庄不过的,不消父母防闲,她自己也会防闲自己。知道年已及笄,芳心易动,刻刻以惩邪遏欲为心。见父亲要她授徒,正合着自家的意思,就将这些女伴认真教诲起来。

一日,时当盛夏,到处皆苦炎蒸。他家亭榭虽多,都有日光晒到,难于避暑;独有高楼一所,甚是空旷。三面皆水,水里皆种芙蕖,上有绿槐遮蔽,垂柳相遭。自清早以至黄昏,不漏一丝日色。古语云:"夏不登楼。"独有他这一楼偏宜于夏,所以詹公自题一匾,名曰"夏宜楼"。娴娴相中这一处,就对父亲讲了,搬进里面去住。把两间做书室,一间做卧房,寝食俱在其中,足迹不至楼下。

偶有一日,觉得身体困倦,走到房内去就寝。那些家人之女,都是顽皮不过的,张得小姐去睡,就大家高兴起来,要到池内采荷花。又无舟楫可渡,内中有一个道:"总则没有男人,怕什么出身露体。何不脱了衣服,大家跳下水去,为采荷花,又带便洗个凉澡,省得身子烦热,何等不妙!"

这些女伴都是喜凉畏暑,连这一衫一裤都是勉强穿着的,巴不得脱去一刻,好受一刻的风凉。况有绿水红莲与他相映,只当是女伴里面又增出许多女伴来,有什么不好?就大家约定,要在脱衫的时节,一起脱衣;解裤的时节,一起解裤:省得先解先脱之人露出惹看的东西,为后解后脱之人所笑。果然不先不后,一起解带宽裳,做了个临潼胜会,叫做七国诸侯一同赛宝。你看我,我看你,大家笑个不住。

脱完之后,又一同下水,倒把采莲做了末着。大家玩耍起来,也有摸鱼赌胜的,也有没水争奇的,也有在叶上弄珠的,也有在花间吸露的,也有搭手并肩交相摩弄的,也有抱胸搂背互讨便宜的。又有三三两两打做一团,假做吃醋拈酸之事的。

正在吵闹之际,不想把娴娴惊醒,遍寻女使不见。只听得一片笑声,就悄悄爬下床来，步出绣房一看，只见许多狡婢、无数顽徒，一个个赤身露体，都浸在水中。看见小姐出来，哪一个不惊慌失色，上又上不来，下又下不去，都弄得进退无门。娴娴恐怕呵斥得早，不免要激出事来，倒把身子宿进房去，佯为不知，好待他们上岸。

直等衣服着完之后，方才唤上楼来，罚她们一起跪倒，说："做妇女的人，全以廉耻为重，此事可做，将来何事不可为？"众人都说："老爷家法森严，并无男子敢进内室，恃得没有男人，才敢如此。求小姐饶个初犯。"娴娴不肯轻恕，只分个首从出来。"为从者一般吃打，只保得身有完肤。为首倡乱之人，直打得皮破血流才住。詹公听见啼哭之声，叫人问其所以，知道这番情节，也说打得极是，赞女儿教诲有方。

谁想不多几日，就有男媒女妁上门来议亲。所说之人，是个旧家子弟，姓瞿名佶，字吉人，乃婺郡知名之士。一向原考得起，科举新案又是他领批。一面央人说亲，一面备了盛礼，要拜在门下。娴娴左右之人都说他俊俏不过，真是风流才子。詹公只许收入门墙，把联姻缔好之事，且模糊答应说："两个小儿在京，恐怕别有所许，故此不敢遽诺。且待秋闱放榜之后，再看机缘。"他这句话，明明说世宦之家，不肯招白衣女婿，要他中过之后，才好联姻的意思。

瞿吉人自恃才高，常以一甲自许，见他如此回复，就说："这头亲事，拿定是我的，只迟得几个日子；但叫媒婆致意小姐，求她安心乐意，打点做夫人。"娴娴听见这句话，不胜之喜，说："他没有必售之才，如何拿得这样稳？但愿果然中得来，应了这句说话也好。"

及至秋闱放榜，买张小录一看，果然中了经魁。娴娴得意不过，知道自家的身子，必归此人，可谓终身有靠，巴不得他早些定局，好放下这条肚肠。怎奈新中的孝廉住在省城，定有几时耽搁。娴娴望了许久，并无音耗，就有许多疑虑出来。又不知是他来议婚，父亲不许；又不知是发达之后，另娶豪门。从来女子的芳心，再使她动弹不得；一动之后，就不能复静，少不得到愁攻病出而后止。一连疑了几日，就不觉生起病来。怕人猜忌她，又不好说得，只是自疼自苦，连丫环面前也不敢嗟叹一句。

不想过了几日，那个说亲的媒婆又来致意她道："瞿相公回来了。知道小姐有恙，特地叫我来问安，叫你保重身子，好做夫人。不要心烦意乱。"娴娴听见这句话，就吃了一大惊，心上思量道："我自己生病，只有我自己得知,连贴身服侍的人,都不晓得,他从远处回来,何由知道,竟着人问起安来?"踌躇了一会,就在媒婆面前再三掩饰说:"我好好一个人,并没有半毫灾晦,为什么没原没故咒人生起病来?"媒婆道:"小姐不要推调。他起先说你有病,我还不信;如今走进门来,看你这个模样,果然瘦了许多:才说他讲得不错。"娴娴道:"就是果然有病,他何由得知?"媒婆道:"不知什么缘故,你心上的事体,他件件晓得,就像同肠合肺的一般。不但心上如此,连你所行之事,没有一件瞒得他。他的面颜,你虽不曾见过;你的容貌,他却记得分明:对我说来,一毫不错。想是你们两个,前生前世原是一对夫妻,故此不曾会面就预先晓得。"

娴娴道:"我做的事,他既然知道,何不说出几件来?"媒婆道:"只消说一件,就够你吃惊了。他说自己有神眼,远近之事,无一毫不见。某月某日,你曾睡在房中,竟有许多女伴都脱光了身子,下水去采莲,被你走出来看见,每人打了几板。末后那一个,更打得凶。这一件事,可是真的么?"娴娴道:"这等讲来,都是我家内之人,口嘴不好,把没要紧的说话,都传将出去,所以他得知,哪里是什么夙缘? 哪里有什么神眼?"媒婆道:"别样的话,传得出去,你如今自家生病,又不曾告诉别人,难道也是传出去的? 况且那些女伴洗澡,他都亲眼见过,说十个之中有几个生得白,有几个生得黑,又有几个在黑白之间。还说有个披发女子,面貌肌肤,尽生得好,只可惜背脊上面,有个碗大的疮疤。这句说话,是真是假,合得着合不着,你去想就是了。"

娴娴听了这几句,就不觉口呆目定,慌做一团,心上思量道:"若说我家门户不谨,被人闪匿进来,他为什么只看丫环,不来调戏小姐? 何所闻而来? 何所见而去? 况且我家门禁最严,十岁之童,都走进二门不得,他是何人,能够到此? 若说他是巧语花言要骗我家的亲事,为什么信口讲来,不见有一字差错? 这等看起来,定是有些夙缘。就未必亲眼看见,也定有梦魂到此,所谓'精灵不隔,神气相通'的缘故了。"想到此处,就愈加亲热起来,对着媒婆道:"既然如此,为什么亲事不说,反叫你来见我?"

媒婆道:"一来为小姐有恙,他放心不下,恐怕耽搁迟了,你要加出病来。故此叫我安慰一声,省得小姐烦躁。二来说老爷的意思,定要选个富贵东床,他如今虽做孝廉,还怕不满老爷之意,说来未必就允。求小姐自做主张,念他有夙世姻缘,一点精灵,终日不离左右,也觉得可怜。万一老爷不允,倒许了别家,他少不得为你而死。说他这条魂灵,在生的时节尚且一刻不离,你做的事情,他件件知道;既死之后,岂肯把这条魂灵,倒收了转去? 少不得死跟着你,只怕你与哪一位也过不出好日子来,不如死心塌地只是嫁他的好。"

娴娴的意思,原要嫁他,又听了那些怪异之事,得了这番激切之言,一发牢上加牢,固上加固,绝无一毫转念了。就回复媒婆道:"叫他放心,速速央人来说。老爷许了就罢,万一不许,叫他进京之后,见我们大爷、二爷。他两个是怜才的人,自然肯许。"媒婆得了这句话,就去回复吉人。吉人大喜,即便央人说合,但不知可能就允。

看官们看到此处,别样的事都且丢开,单想詹家的事情,吉人如何知道? 是人是鬼,是梦是真,大家请猜一猜。且等猜不着时,再取下回来看。

第 二 回

冒神仙才郎不测　断诗句造物留情

吉人知道事情的缘故,料想列位看官都猜不着。如今听我说来:这个情节,也不是人,也不是鬼,也不全假,也不全真。都亏了一件东西,替他做了眼目。所以把个肉身男子假充了蜕骨神仙,不怕世人不信。这件东西的出处,虽然不在中国,却是好奇访异的人家都收藏得有,不是什么荒唐之物。但可惜世上的人,都拿来做了戏具,所以不觉其可宝。独有此人善藏其用,别处不敢劳他,直到遴娇选艳的时节,方才筑起坛来拜为上将,求他建立肤功:能使深闺艳质,不出户而罗列于前;别院奇葩,才着想而烂然于目。你道是件什么东西? 有《西江月》一词为证:

> 非独公输炫巧,离娄画策相资。微光一隙仅如丝,能使瞳人生翅。
>
> 制体初无远近,全凭用法参差。休嫌独目把人嗤,眇者从来善视。

这件东西,名为千里镜,出在西洋,与显微、焚香、端容、取火诸镜,同是一种聪明,生出许多奇巧。附录诸镜之式于后:

显 微 镜

大似金钱,下有三足。以极微、极细之物,置于三足之中,从上视之,即变为极宏、极巨。虮虱之属,几类犬羊;蚊虻之形,有同鹳鹤:并虮虱身上之毛,蚊虻翼边之彩,都觉得根根可数,历历可观。所以叫做"显微",以其能显至微之物,而使之光明较著也。

焚 香 镜

其大亦似金钱,有活架,架之可以运动,下有银盘。用香饼、香片之属,置于镜之下盘之上。一遇日光,无火自蓺①。随日之东西,以镜相逆,使之运动,正为此耳。最可爱者:但有香气而无烟,一饼龙

---

① 蓺(ruò)——点燃。

诞,可以竟日。此诸镜中之最适用者也。

端容镜

此镜较焚香、显微更小,取以鉴形,须眉毕备。更与游女相宜。悬之扇头,或系之帕上,可以沿途掠物,到处修容,不致有飞蓬不戢①之虑。

取火镜

此镜无甚奇特,仅可于日中取火,用以待燧。然迩来烟酒甚行,时时索醉,乞火之仆,不胜其烦。以此伴身,随取随得。又似于诸镜之中,更为适用。此世运使然。即西洋国创造之时,亦不料其当令至此也。

千里镜

此镜用大小数管,粗细不一,细者纳于粗者之中,欲使其可放可收,随伸随缩。所谓千里镜者,即嵌于管之两头,取以视远,无遐不到。"千里"二字,虽属过称,未必果能由吴视越,坐秦观楚。然试千百里之内,便自不觉其诬。至于十数里之中,千百步之外,取以观人鉴物,不但不觉其远,较对面相视者,便觉分明。真可宝也。

以上诸镜,皆西洋国所产。二百年以前,不过贡使携来,偶尔一见,不易得也。自明朝至今,彼国之中有出类拔萃之士,不为员幅所限,偶来设教于中土,自能制造,取以赠人。故凡探奇好事者,皆得而有之。诸公欲广其传,常授人以制造之法。然而此种聪明,中国不如外国,得其传者甚少。数年以来,独有武陵诸曦庵讳口者,系笔墨中知名之士,果能得其真传。所作显微、焚香、端容、取火及千里诸镜,皆不类寻常,与西洋上著者无异,而近视、远视诸眼镜更佳,得者皆珍为异宝。

这些都是闲话,讲他何用? 只因说千里镜一节,推类至此,以见此事并不荒唐。看官们不信,请向现在之人,购而试之可也。

吉人的天资,最多奇慧,比之闻一知十则不足,较之闻一知二则有余。同是一事,别人所见在此,他之所见独在彼,人都说他矫情示异,及至做到后来,才知道众人所见之浅,不若他所见之深也。

一日,邀了几个朋友,到街上购买书籍。从古玩铺前经过,看见一种

---

① 飞蓬不戢(jí)——蓬:蓬草;戢:收敛。杂草乱飞,无法收藏。

异样东西摆在架上，不识何所用之。及至取来观看，见着一条金笺，写者五个小字贴在上面道：

　　西洋千里镜

　　众人问说："要他何用？"店主道："登高之时，取以眺远，数十里外的山川，可以一览而尽。"众人不信，都说："哪有这般奇事？"店主道："诸公不信，不妨小试其端。"就取一张废纸，乃是选落的时文，对了众人道："这一篇文字，贴在对面人家的门首，诸公立在此处，可念得出么？"众人道："字细而路远，哪里念得出！"店主人道："既然如此，就把他试验一试验。"叫人取了过去，贴在对门，然后将此镜悬起。

　　众人一看，甚是惊骇，都说："不但字字碧清，可以朗诵得出；连纸上的笔画，都粗壮了许多，一个竟有几个大。"店主道："若还再远几步，他还要粗壮起来。到了百步之外，一里之内，这件异物才得尽其所长。只怕八咏楼上的牌匾，宝婺观前的对联，还没有这些字大哩。"

　　众人见说，都一起高兴起来，人人要买。吉人道："这件东西诸公买了，只怕不得其用，不如让了小弟罢。"众人道："不过是登高凭远，望望景致罢了，还有什么用处？"吉人道："恐怕不止于此。等小弟买了回去，不上一年半载，就叫他建立奇功，替我做一件终身大事。一到建功之后，就用他不着了，然后送与诸兄，做了一件公器，何等不好。"众人不解其故，都说："既然如此，就让兄买去，我们要用的时节，过来奉借就是了。"

　　吉人问过店主，酌中还价，兑足了银子，竟袖之而归，心上思量道："这件东西，既可以登高望远，又能使远处的人物，比近处更觉分明，竟是一双千里眼，不是千里镜了。我如今年已弱冠，姻事未偕，要选个人间的绝色；只是仕宦人家的女子，都没得与人见面，低门小户，又不便联姻。近日做媒的人，开了许多名字，都说是宦家之女，所居的宅子，又都不出数里之外。我如今有了千里眼，何不寻一块最高之地，去登眺起来？料想大户人家的房屋，决不是在瓦上开窗、墙角之中立门户的，定有雕栏曲树，虚户明窗。近处虽有遮拦，远观料无障蔽。待我携了这件东西，到高山寺浮屠宝塔之上，去眺望几番，未必不有所见。看是哪一位小姐，生得出类拔萃，把他看得明明白白，然后央人去说，就没有错配姻缘之事了。"

　　定下这个主意，就到高山寺租了一间僧房，以读书登眺为名，终日去试千里镜。望见许多院落，看过无数佳人，都没有一个中意的。

不想到了那一日，也是他的姻缘凑巧，詹家小姐该当遇着假神仙；又有那些顽皮女伴一起脱去衣裳，露出光光的身体，惹人动起兴来。到了高兴勃然的时节，忽然走出一位女子，月貌花容，又在诸姬之上。分明是牡丹独立，不问而知为花王。况又端方镇静，起初不露威严，过后才施夏楚。即此一事，就知道她宽严得体，御下有方。娶进门来，自然是个绝好的内助。所以查着根蒂，知道姓名，就急急央人说亲。又怕詹公不许，预先拜在门下，做了南容、公冶之流，使岳翁鉴貌怜才，知其可妻。

及至到中后回家的时节，丢这小姐不下，行装未解，又去登高而望：只见她倚栏枯坐，大有病容，两靥上的香肌，竟减去了三分之一，就知道她为着自己。未免有怨望之心，所以央人去问候。问候还是小事，知道吃紧的关头，全在窥见底里。这一着，初次说亲，不好轻易露出；此时不讲，更待何时？故此假口于媒人，说出这种神奇不测之事，预先摄住芳魂，使她疑鬼疑神，将来转动不得。

及至媒人转来回复，便知道这段奇功，果然出在千里镜上，就一面央人作伐，一面携了这位功臣，又去登高而望。只见她倚了危栏，不住作点头之状。又有一副笔砚，一幅诗笺，摆在桌上，是个做诗的光景。料想："在顷刻之间，就要写出来了。待我把这位神仙，索性假充到底，她一面写稿，我一面和将出来，即刻央人送去，不怕此女见了不惊断香魂，吐翻绛舌。这头亲事，就是真正神仙，也争夺不去了，何况世上的凡人。"想到此处，又怕媒婆脚散，卒急寻他不着，迟了一时三刻然后送去，虽则稀奇，还不见十分可骇；就预先叫人呼唤，使他在书房坐等，自己仍上宝塔去，去偷和新诗。

起先眺望，还在第四五层，只要平平望去，看得分明就罢了。此番道她写来的字，不过放在桌上，使云笺一幅仰面朝天；决不肯悬在壁间，使人得以窥觑。非置身天半，不能俯眺人间，窥见赤文绿字。就上了一层，又上一层，直到无可再上的去处，方才立定脚跟。摆定千里眼，对着夏宜楼，把娴娴小姐仔细一看，只见五条玉笋，捏着一管霜毫，正在那边誊写。其诗云：

重门深锁觉春迟，盼得花开蝶便知。
不使花魂沾蝶影，何来蝶梦到花枝？
誊写到此，不知为什么缘故，忽地张皇起来，把诗笺团做一把，塞入袖中,却像知道半空之中,有人偷觑的模样。倒把这位假神仙惊个半死,说:"我在这边偷觑,她何由知道,就忽然收拾起来?"

正在那边疑虑,只见一人步上危楼,葛巾野服,道貌森然,就是娴娴小姐之父。才知道她惊慌失色,把诗稿藏入袖中,就是为此。起先未到面前,听见父亲的脚步,所以预先收拾,省得败露于临时。

半天所立之人,相去甚远,止能见貌,不得闻声,所以错认至此,也是心虚胆怯的缘故。心上思量道:"看这光景,还是一首未了之诗,不像四句就歇的口气。我起先原要和韵,不想机缘凑巧,恰好有个人走来,打断她的诗兴,我何不代她之劳,就续成一首,把订婚的意思,寓在其中? 往常是'夫唱妇随',如今倒翻一局,做个'夫随妇唱'。只说见她吃了虚惊,把诗魂隔断,所以题完送去,替她联续起来,何等自然! 何等诧异! 不像次韵和去,虽然可骇,还觉得出于有心。"

想到此处,就手舞足蹈起来,如飞转到书房,拈起兔毫,一挥而就。其诗云:

> 只因蝶欠花前债,引得花生蝶后思。
>
> 好向东风酬凤愿,免教花蝶两参差。

写入花笺,就交付媒婆,叫她急急的送去,一步也不可迟缓。

怎奈走路之人倒急,做小说者偏要故意迟迟,分做一回另说。犹如詹小姐做诗,被人隔了一隔,然后联续起来,比一口气做成的,又好看多少。

第 三 回

赚奇缘新诗半首　圆妙谎密疏一篇

媒婆走到夏宜楼，只见詹公与小姐二人还坐在一处讲话。媒婆等了一会，直待詹公下楼，没人听见的时节，方才对着小姐道："瞿相公多多致意，说小姐方才做诗只写得一半，被老爷闯上楼来，吃了一个虚惊。小姐是抱恙的人，未免有伤贵体，叫我再来看看，不知今日的身子，比昨日略好些么？"

娴娴听见，吓得毛骨悚然，心上虽然服他，口里只是不认，说："我并不曾做诗。这几间楼上是老爷不时走动的，有什么虚惊吃得？"媒婆道："做诗不做诗，吃惊不吃惊，我都不知道。他叫这等讲，我就是这等讲。又说你后面半首不曾做得完，恐怕你才吃虚惊，又要劳神思索，特地续了半首叫我送来。但不知好与不好，还求你自家改正。"

娴娴听到此处，一发惊上加惊，九分说是神仙，只有一分不信了。就叫取出来看。及至见了四句新诗，惊出一身冷汗。果然不出吉人所料，竟把绛舌一条，吐出在朱唇之外；香魂半缕，直飞到碧汉之间。呆了半个时辰，不曾说话。

直到收魂定魄之后，方才对着媒婆讲出几句奇话道："这等看起来，竟是个真仙无疑了。丢了仙人不嫁，还嫁谁来？只是一件：恐怕他这个身子，还是偶然现出来的，未必是真形实像；不要等我许亲之后，他又飞上天去，叫人没处寻他，这就使不得了！"媒婆道："决无此事。他原说是神仙转世，不曾说竟是神仙。或者替你做了夫妻，到百年以后，一同化了原身，飞上天去也未可知。"娴娴道："既然如此，把我这半幅诗笺寄去与他，留下他的半幅：各人做个符验。叫他及早说亲，不可迟延时日。我这一生一世，若有二心到他，叫他自做阎罗王勾摄我的魂灵，任凭处治就是了。"

媒婆得了这些言语，就转身过去回复。又多了半幅诗笺，吉人得了，比前更加跳跃，只等同偕连理。

怎奈好事多磨，虽是"吉人"，不蒙"天相。"议亲的过来回复说："詹公推托如初,要待京中信来,方才定议:分明是不嫁举人,要嫁进士的声口。"吉人要往都门会试,恐怕事有变更,又叫媒婆过去与小姐商量。只道是媒婆自家的主意,说:"瞿相公一到京师,自然去拜两位老爷,就一面央人作伐。只是一件,万一两位老爷,也像这般势利,要等春闱放榜;倘或榜上无名,竟许了别个新贵,却怎么处?须要想个诀窍,预先传授他才好。"

娴娴道:"不消虑得。一来他有必售之才,举人拿得定,进士也拿得定。二来又是神仙转世,凭着这样法术,有什么事体做不来?况且两位老爷又是极信仙佛的,叫他显些小小神通,使两位老爷知道。他要趋吉避凶,自然肯许。我之所以倾心服他,肯把终身相托者也,就是为此。难道做神仙的人,婚姻一事,都不能自保,倒被凡人夺了去不成?"媒婆道:"也说得是。"就把这些说话,回复了吉人。连媒婆也不知就里,只说他果是真仙。回复之后,他自有神通会显,不消忧虑。

吉人怕露马脚,也只得糊涂应她,心上思量道:"这桩亲事,有些不稳了。我与他两位令兄,都是一样的人,有什么神通显得?只好凭着人力,央人去说亲。他若许得更好;他若不许,我再凭着自己的力量,去争他一名进士来。料想这件东西,是他乔梓三人所好之物,见了纱帽,自然应允。若还时运不利,偶落孙山,这头婚姻,只好丢手了。难道还好充做假神仙,去赖人家亲事不成?"

立定主意,走到京中,拜过二詹之后,即便央人议婚。果然不出所料,只以榜后定议为词。吉人就去奋志青云。到了场屋之中,竭尽生平之力。真个是:"文章有用,天地无私。"挂出榜来,巍然中在二甲。此番再去说亲,料想是满口应承,万无一失的了。不想他还有回复,说:"这一榜之上,同乡未娶者共有三人,都在求亲之列。因有家严在堂,不敢擅定去取。已曾把三位的姓字都写在家报之中,请命家严,待他自己枚卜。"

吉人听了这句话,又重新害怕起来,说:"这三个之中,万一卜着了别个,却怎么处?我在家中,还好与小姐商议,设些机谋,以图万一之幸。如今隔在两处,如何照应得来?"就不等选馆,竟自告假还乡。《西厢记》上有两句曲子,正合着他的事情,求看官代唱一遍:

> 只为着翠眉红粉一佳人,误了他玉堂金马三学士。

去了翰林不做,赶回家去求亲,不过是为情所使,这头亲事自然该上手了。不想到了家中，又合着古语二句：

莫道君行早，更有早行人。

原来那两名新贵，都在未曾挂榜之先，就束装归里。因他临行之际，曾央人转达二詹，说："此番下第就罢，万一侥幸，望在宅报之中代为缓颊，求订朱陈之好。"所以吉人未到，他已先在家中。个个都央人死订，把娴娴小姐，惊得手忙脚乱。闻得吉人一到，就叫媒婆再三叮咛："求他速显神通，遂了初议。若被凡人占了去，使我莫知死所，然后来摄魄勾魂，也是不中用的事了。"吉人听在耳中，茫无主意，也只得央人力恳。知道此翁势利，即以势利动之，说："我现中二甲，即日补官。那两位不曾殿试，如非做起官来，也要迟我三年。若还同选京职，我比他多做一任；万一中在三甲，补了外官，只怕他做到白头，还赶我不上。"那两个新贵也有一番夸诞之词，说："殿试过了的人，虽未授官，品级已定。况又不曾选馆，极高也不过部属。我们不曾殿试，将来中了鼎甲，也未可知。况且有三年读书，不怕不是馆职，好歹要上他一乘。"

詹公听了，都不回言。只因家报之中。曾有"枚卜"二字，此老势利别人，又不如势利儿子。就拿来奉为号令。定了某时某日，把三个姓名都写做纸阄，叫女儿自家拈取，省得议论纷纷，难于决断。

娴娴闻得此信，欢笑不已，说："他是个仙人，我这边一举一动、一步一趋，他都有神眼照瞭；何况枚卜新郎，是他切己的大事；不来显些法术，使我拈着他人之理？"就一面使人知会，叫他快显神通；一面抖擞精神，好待临时阄取。

到了那一日，詹公把三个名字，上了纸阄，放在金瓶之内，就像朝廷卜相一般，对了天地祖宗，自己拜了三拜。又叫女儿也拜三拜，然后取一双玉箸，交付与她，叫她向瓶内揭取。娴娴是胆壮的人，到手就揭，绝无畏缩之形。

谁知事不凑巧，神仙拈不着，倒拈着一个凡人。就把这位小姐惊得柳眉直竖，星眼频睃，说他："往日的神通，都到哪里去了？"正在那边愁闷，詹公又道阄取已定，叫她去拜谢神阄。娴娴方怪神道无灵，怨恨不了，哪里还肯拜谢？亏得她自己聪明，有随机应变之略，就跪在詹公面前，正颜厉声的禀道："孩儿有句说话，要奉告爹爹，又不敢启齿；欲待不说，又怕误了终身。"詹公道："父母面前，有什么难说的话？快些讲来。"娴娴就立起道:"孩儿昨夜得一梦,梦见亡过的母亲对孩儿说道:'闻得有三个贵人,来说亲事,内中只有一个,该是你的姻缘,其余并无干涉。'孩儿问是哪一个?母亲只道其姓,不道其名,说出一个'瞿'字,叫孩儿紧记在心,以待后验。不想到了如今,反阄着别个,不是此人。故此犹豫未决,不敢拜谢神明。"有个"期期不奉诏"之意。詹公想了一会道:"岂有此理。既是母亲有灵,为什么不托梦与我,倒对你说起来?既有此说,到了这枚卜之时,就该显些神力,前来护来祐他了,为何又阄着别人?这句邪话,我断然不信!"娴娴道:"信与不信,但凭爹爹。只是孩儿以母命为重,除了姓瞿的,断然不嫁。"

詹公听了这一句,就大怒起来道:"在生的父命倒不依从,反把亡过的母命来抵制我!况你这句说话,甚是荒唐,焉知不是另有私情,故意造为此说?既然如此,待我对着他的神座祷祝一番,问他果有此说否。若果有此说,速来托梦与我;倘若三夜无梦,就可见是捏造之词。不但不许瞿家,还要查访根由,究你那不端之罪。"说了这几句,头也不回,竟走开去了。

娴娴满肚惊疑,又受了这番凌辱,哪里愤激得了,就写一封密札,叫媒婆送与吉人。前半段是怨恨之词,后半段是永诀之意。吉人拆开一看,就大笑起来道:"这种情节,我早已知道了。烦你去回复小姐,说包他三日之内,老爷必定回心。这头亲事,断然归我。我也密札在此,烦你带去,叫小姐依计而行,决然不错就是了。"媒婆道:"你既有这样神通,为什么不早些显应,成就姻缘,又等他许着别个?"吉人道:"那是我的妙用。一来要试小姐之心,看他许着别人,改节不改节。二来气他的父亲不过,故意用些巧术,要愚弄他一番。三来神仙做事,全要变幻不测,若还一拈就着,又觉得过于平常,一些奇趣都没有了。"媒婆只说是真,就揣了这封密札,去回复娴娴。娴娴正在痛哭之际,忽然得此书,拆开一看,不但破涕为笑,竟拜天谢地起来,说:"有了此法,何愁亲事不成!"媒婆问她:"什么法子?"她只是笑而不答。

到了三日之后,詹公把她叫到面前,厉言厉色的问道:"我已祷告母亲,问其来历,叫他托梦与我。如今已是三日,并无一毫影响,可见你的说话,都是诳言。既然捏此虚情,其中必有缘故,快些说来我听。"娴娴道:"爹爹所祈之梦,又是孩儿替做过了。母亲对孩儿说,爹爹与姬妾同眠,她不屑走来亲近,只是跟着孩儿说:'你爹爹既然不信,我有个凭据到他,只怕你说出口来,竟要把他吓倒。'故此孩儿不敢轻说,恐怕惊坏了爹爹。"詹公道:"什么情由,就说得这等厉害?既然如此,你就讲来。"

娴娴道:"母亲说爹爹祷告之时,不但口中问她,还有一道疏文烧去,可是真的么?"詹公点头道:"这是真的。"娴娴道:"要问亲事的话确与不确,但看疏上的字差与不差。他说这篇疏文是爹爹瞒着孩儿做的,旋做旋烧,不曾有人看见。她亲口说与孩儿,叫孩儿记在心头。若还爹爹问及,也好念将出来,做个凭据。"詹公道:"不信有这等奇事,难道疏上的话,你竟念得出来?"娴娴道:"不但念得出,还可以一字不差。若差了一字,依旧是捏造之言,爹爹不信就是了。"说过这一句,就轻启朱唇,慢开玉齿,试梁间之燕语,学柳外之莺声,背将出来,果然不差一字。詹公听了,不怕他不毛骨悚然,惊诧了一番,就对娴娴道:"这等看来,鬼神之事,并不荒唐。百世姻缘,果由前定。这头亲事,竟许瞿家就是了。"

当日就吩咐媒婆,叫她不必行礼,择了吉日,竟过来赘亲。恰好成亲的时节,又遇着夏天,就把授徒的去处,做了洞房,与才子佳人,同偕伉俪。

娴娴初近新郎,还是一团畏敬之意,说他是个神仙,不敢十分亵狎。及至睡到半夜,见他欲心太重,道气全无,枕边所说的言语,都是些尤云殢雨之情,并没有餐霞吸露之意,就知道不是仙人,把以前那些事情,件件要查问到底。吉人骗了亲事上手,知道这位假神仙也做到功成行满的时候了,若不把直言告禀,等她试出破绽来,倒是桩没趣的事,就把从前的底里,和盘托出。

原来那一道疏文,是他得了枚卜之信,日夜忧煎,并无计策。终日对着千里镜长吁短叹,再三哀求,说:"这个媒人,原是你做起的。如今弄得不上不下,如何是好?还求你再显威灵,做完了这桩奇事,庶不致半途而废,埋没了这段奇功,使人不知爱重你。"说了这几句,就拿来悬在中堂,志志诚诚拜了几拜。拜完之后,又携到浮屠之上,注目而观。只见詹老坐在中堂,研起墨来,正在那边写字。吉人只说也是做诗,要把骗小姐的法则,又拿去哄骗丈人,也等他疑鬼疑神,好许这头亲事。及至仔细一看,才晓得是篇疏文。聪明之人,不消传说,看见这篇文字,就知道那种情由。所以急急誊写出来,加上一封密札,正要央人转送;不想遇着便雁,就托他将去。谁料机缘凑巧,果然收了这段奇功。

　　娴娴待他说完之后，诧异了一番，就说："这些情节，虽是人谋，也原有几分天意，不要十分说假了。"明日起来，就把这件法宝，供在夏宜楼，做了家堂香火。夫妻二人，不时礼拜。后来凡有疑事，就去卜问他。取来一照，就觉得眼目之前，定有些奇奇怪怪；所见之物，就当了一首签诗；做出事来，无不奇验。可见精神所聚之处，泥土草木，皆能效灵。从来拜神拜佛，都是自拜其心，不是真有神仙，真有菩萨也。

　　他这一家之人，只有娴娴小姐的尊躯，直到做亲之后，才能畅览；其余那些女伴，都是当年现体之人，不须解带宽裳，尽可穷其底里。吉人瞒着小姐，与她们背后调情，说着下身的事，一毫不错。那些女伴都替他上个徽号，叫做"贼眼官人"。既已出乖露丑，少不得把灵犀一点托付与他。吉人既占花王，又收尽了群芳众艳。当初刻意求亲，也就为此，不是单羡牡丹，置水面荷花于不问也。

　　可见做妇人的，不但有人之处，露不得身体，就是空房冷室之中、邃阁幽居之内，那"袒裼裸裎"四个字，也断然是用不着的。古语云："慢藏诲盗，冶容诲淫。"露了标致的面容，还可以完名全节；露了雪白的身体，就保不住玉洁冰清，终久要被人玷污也。

归正楼

第 一 回
发利市财食兼收　恃精详金银两失

诗云：

> 为人有志学山丘，莫作卑污水下流。
> 山到尽头犹返顾，水甘浊死不回头。
> 砥澜须用山为柱，载石难凭水作舟。
> 画幅单条悬壁上，好将山水助潜修。

这首新诗，要劝世上的人，个个自求上达，不可安于下流。上达之人，就如登山陟岭一般，步步求高，时时怕坠，这片勇往之心，自不可少。至于下流之人，当初偶然失足，堕在罪孽坑中，也要及早回头，想个自新之计。切不可以流水为心，高山作戒，说："我的身子，也已做了不肖之人，就像三峡的流泉，匡庐的瀑布，流出洞来，料想回不转去，索性等他流入深渊，卑污到底。"这点念头，作恶之人，虽未必个个都有，只是不想回头，少不得到这般地步。要晓得水流不返，还有沧海可归；人恶不悛①，只怕没有桃源可避。到了水穷山尽之处，恶又恶不去，善又善不来，才知道绿水误人，黄泉招客，悔不曾遇得正人君子，做个中流砥柱，早早激我回头也。

《四书》上有两句云："虽有恶人，斋戒沐浴，亦可以事上帝。""斋戒沐浴"四个字，就是说的回头。为什么恶人回头，就可以事上帝？我有个绝妙的比方，为善好似天晴，作恶就如下雨。譬如终日晴明，见了明星朗月，不见一毫可喜；及至苦雨连朝，落得人心厌倦，忽然见了日色，就与祥云瑞霭一般，人人快乐，个个欢欣，何曾怪他出得稍迟，把太阳推下海去。所以善人为善，倒不觉得稀奇。因他一向如此，只当是久晴的日色，虽然可喜，

---

① 不悛（quān）——不可悔改。

也还喜得平常。恶人为善,分外觉得奇特。因他一向不然,忽地如此,竟是积阴之后,陡遇太阳,不但可亲,又还亲得炎热。故此恶人回头,更为上帝所宠,得福最易。就像投诚纳款的盗贼,见面就要授官;比不得无罪之人,要求上进,不到选举之年,不能够飞黄腾达也。

近日有个杀猪屠狗的人,住在吃斋念佛的隔壁。忽然一日,遇了回禄之灾:把吃斋念佛的房产,烧得罄尽;单留下几间破屋,倒是杀猪屠狗的住房。众人都说:"天道无知,报应相反。"及至走去一看,那破屋里面,有几行小字,贴在家堂面前。其字云:

> 屠宰半生,罪孽深重。今特昭告神明,以某月某日为始,改从别业,誓不杀生。违戒者,天诛地灭。

众人替他算一算,那立誓的日子,比失火之期,只早得三日,就一起惊异道:"难道你一念回头,就有这般显应? 既然如此,为什么吃斋念佛的人,修行了半世,反不如你?"那杀猪屠狗的应道:"也有些缘故。闻得此老近日得了个生财的妙方,三分银子,可以倾做一钱,竟与真纹无异。用惯了手,终日闭户倾煎,所以失起火来,把房产烧得罄尽。"众人听了,愈加警省。古语云:"一善可以盖百恶。"这等看来,一恶也可以掩百善了。可见"回头"二字,为善者切不可有,为恶者断不可无。善人回头就是恶,恶人回头就是善。东西南北,各是一方。走路的人,不必定要自东至西,由南抵北,方才叫做回头;只须掉过脸来,就不是从前之路了。

这回野史,说一个拐子回头,后来登了道岸,与世间不肖的人做个样子。省得他错了主意,只说罪深孽重,忏悔不来,索性往错处走也。

明朝永乐年间,出了个神奇不测的拐子,访不出他姓名,查不着他乡里,认不出他面貌。只见四方之人,东家又说被拐,西家又道着骗。才说这个神棍近日去在南方,不想那个奸人早已来到北路。百姓受了害,告张缉批拿他,搜不出一件真赃,就对面也不敢动手。官府吃了亏,差些捕快捉他,审不出一毫实据,就拿住也不好加刑。他又有个改头换面之法:今日被他骗了,明日相逢就认他不出。都说是个"搅世的魔王",把一座清平世界,弄得鬼怕神愁。刻刻防奸,人人虑诈。越防得紧,他越要去打搅;偏虑得慌,他偏要来"照顾"。被他搅了三十余年,天下的人都没法处治。直到他贼星退命,驿马离宫,安心住在一处,改邪归正起来,自己说出姓名,叙出乡里,露出本来面目;又把生平所做之事,时常叙说一番,叫人以此为戒,不可学他。所以远近之人,把他无穷的恶迹,倒做了美谈,传到如今,方才知道来历。不然,叫编野史的人,从何处说起?

这个拐子,是广东肇庆府高安县人,姓贝,名喜。并无表字,只有一个别号,叫做贝去戎。为什么有这个别号?只因此人之父,原以偷摸治生,是穿窬中的名手;人见他来,就说个暗号道:"贝戎来了,大家谨慎。""贝戎"二字,合来是个"贼"字,又与他姓氏相符,故此做了暗号。及至到他手里,忽然要改弦易辙,做起跨灶的事来,说:"大丈夫要弄银子,须是明取民财,想个光明正大的法子,弄些用用,为什么背明趋暗,夜起昼眠,做那鼠窃狗偷之事?"所以把"人俞"改做"马扁","才莫"翻为"才另",暗施谲诈,明肆诙谐,做了这桩营业。人见他别创家声,不仍故辙,也算个亢宗之子,所以加他这个美称。其实也是褒中寓刺:上下两个字眼,究竟不曾离了"贝戎"。但与乃父较之,则有异耳。

做孩子的时节,父母劝他道:"拐子这碗饭,不是容易吃的:须有孙、庞之智,贲、育之勇,苏、张之辩;又要随机应变,料事如神,方才骗得钱财到手。一着不到,就要弄出事来。比不得我传家的勾当,是背着人做的,夜去明来,还可以藏拙。劝你不要更张,还是守旧的好。"他拿定主意,只是不肯,说:"我乃天授之才,不加人力。随他什么好汉,少不得要堕入计中,还你不错就是。"

父母道:"既然如此,就试你一试。我如今立在楼上,你若骗得下来,就见手段。"贝去戎摇摇头道:"若在楼下,还骗得上去。立在上面,如何骗得下来?"父母道:"既然如此,我就下来,且看用什么骗法。"及至走到楼下,叫他骗上去,贝去戎道:"也已骗下来了,何须再骗!"这句旧话,传流至今,人人识得;但不辨是谁人所做的事,如今才揭出姓名。父母大喜,说他:"果然胜祖强宗,将来毕竟要恢弘旧业。"就选一个吉日,叫他出门,要发个小小利市,只不要落空就好。

谁想他走出门去,不及两三个时辰,竟领着两名脚夫,抬了一桌酒席,又有几两席仪,连台盏杯箸,色色俱全,都是金镶银造的。抬进大门,秤了几分脚钱,打发来人转去。父母大惊,问他得来的缘故。贝去戎道:"今日乃开市吉期,不比寻常日子。若但是腰里撒撒,口里不见嗒嗒,也还不为稀罕;连一家所吃的喜酒都出在别人身上,这个拐子才做得神奇。如今都请坐下,待我一面吃,一面说:还你们听了,都大笑一场就是。"父母欢喜不过,就坐下席来,捏着酒杯,听他细说。

原来这桌酒席,是两门至戚,初次会亲。吃到半席的时节,女家叫人撤了,送到男家去的。未经撤席之际,贝去戎随了众人,立在旁边看戏。见他吃桌之外,另有看桌。料想终席之后,定要撤去送他:少不得是家人引领,就想个计较出来。知道戏文热闹,两处的管家,都立在旁边看戏,绝不提防。又知道只会男亲,不会女眷,连新妇也不曾回来。就装做男家的小厮,闯进女家的内室。丫环看见,问他是谁家孩子。他说:"我是某姓家僮,跟老爷来赴席的。新娘有句说话,叫我瞒了众人,说与老安人知道,故此悄悄进来,烦你引我一见。"丫环只说是真,果然引见主母。

贝去戎道:"新娘致意老安人,叫你自家保重,不要想念他。有一句说话,虽然没要紧,也关系府上的体面,料想母子之间,决不见笑,所以叫我来传言。她说我家的伴当,个个生得嘴馋,惯要偷酒偷食,少刻送桌面过去,路上决要抽分,每碗取出几块。虽然所值不多,我家老安人看见,只说酒席不齐整,要讥诮他。求你到换桌的时节,差两个的当用人,把食箩封好,瞒了我家伴当,预先挑送过门,省得他弄手脚。至于抬酒之人,不必太多,只消两个就有了。连帖子也交付与他,省得嘈嘈杂杂,不好款待。"

那位家主婆见他说得近情,就一一依从。瞒了家人,把酒席送去。临送的时节,贝去戎又立在旁边,与家主婆唧唧哝哝说了几句私语,使抬酒的看见,知道是男家得用之人。等酒席抬了出门,约去半里之地,就如飞赶上去道:"你们且立住,老安人说,还有好些菜蔬,装满一替食箩,方才遗落了,不曾加在担上,叫我赶来看守,唤你们速速转去抬了出来。"家人听了,具说是真,一起赶了回去。贝去戎张得不见,另雇两名脚夫,抬了竟走。所以抬到家中,不但没人追赶,亦且永不败露。这是他初出茅庐,第一桩燥脾之事。

父母听见,称赞不停,说他是个神人。从此以后,今日拐东,明日骗西,开门七件事,样样不须钱买,都是些淌来之物①。把那位穿窬老子,竟封了太上皇,不许他出门偷摸。只靠一双快手,养活了八口之家。还终朝饮酒食肉,不但是无饥而已。

---

① 淌来之物 ——淌:往下流。不费力气,白白得来的东西。

做上几年，声名大著，就有许多后辈慕他手段高强，都来及门授业。他有了帮手，又分外做得事来，远近数百里，没有一处的人不被他拐到骗到。家家门首贴了一行字云：

　　知会地方，协拿骗贼。

有个徽州当铺，开在府前。那管当的人，是个积年的老手，再不曾被人骗过。邻舍对他道："近来出个拐子，变幻异常，家家防备。以后所当之物，须要看仔细些，不要着他的手。"那管当的道："若还骗得我动，就算他是个神仙。只怕遇了区区，把机关识破，以后的拐子就做不成了。"说话的时节，恰好贝去戎有个徒弟立在面前，回来对他说了。贝去戎道："既然如此，就与他试试手段。"

偶然一日，那个管当的人，立在柜台之内。有人拿一锭金子，重十余两，要当五换。管当的仔细一看，知有十成，就兑银五十两，连当票交付与他。此人竟自去了。旁边立着一人，也拿了几件首饰要当银子。管当的看了又看，磨了又磨。那人见他仔细不过，就对他笑道："老朝奉，这几件首饰，所值不多，就当错了也有限。方才那锭金子，倒求你仔细看看，只怕有些蹊跷。"管当的道："那是一锭赤金，并无低假，何须看得。"那人道："低假不低假，我虽不知道。只是来当的人，我却有些认得，是个有名的拐子，重来不做好事的。"

管当的听了，就疑心起来，取出那锭金子，重新看了一遍，就递与他道："你看这样金子，有什么疑心？"那人接了，走到明亮之处，替他仔细一看，就大笑起来道："好一锭'赤金'，准准值八两银子。你拿去递与众人，大家验一验，且看我的眼力，比你的何如？"那店内之人，接了进去，磨的磨，看的看，果然试出破绽来。原来外面是真，里面是假。只有一膜金皮，约有八钱多重，里面的骨子都是精铜。

管当的着起忙来，要想追赶，又不知去向。那人道："他的踪迹，瞒不得区区。若肯许我相酬，包你一寻就见。"管当的听了，连忙许他谢仪，就带了原金，同去追赶。

赶到一处，恰好那当金之人，同着几个朋友，在茶馆内吃茶。那人指了，叫他："上前扭住，喊叫地方，自然有人来接应。只是一件，你是一个，他是几人，双拳不敌四手。万一这锭金子被他抢夺过去，把什么赃证弄他？"管当的道："说得极是。"就把金子递与此人，叫他："立在门外；待我喊叫地方,有了见证之后,你拿进来质对。"此人收了。管当的直闯进去,一把扭住当金之人,高声大叫起来。果然有许多地方走来接应,问他何故。管当的说出情由,众人就讨赃物来看。管当的连声呼唤,叫取赃物进来,并不见有人答应。及至出去抓寻,那典守赃物之人,又不知走到何方去了。

当金的道:"我好好一锭赤金,你倒遇了拐子被他拐去,反要弄起我来? 如今没得说,当票现存,原银也未动,速速还我原物,省得经官动府。"倒把他交与地方,讨个下落。地方之人,都说他:"自不小心,被人骗去,少不得要赔还。不然,他岂有干休之理?"管当的听了,气得眼睛直竖,想了半日,无计脱身,只得认了赔还。同到店中,兑了一百两真纹,方才打发得去。

这个拐法,又是什么情由? 只因他要显手段,一模一样做成两锭赤金,一真一假。起先所当,原是真的。预先叫个徒弟,带着那一锭,立在旁边,等他去后,故意说些巧话,好动他的疑心。及至取出原金,徒弟接上了手,就将假的换去,仍递与他。众人试验出来,自然央他追赶。后来那些关窍,一发是容易做的,不愁他不入局了。你说这些智谋,奇也不奇,巧也不巧?

起先还在近处掏摸,声名虽著,还不出东西两粤之间;及至父母俱亡,无有挂碍,就领了徒弟往各处横行。做来的事,一桩奇似一桩,一件巧似一件。索性把恶事讲尽,才好说他回头。做小说的本意,原在下面几回,以前所叙之事,示戒非示劝也。

第 二 回

敛众怨恶贯将盈　散多金善心陡发

贝去戎领了徒弟,周游四方,遇物即拐,逢人就骗。知道不义之财,岂能久聚,料想做不起人家,落得将来撒漫。凡是有名的妓妇,知趣的龙阳,没有一个不与他相处。赠人财物,动以百计,再没有论十的嫖钱,论两的表记。所以风月场中,要数他第一个大老。只是到了一处,就改换一次姓名,那些嫖过的婊子,枉害相思,再没有寻访之处。

贝去戎游了几年,十三个省城差不多被他走遍,所未到者,只是南北两京,心上想量道:"若使辇毂之下,没有一位神出鬼没的拐子,也不成个京师地面,毕竟要去走走,替朝廷长些气概。况且,拐百姓的方法,都做厌了,只有官府不曾骗过,也不要便宜了他。就使京官没钱,出手不大,荐书也拐他几封,往各处走走,做个'马扁'游客,也使人耳目一新。"就收拾行李,雇了极大的浪船,先入燕都,后往白下。

有个湖州笔客,要搭船进京,徒弟见他背着空囊,并无可骗之物,不肯承揽。贝去戎道:"世上没穷人,天下无弃物。就在叫化子身上骗得一件衲头,也好备逃难之用。只要招得下船,骗得上手,终有用着的去处。"就请笔客下舱,把好酒好食不时款待。

笔客问他:"进京何事,寓在哪里?"贝去戎假借一位当道认做父亲,说:"一到就进衙斋,不在外面停泊。"笔客道:"原来是某公子。令尊大人是我定门主顾,他一向所用之笔都是我的,少不得要进衙卖笔,就带便相访。"贝去戎道:"这等极好。既然如此,你的主顾决不止家父一人,想是五府六部,翰林科道诸官,都用你的宝货。此番进去,一定要送遍的了?"笔客道:"那不待言。"贝去戎道:"是哪些人?你说来我听。"笔客就向夹袋之中取出一个经折,凡是买笔的主顾,都开列姓名。又有一篇账目,写某人定做某笔几帖,议定价银若干。一项一项,开得清清楚楚,好待进京分送。

贝去戎看在肚里,过了一两日,又问他道:"我看你进京一次,也费好

些盘缠,有心置货,索性多置几箱,为什么不尴不尬,只带这些?"笔客道:
"限于资本,故此不能多置。"贝去戎道:"可惜你会我迟了。若还在家,我
有的是银子,就借你几百两,多置些货物,带到京师,卖出来还我,也不是
什么难事。"

　　笔客听了此言,不觉利心大动,翻来覆去,想了一晚。第二日起来道:
"公子昨日之言,甚是有理。在下想来,此间去府上也还不远,公子若有
盛意,何不写封书信,待我赶到贵乡,领了资本,再做几箱好笔,赶进来也
未迟。这些货物,先烦公子带进去,借重一位尊使分与各家,待我来取账
有何不可?"贝去戎见他说到此处,知道已入计中,就慨然应许,写下一张
谕帖:"着管事家人速付元宝若干锭,与某客置货进京,不得违误。"笔客
领了,千称万谢而去。

　　贝去戎得了这些货,一到京师,就扮做笔客,照他单上的姓名,竟往各
家分送,说:"某人是嫡亲舍弟,因卧病在家,不能远出,恐怕老爷等笔用,
特着我赍送前来,任凭作价。所该的账目,若在便中,就付些带去,以为养
病之资;万一不便,等他自家来领。只有一句话,要禀上各位老爷,舍弟
说:'连年生意淡薄,靠不得北京一处,要往南京走走。凡是由南至北,经
过的地方,或是贵门人,或是贵同年,或是令亲盛友,求赐几封书札。'荐
人卖笔,是桩雅事,没有什么嫌疑,料想各位老爷,不惜齿颊之芬,自然应
许。"那些当道,见他说得近情,料想没有他意,就一面写荐书,一面兑银
子,当下交付与他。书中的话,不过首叙寒温,次谈衷曲;把卖笔之事,倒
做了余文,随他买也得,不买也得。

　　哪里知道醉翁之意,原不在酒,单要看他柬帖上面,该用什么称呼;书
启之中,当叙什么情节:知道这番委曲,就可以另写荐书。至于图书笔迹,
都可以模仿得来,不是什么难事。出京数十里,就做游客起头,自北而南,
没有一处的抽丰,不被他打到。只因书札上面,所叙的寒温,所谈的衷曲,
一字不差,自然信杀无疑,用情唯恐不到。甚至有送事之外,又复捐囊;捐
囊之外,又托他携带礼物,转致此公。所得的钱财,不止一项。至于经过
的地方,凡有可做之事,可得之财,他又不肯放过一件,不单为抽丰而已。

　　一日,看见许多船只都贴了纸条,写着几行大字道:

　　某司、某道衙门吏书皂快人等,迎接新任老爷某上任。

　　他见了此字,就缩回数十里,即用本官的职衔,刻起封条印板,印上许

多,把船舱外面及扶手、拜匣之类,各贴一张,对着来船,扬帆带纤而走。

那些衙役见了,都说就是本官,走上船来,一起谒见。贝去戎受之不辞,把属官赍到的文书,都拆开封筒,打了到日。少不得各有夫仪,接驾就送,预先上手,做了他的见面钱。

过上一两日,就把书吏唤进官舱,轻轻的吩咐道:“我老爷有句私话对你们讲,你们须要体心,不可负我相托之意。”书吏一起跪倒,问:“有什么吩咐?”贝去戎道:“我老爷出京之日,借一主急债用了。原说到任三日,就要凑还。他如今跟在身边,不离一刻。我想到任之初,哪里就有?况且此人跟到地方,一定要招摇生事。不如在未到之先设处起来,打发他转去,才是一个长策。自古道:‘众擎易举,独力难成。’烦你们众人,大家攒凑攒凑,替我担上一肩。我到任之后,就设处出来还你。”

那些书吏,巴不得要奉承新官,哪一个肯说没有?就如飞赶上前去,不上三日,都取了回来。个个争多,人人虑少,竟收上一主横财。到了夜深人静之后,把银子并做一箱,轻轻丢下水去,自己逃避上岸,不露踪影。躲上一两日,看见接官的船只,都去远了,就叫徒弟下水,把银子掏摸起来,又是一桩生意。

到了南京,将所得的财物估算起来,竟以万计。心上思量道:“财物到盈千满万之后,若不散些出去,就要作祸生灾。不若寻些好事做做,一来免他作祟,二来借此盖愆,三来也等世上的人受我些拐骗之福。俗语道得好:‘趁我十年运,有病早来医。’焉知我得意一生,没有个倒运的日子?万一贼星命退,拐骗不来,要做打劫修行之事也不能够了。”就立定主意,停了歹事不做,终日在大街小巷,走来走去,做个没事寻事的人。

一日,清晨起来,吃了些早饭,独自一个往街上闲走。忽然走到一处,遇着四五个大汉,一起围住了他,都说:“往常寻你不着,如今从哪里出来?今日相逢,料想不肯放过,一定要下顾下顾的了。”说完之后,扯了竟走。问他什么缘故,又不肯讲。都说:“你见了冤家,自然明白。”

贝去戎甚是惊慌,心上思量道:“看这光景,一定是些捕快。所谓‘冤家’者,就是受害之人。被他缉访出来,如今拿去送官的了。难道我一向作恶,反没有半毫灾晦?方才起了善念,倒把从前之事败露出来,拿我去了命不成?”正在疑惑之际,只见扯到一处,把他关在空屋之中,一起去号召冤家好来与他作对。贝去戎坐了一会,想出个不遁自遁之法,好拐骗脱身。

　　只见门环一响，拥进许多人来，不是受害之人，反是受恩之辈。原来都是嫖过的姊妹，从各处搬到南京，做了歌院中的名妓，终日思念他，各人吩咐苍头，叫在路上遇着之时，千万不可放过。故此一见了面，就拉他回来。

　　所谓"冤家"者，乃是"俏冤家"，并不是取命索债的冤家。"作对"的"对"字，乃是配对之对，不是抵对质对之对也。只见进门之际，大家堆着笑容，走近身来相见。及至一见之后，又惊疑错愕起来，大家走了开去，却像认不得的一般。三三两两立在一处，说上许多私话，绝不见有好意到他。

　　这是什么缘故？只因贝去戎身边，有的是奇方妙药，只消一时半刻，就可以改变容颜。起先被众人扯到，关在空房之中，只说是祸事到了，乘众人不在，正好变形，就把脸上眉间略加点缀，却像个杂脚戏子，在外、末、丑、净之间。不觉体态依然，容颜迥别。那些姊妹看见，自然疑惑起来。这个才说有些相似，那个又道什么相干。有的说："他面上无疤，为什么忽生紫印？"有的道："他眉边没痣，为什么陡起黑星？""当日的面皮，却像嫩中带老；此时的颜色，又在娇里生妍。"大家唧唧哝哝，猜不住口。

　　贝去戎口中不说，心上思量说："我这桩生意，与为商做客的不同。为商做客，最怕人欺生，越要认得的多，方才立得脚住；我这桩生意，不怕欺生，倒怕欺熟。妓妇认得出，就要传播开来，岂是一桩好事？虽比受害的不同，也只是不认的好。"就别换一样声口，倒把他盘问起来，说："扯进来者何心？避转去者何意？"那些妓妇道："有一个故人，与你面貌相似，多年不见，甚是想念他，故此吩咐家人不时寻觅。方才扯你进来，只说与故人相会，不想又是初交，所以惊疑未定，不好遽然近身。"贝去戎道："那人有什么好处，这等思念他？"妓妇道："不但慷慨，又且温存，赠我们的东西，不一而足。如今看了一件，就想念他一番，故此丢撇不下。"

　　说话的时节，竟有个少年姊妹掉下泪来，知道不是情人，与他闲讲也无益，就掩着啼痕，别了众人先走。管教这数行情泪，哭出千载的奇闻。有诗为据：

> 从来妓女善装愁，不必伤心泪始流。
>
> 独有苏娘怀客泪，行行滴出自心头。

第 三 回

显神机字添一画　施妙术殿起双层

贝去戎嫖过的婊子,盈千累百,哪里记得许多?见了那少年姊妹,虽觉得有些面善,究竟不知姓名。见她掩着啼痕,别了众人先走,必非无故而然,就把她姓名居址与失身为妓的来历,细细问了一遍,才知道那些眼泪,是流得不错的。

这个姊妹,叫做苏一娘,原是苏州城内一个隐名接客的私窠子。只因丈夫不肖,习于下流,把家产荡尽,要硬逼她接人。头一次接着的,就是贝去戎。贝去戎见她体态端庄,不像私窠的举止,又且羞涩太甚,就问其来历,才知道为贫所使,不是出于本心。只嫖得一夜,竟以数百金赠之,叫她依旧关门,不可接客。谁想丈夫得了银子,未及两月,又赌得精光,竟把她卖入娼门,光明较著的接客,求为私窠子而不能。故此想念旧恩,不时流涕。起先见说是他,欢喜不了,故踊跃而来。如今看见不是,又觉得面貌相同,有个睹物伤情之意,故此掉下泪来。又怕立在面前愈加难忍,故此含泪而别。

贝去戎见了这些光景,不胜凄恻,就把几句巧话骗脱了身子,备下许多礼物,竟去拜访苏一娘。苏一娘才见了面,又重新哭起。贝去戎佯作不知,问其端的。苏一娘就把从前的话细述一番,述完之后,依旧啼哭起来,再也劝她不住。贝去戎道:"你如今定要见他,是个什么意思?不妨对我讲一讲,难道普天下的好事,只许一个人做,就没有第二个畅汉,赶得他上不成?"

苏一娘道:"我要见他有两个意思:一来因他嫖得一夜,破费了许多银子,所得不偿所失,要与他尽情欢乐一番,以补从前之缺;二来因我堕落烟花,原非得已,因他是个仗义之人,或者替我赎出身来,早作从良之计也未见得。故此终日想念,再丢他不开。"贝去戎道:"你若要单补前情,倒未必能够;若要赎身从良,这不是什么难事,在下薄有钱财,尽可以担当得起。只是一件,区区是个东西南北之人,今日在此,明日在彼,没有一定的住居,不便娶妻买妾。只好替你赎身出来,送还原主,做个昆仑、押衙之辈,倒还使得。"

苏一娘道:"若是交还原主,少不得重落火坑,倒多了一番进退。若得随你终身,固所愿也。万一不能,倒寻个僻静的庵堂,使我祝发为尼,皈依三宝,倒是一桩美事。"

贝去戎道:"只怕你这些说话,还是托词。若果有急流勇退之心,要做这撒手登崖之事,还你今朝作妓,明日从良,后日就好剃度。不但你的衣食之费,香火之资,出在区区身上;连那如来打坐之室,伽蓝入定之乡,四大金刚护法之门,一十八尊罗汉参禅之地,也都是区区建造。只要你守得到头,不使他日还俗之心,背了今日从良之志,就是个好尼僧,真菩萨,不枉我一番救度也。你可能够如此么?"

苏一娘道:"你果能践得此言,我就从今日立誓:倘有为善不终,到出家之后再起凡心者,叫我身遭惨祸而死,堕落最深的地狱。"说了这一句,就走进房中,半晌不出。

贝去戎只说他去小解,等了一会,不想走出房来,将一位血性佳人已变做肉身菩萨。竟把一头黑发,两鬓乌云,剪得根根到底。又在桃腮香颊上刺了几刀,以示破釜焚舟,决不回头之意。

贝去戎见了,惊得毛骨悚然。正要与她说话,不想乌龟、鸨母一起喧嚷进来,说他诱人出家,希图拐骗,闭他生意之门,绝人糊口之计,揪住了贝去戎,竟要与他拼命。贝去戎道:"你那生意之门,糊口之计,不过为'钱财'二字罢了。不是我夸嘴说,世上的财钱都聚在区区家里,随你论百论千,都取得出。若要结起讼来,只怕我处得你死,你弄我不穷。不如做桩好事,放她出家,待我取些银子,还你当日买身之费,倒是个本等。"

乌龟、鸨母听了,就问他索取身钱,还要偿还使费。贝去戎并不短少,一一算还,领了苏一娘权到寓中住下。当晚就分别嫌疑,并不同床宿歇,竟有"秉烛待旦"之风。

到了次日,央些房产中人,俗名叫做"白蚂蚁",惯替人卖房买屋,趁些居间钱过活的,叫他各处抓寻,要买所极大的房子,改造庵堂,其价不拘多少。又要于一宅之中,可以分为两院,使彼此不相混杂的。过了三朝五日,就有几个中人走来回话说:"一位世宦人家,有两座园亭,中分外合,极是幽雅。又有许多余地,可以建造庵堂,要五千金现物,方可成交,少一两也不卖。"

贝去戎随了中人走去一看，果然好一座园亭，就照数兑了五千，做成这主交易。把右边一所改了庵堂，塑上几尊佛像，叫苏一娘在里面修行；又替她取个法号，叫做"净莲"。因她由青楼出家，有出污泥而不染之意，故此把莲花相比。左边一所依旧做了园亭，好等自己往来，当个歇脚之地。里面有三间大楼，极深极邃。四面俱有夹墙，以后拐来的赃物，都好贮在其中，省得人来搜取，要做个聚宝盆的意思。楼上有个旧匾，题着"归止楼"三字。因原主是个仕宦，当日解组归来，不想复出，故此题匾示意，见得他归止于此，永不出山。

谁想到了这一日，那件四方家伙，竟会作怪起来："止"字头上，忽然添了一画，变做"归正楼"。贝去戎看屋的时节，还是"归止"，及至选了吉日，搬进楼房，抬起头来一看，觉得毫厘之差，竟有霄壤之别，与当日命名之意，大不相同。心上思量道："'正'字与'邪'字相反，邪念不改，正路难归。莫非是神道有灵，见我做了一桩善事，要索性劝我回头，故此加上一画，要我改邪归正的意思么？"仔细看了一会，只见所添的笔迹又与原字不同。原字是凹下去的，这一画是凸起来的。黑又不黑，青又不青，另是一种颜色。

贝去戎取了梯子，爬上去仔细一看，原来是些湿土，乃燕子衔泥簌新垒上去的。贝去戎道："禽鸟无知，哪里会增添笔画；不消说，是天地神明，假手于他的了。"就从此断了邪念，也学苏一娘厌弃红尘，竟要逃之方外。因自己所行之事，绝类神仙，凡人不能测识。知道学仙容易，作佛艰难，要从他性之所近。就把左边的房子，改了道院，与净莲同修各业，要做个仙佛同归。就把"归正"二字，做了道号：只当神道替他命名，也好顾名思义，省得又起邪心。

一日，对净莲道："我们这座房子，有心改做道场，索性起他两层大殿，一边奉事三清，一边供养三宝，方才像个局面。不然，你那一边，只有观音阁、罗汉堂，没有如来释迦的生位，成个什么体统？我这边，道场狭窄，院宇萧条，又在改创之初，略而未备，一发不消说了。"净莲道："造殿之费，动以千计。你既然出家，就断了生财之路；纵有些须积蓄，也还要防备将来，岂有仍前浪用之理？"

归正道："不妨。待我用些法术感动世人，还你一年半载，定有人来捐造。不但不要我费钱,又且不要我费力,才见得法术高强。"净莲道:"你方才学仙起头,并不曾得道,有什么法术就能感动世人,使他捐得这般容易?"归正道:"你不要管。我如今回去葬亲,将有一年之别,来岁此时方能聚首。包你回来之日,大殿已成,连三清、三宝的法像,都塑得齐齐整整,只等我袖手而来,做个现成法主就是。"净莲不解其故,还说是诞妄之词。

过了几日,又说十八尊罗汉之中有一尊塑得不好,要乘他在家另唤名手塑过,才好出门。净莲劝他将就,他只是不肯,果然换了法身,方才出去。临去之际,止留一位高徒看守道院,其余弟子都带了随身。

净莲独守禅关,将近半载。忽有一位仕客、一位富商,两下不约而同一起来做善事。那位仕客说从湖广来的,带了一二千金,要替他起造大殿,安置三清。那位富商说从山西来的,也带了一二千金,要替他建造佛堂,供养三宝。

这两位檀越不知何所见闻,忽有此举?归正的法术,为什么这等高强?看到下回,自然了悟。

第 四 回

侥天幸拐子成功　堕人谋檀那得福

　　仕客、富商走到,净莲惊诧不已,问他什么来由,忽然举此善念。况且湖广、山西相距甚远,为什么不曾相约,恰好同日光临,其中必有缘故。那位仕客道:"有一桩极奇的事,说来也觉得耳目一新。下官平日极好神仙,终日讲究的都是延年益寿之事。不想精诚之念,感格上清,竟有一位真仙下降,亲口对我讲道:'某处地方新建一所道院,规模已具,只少大殿一层。那位观主乃是真仙谪降,不久就要飞升。你既有慕道之心,速去做了这桩善事,后来使你长生者,未必不是此人之力。'下官敬信不过,就求他限了日期,要在今月某日起工,次月某日竖造,某月某日告成。告成之日,观主方来,与他见得一面,就是因缘,不怕后来不成正果。故此应期而来,不敢违了仙限。"

　　那位富商,虽然与他齐到,却是萍水相逢,不曾见面过的,听他说毕,甚是疑心,就盘问他道:"神仙乃是虚幻之事,毕竟有些征验,才信得他,怎见得是真仙下降? 焉知不是本观之人,要你替他造殿,假作这番诳语,也未可知。"仕客道:"若没有征验,如何肯信服他? 只因所见所闻,都是神奇不测之事,明明是个真仙,所以不敢不信。"富商道:"何所见闻,可好略说一说?"

　　仕客道:"他头一日来拜,说是天上的真人。小价不信,说他言语怪诞,不肯代传。他就在大门之上,写了四个字云:

　　　　回道人拜。

临行之际,又对小价道:'我是他的故人,他见了拜帖,自然知道。我明日此时,依旧来拜访,你们就不传,他也会出来的了,不劳如此相拒。'小价等他去后,舀一盆热水,洗刷大门。谁想费尽气力,只是洗刷不去,方才说与下官知道。下官不信,及至看他洗刷,果如其言。只得唤个木匠,叫他用推刨刨去。谁想刨去一层,也是如此;刨去两层,也是如此。把两扇大门,都刨穿了,那几个字迹,依然还在。下官心上才有一二分信他。晓得

'回道人'三字,是吕纯阳的别号,就吩咐小价道:'明日再来,不可拒绝,我定要见他。'及至第二日果来,下官连忙出接。见他脊背之上,负了一口宝剑,锋铓耀日,快不可当。腰间系个小小葫芦,约有三寸多长,一寸多大。下官隔了一段路,先对他道:'你既是真仙,求把宝剑脱下,暂放在一边,才好相会。如今有利器在身,焉知不是刺客?就要接见,也不敢接见了。'他听了这句话,就不慌不忙,把宝剑脱下,也不放在桌上,也不付与别人,竟拿来对着葫芦,缓缓的插将进去。不消半刻,竟把三尺龙泉,归之乌有,只剩得一个剑把塞在葫芦口内,却像个壶顶盒盖一般。你说这种光景,叫我如何不信?况且所说的话,又没有一毫私心,钱财并不经手,叫下官自来起造,无非要安置三清。这是眼见的功德,为什么不肯依他?"说完之后,又问那位富商:"你是何所见而来,也有什么征验否?"

富商道:"在下并无征验。是本庵一个长老募缘募到敝乡,对着舍下的门终日参禅打坐,不言不语。只有一块粉板倒放在面前,写着几行字道:

　　　募起大殿三间,不烦二位施主。钱粮并不经手,即求檀越就往监临,功德自在眼前,果报不须身后。

在下见他坐了许久,声色不动,知道是个禅僧,就问他宝山何处,他方才说出地方。在下颇有家资,并无子息。原有好善之名,又见他不化钱财,单求造殿,也知道是眼见的功德,故此写了缘簿,打发他先来。他临行的时节,也限一个日期,要在某日起工,某日建造,某日落成,与方才所说的不差一日。难道这个长老与神仙约会的不成?叫他出来一问就明白了。"

净莲道:"本庵并无僧人在外面抄化,或者他说的地方,不是这一处,老善人记错了。这一位宰官,既然遇了真仙,要他来做善事,此番盛事,自当乐从。至于老善人所带之物,原不是本庵募化来的,如何辄敢冒认?况且尼姑造殿,还该是尼姑募缘,岂有假手僧人之理?清净法门,不当有此嫌疑之事,尊意决不敢当。请善人赍了原金,往别处去访问。"

富商听了,甚是狐疑,道:"他所说的话,与本处印正起来,一毫不错,如何又说无干?"只得请教于仕客。仕客道:"既发善心,不当中止。即使募化之事,不出于他,就勉强做个檀越,那也不叫做烧香塑佛。"

富商道:"也说得是。"两个宿了一晚,到第二日起来,同往前后左右踱了一会，要替他选择基址，估算材料，好兴土木之工。不想走到一个去处，见了一座法身，又取出一件东西，仔细看了一会，就惊天动地起来，把那位富商吓得毛发俱竖，口中不住的念道：

奉劝世人休碌碌，举头三尺有神明。

你说走到哪一处，看见那一座法身，取出一件什么东西，就这等骇异？原来罗汉堂中，十八尊法像里面，有一尊的面貌，竟与募化的僧人纤毫无异。富商远远望见，就吃了一惊。及至走到近处，又越看越像起来。怀中抱了一本簿子，与当日募缘之疏，又有些相同。取下来一看，虽然是泥做的，却有一条红纸，写了一行大字夹在其中，就是富商所题的亲笔。你说看到此处，叫他惊也不惊？骇也不骇？信服不信服？就对了仕客道："这等看起来，仙也是真仙，佛也是真佛，我们两个，喜得与仙佛有缘。只要造得殿成，将来的果报，竟不问可知了。"仕客见其所见，闻其所闻，一发敬信起来。

两个克日兴工，昼夜催督，果然不越限期。到了某月某日，同时告竣。连一应法像，都装塑起来。正在落成，忽有一位方士走到。富商、仕客见他飘飘欲仙，不像凡人的举动，就问："是哪一位道友？"净莲道："就是本观的观主，道号归正。回去葬了二亲，好来死心塌地做修真悟道之事的。"仕客见说是他，低倒头来，就是三拜，竟把他当了真仙。说话之间，一字也不敢亵狎，求他取个法名，收为弟子，好回去遥相顶戴。归正一一依从。富商也把净莲当做活佛顶礼，也求他："取个法名，备而不用；万一佛天保佑，生个儿子出来，就以此名相唤，只当是莲花座下之人，好使他增福延寿。"净莲也一一依从。两下备了素斋，把仕客、富商款待了几日，方才送他回去。

这一尼一道，从此以后，就认真修炼起来，不上十年，都成了气候。俗语道得好："浪子回头金不换。"但凡走过邪路的人，归到正经路上，更比自幼学好的不同，叫做大悟之后，永不再迷，哪里还肯回头，做那不端不正的事？净莲与归正隔了一墙，修行十载，还不知这位道友是个拐子出身。直等他悟道之后，不肯把诳语欺人，说出以前的丑态，才知道他素行不端，比青楼出身更加污秽。所幸回头得早，不曾犯出事来。改邪归正的去处，就是变祸为祥的去处。

净莲问归正道："你以前所做的事，都曾讲过，十件之中，我已知道八九,只是造殿一事,我至今不解。为什么半年之前,就拿定有人捐助,到后来果应其言?难道你学仙未成,就有这般的妙术?"归正道:"不瞒贤弟讲,那些勾当,依然是拐子营生。只因贼星将退,还不曾离却命宫,正在交运接运之时,所以不知不觉,又做出两件事来,去拐骗施主。还喜得所拐所骗之人,都还拐骗得起,叫他做的,又都是作福之事,还不十分罪过。不然,竟做了个出乖露丑的冯妇,打虎不死,枉被人笑骂一生。"净莲道:"那是什么骗法?难道一痕的字迹,写穿了两扇大门;寸许的葫芦,摄回了三尺宝剑;与那役鬼驱神、使罗汉带缘簿出门替人募化的事,也是拐子做得来的?"

归正道:"都有缘故。那些事情,做来觉得奇异,说破不值半文。总是做贼的人,都有一番贼智,使人测度不来。又觉得我的聪明,比别人更胜几倍。只因要起大殿,舍不得破费己资,故此想出法来,去赚人作福。知道那位仕客平日极信神仙,又知道那位富商生来极肯施舍,所以做定圈套,带两个徒弟出门,一个乔扮神仙,一个假妆罗汉,遣他往湖广、山西,各行其道。自己回家葬亲,完了身背之事。不想神明呵护,到我转来之日,果应奇谋。这叫做'人有善愿,天必从之'。天也助一半,人也助一半,不必尽是诓骗之功。"就把从前秘密之事,一起吐露出来,不觉使人绝倒。

原来门上所题之字,是龟溺写的。龟尿入木,直钻到底,随你水洗刀削,再弄他不去。背上所负之剑,是铅锡造的,又是空心之物。葫芦里面预先贮了水银,水银遇着铅锡,能使立刻销融。所以插入葫芦,登时不见。至于罗汉的法身,就是徒弟的小像,临行之际,定要改塑一尊,就是为此。写了缘簿,就寄转来,叫守院之人裹上些泥土,塞在胸前。所以富商一见,信杀无疑,做了这桩善事。

净莲听到此处,就张眼吐舌,惊羡不已,说他:"有如此聪明,为什么不做正事?若把这些妙计,用在兵机将略之中,分明是陈平再出,诸葛复生,怕不替朝廷建功立业?为什么将来误用了?"可见国家用人,不可拘限资格。穿窬草窃之内,尽有英雄;鸡鸣狗盗之中,不无义士。恶人回头,不但是恶人之福,也是朝廷当世之福也。

后来归正、净莲一起成了正果,飞升的飞升,坐化的坐化。但不知东西二天,把他安插何处,做了第几等的神仙,第几尊的菩萨?想来也在不上不下之间。最可怪者:山西那位富商,自从造殿之后,回到家中,就连生三子。湖广那位仕客，果然得了养生之术，直活到九十余岁，才终天年。穷究起来，竟不知是什么缘故。

可见做善事的，只要自尽其心，终须得福，不必问他是真是假，果有果无。不但受欺受骗，原有装聋作哑的阴功；就是被劫被偷，也有失财得福的好处。世间没有温饱之家，何处养活饥寒之辈？失盗与施舍，总是一般，不过有心无心之别耳。

萃雅楼

第 一 回

卖花郎不卖后庭花　买货人惯买无钱货

诗云:

> 岂是河阳县,还疑碎锦坊。
> 贩来常带蕊,卖去尚余香。
> 价逐蜂丛踊,人随蝶翅忙。
> 王孙休惜费,难买是春光。

这首诗,乃觉世稗官二十年前所作。因到虎丘山下卖花市中,看见五彩陆离,众香芬馥,低回留之不能去。有个不居奇货、喜得名言的老叟,取出笔砚来索诗,所以就他粉壁之上,题此一律。市廛①乃极俗之地,花卉有至雅之名。"雅俗"二字,从来不得相兼。不想被卖花之人,趁了这主肥钱,又享了这段清福。所以诗中的意思极赞羡他。生意之可羡者,不止这一桩,还有两件贸易与他相似。那两件:书铺,香铺。这几种贸易,合而言之,叫做"俗中三雅"。开这些铺面的人,前世都有些因果。只因是些飞虫走兽托生,所以如此,不是偶然学就的营业。是哪些飞虫走兽?

> 开花铺者,乃蜜蜂化身。
> 开书铺者,乃蠹鱼转世。
> 开香铺者,乃香麝投胎。

还有一件生意最雅,为什么不列在其中?开古董铺的,叫做"市廛清客",帽子文人,岂不在三种之上?只因古董铺中,也有古书,也有名花,也有沉檀、速降,说此三件,古董就在其中,不肯以高文典册、异卉名香作时物观也。说便这等说,生意之雅俗,也要存乎其人。尽有生意最雅,其

---

① 廛(chán)——古代指一户平民所住的房屋。

人极俗:在书史花香里面过了一生,不但不得其趣,倒厌花香之触鼻,书史之闷人者,岂不为书史花香之累哉?这样人的前身,一般也是飞虫走兽,只因他只变形骸,不变性格,所以如此。蜜蜂但知采花,不识花中之趣,劳碌一生,徒为他人辛苦。蠹鱼但知蚀书,不得书中之味,老死其中,只为残编殉葬。香麝满身是香,自己闻来不觉,虽有芬脐馥卵,可以媚人,究竟是他累身之具。这样的人,不是"俗中三雅",还该叫他做"雅中三俗"。

　　如今说几个变得完全、能得此中之趣的,只当替斯文交易挂个招牌,好等人去下顾。只是一件,另有个美色招牌,切不可挂;若还一挂,就要惹出事来。奉劝世间标致店官,全要以谨慎为主。

　　明朝嘉靖年间,北京顺天府宛平县有两个少年:一姓金,字仲雨;一姓刘,字敏叔。两人同学攻书,最相契厚。只因把杂技分心,不肯专心举业,所以读不成功。到二十岁外,都出了学门,要做贸易之事。又有个少而更少的朋友,是扬州人,姓权字汝修,生得面似何郎,腰同沈约,虽是男子,还赛过美貌的妇人。与金、刘二君,都有后庭之好。金、刘二君,只以交情为重,略去一切嫌疑。两个朋友合着一个龙阳,不但醋念不生,反借他为联络形骸之具。

　　人只说他两个增为三个,却不知道三人并作一人。大家商议道:"我们都是读书朋友,虽然弃了举业,也还要择术而行,寻些斯文交易做做,才不失文人之体。"就把三十六行的生意,件件都想到,没有几样中意的。只有书铺、香铺、花铺、古董铺四种,个个说通,人人道好,就要兼并而为之。竟到西河沿上,赁了三间店面,打通了并做一间。中间开书铺,是金仲雨掌管;左边开香铺,是权汝修掌管;右边开花铺,又搭着古董,是刘敏叔掌管。后面有进大楼,题上一个匾额,叫做"萃雅楼"。结构之精,铺设之雅,自不待说。每到风清月朗之夜,一同聚啸其中,弹的弹,吹的吹,唱的唱,都是绝顶的技艺,闻者无不消魂。没有一部奇书,不是他看起;没有一种异香,不是他烧起;没有一本奇花异卉,不是他赏玩起。手中摩弄的,没有秦汉以下之物;壁间悬挂的,尽是宋唐以上之人。受用过了,又还卖出钱来。越用得旧,越卖得多。只当普天下人出了银子,买他这三位清客在那边受享。

　　金、刘二人各有家小,都另在一处。独有权汝修未娶,常宿店中,当了两人的家小,各人轮伴一夜,名为守店,实是赏玩后庭花。日间趁钱,夜间行乐。你说普天之下,哪有这两位神仙? 合京师的少年,没有一个不慕,没有一个不妒。慕者慕其清福,妒者妒其奇欢。

他做生意之法,又与别个不同。虽然为着钱财,却处处存些雅道。收贩的时节,有三不买;出脱的时节,有三不卖。哪三不买? 低货不买,假货不买,来历不明之货不买。他说:"这几桩生意,都是雅事。若还收了低假之货,不但卖坏名头,还使人退上门来,有多少没趣。至于来历不明之货,或是盗贼劫来,或是家人窃出,贪贱收了,所趁之利不多,弄出官府口舌,不但折本,还把体面丧尽。麻绳套颈之事,岂是雅人清客所为?"所以把这三不买,塞了忍气受辱之源。

哪三不卖? 太贱不卖,太贵不卖,买主信不过不卖。"货真价实"四个字,原是开店的虚文,他竟当了实事做。所讲的数目,虽不是一口价,十分之内,也只虚得一二分。莫说还到七分,他断然不肯。就有托熟的主顾,见他说这些,就还这些:他接到手内,也秤出一二分还他,以见自家的信行。或有不曾交易过的,认货不确,疑真作假,就兑足了银子,他也不肯发货,说:"将钱买疑惑,有什么要紧? 不如别家去看。"他立定这些规矩,始终不变。

初开店的时节,也觉得生意寥寥,及至做到后来,三间铺面的人,都挨挤不去。由平民以至仕宦,由仕宦以至官僚,没有一种人不来下顾。就是皇帝身边的宫女,要买名花异香,都吩咐太监,叫到萃雅楼上去:其驰名一至于此。

凡有官僚仕宦往来,都请他楼上坐了,待茶已毕,然后取货上去,待他评选。那些官僚仕宦见他楼房精雅,店主是文人,都肯破格相待。也有叫他立谈的,也有与他对坐的。大约金、刘二人立谈得多,对坐得少;独有权汝修一个,虽是平民,却像有职份的一般,次次与贵人同坐。这是什么缘故? 只因他年纪幼少,面庞生得可爱,上门买货的仕宦,料想没有迂腐之人,个个有龙阳之好。见他走到面前,恨不得把膝头做了交椅,搂在怀中说话,岂忍叫他侧身而立,与自己漠不相关? 所以对坐得多,立谈得少。

彼时,有严嵩相国之子严世蕃,别号东楼者,官居太史,威权赫奕[1]。

---

[1] 赫奕——赫:显著;奕:盛大。显著盛大的样子。

偶然坐在朝房，与同僚之人说起书画古董的事。那些同僚之人，都说萃雅楼上的货物，件件都精，不但货好，卖货之人也不俗。又有几个道："最可爱者，是那小店官，生得冰清玉润。只消他坐在面前，就是名香，就是异卉，就是古董书籍了，何须看什么货！"东楼道："莲子胡同里面少了标致龙阳，要到柜台里面去取？不信市井之中，竟有这般的尤物。"讲话的道："口说无凭，你若有兴，同去看就是了。"东楼道："既然如此，等退朝之后，大家同去走一遭。"

只因东楼口中说了这一句，那些讲话的人，一来要趋奉要津，使自己说好的他也说好，才见得气味相投；二来要在铺面上讨好，使他知道权贵上门，预先料理；若还奉承得到这一位主顾，就抵得几十个贵人，将来的生意不小。自己再去买货，不怕不让些价钱。所以都吩咐家人，预先走去知会，说："严老爷要来看货，你可预先料理。这位仕宦不比别个，是轻慢不得的。莫说茶汤要好，就是送茶陪坐的人，也要收拾收拾，把身材面貌打扮齐整些。他若肯说个'好'字，就是你的时运到了。难道一个严府，抵不得半个朝廷？莫说趁钱，就要做官做吏也容易。"

金、刘二人听到这句说话，甚是惊骇，说"叫我准备茶汤，这是本等；为什么说到陪坐之人，也叫他收拾起来？他又不是跟官的门子，献曲的小唱，不过因官府上楼，没人陪话，叫点点货物，说说价钱。谁知习以成风，竟要看觑他起来？照他方才的话，不是看货，分明是看人了。想是那些仕宦在老严面前极口形容，所以引他上门，要做'借花献佛'之事。此老不比别个，最是敢作敢为。他若看得中意，不是隔靴搔痒、夹被摩疼，就可以了得事的，毕竟要认真舞弄。难道我们两个家醋不吃，连野醋也不吃不成？"私自商议了一会，又把汝修唤到面前，叫他自定主意。汝修道："这有何难。待我预先走了出去，等他进门，只说不在就是了。做官的人只好逢场作戏，在同僚面前逞逞高兴罢了，难道好认真做事，来追拿访缉我不成？"金、刘二人道："也说得是。"就把他藏过一边，准备茶汤伺候。

不上一刻，就有三四个仕宦随着东楼进来。仆从多人，个个如狼似虎。东楼跨进大门，就一眼觑着店内，不见有个小官，只说他上楼去了。及至走到楼上，又不见面，就对众人道："小店官在哪里？"众人道："少不得就来。没有我辈到此，尚且出来陪话，天上掉下一位福星，倒避了开去之理？"

　　东楼是个奸雄，分外有些诡智：就晓得未到之先，有人走漏消息，预先打发开去了。对着众人道："据小弟看来，此人今日决不出来见我。"众人心上都说："知会过的，又不是无心走到，他巴不得招揽生意，岂肯避人？"哪里知道，市井之中，一般有奇人怪士，倒比纱帽不同：势利有时而轻，交情有时而重。宁可得罪权要，不肯得罪朋友的。众人因为拿得稳，所以个个肯包，都说："此人不来，我们愿输东道，请赌一赌。"东楼就与众人赌下，只等他送茶上来。

　　谁想送茶之人，不是小店官，却是个驼背的老仆。问他："小主人在哪里？"老仆回话道："不知众位老爷按临，预先走出去了。"众人听见，个个失色起来，说："严老爷不比别位，难得见面的，快去寻他回来，不可误事。"老仆答应一声，走了下去。不多一会，金、刘二人走上楼来，见过了礼，就问："严老爷要看的是哪几种货物？好取上来。"东楼道："是货都要看，不论那一种。只把价高难得、别人买不起的，取来看就是了。"二人得了这句话，就如飞赶下楼去，把一应奇珍宝玩、异卉名香，连几本书目，一起搬了上来，摆在面前，任凭他取阅。

　　东楼意在看人，买货原是末着。如今见人不在，虽有满怀怒气，却不放一毫上脸。只把值钱的货物，都拣在一边，连声赞好，绝口不提"小店官"三字。拣完之后，就说："这些货物，我件件要买。闻得你铺中所说之价，不十分虚诬。待我取回去，你开个实价送来，我照数给还就是了。"金、刘二人只怕他为人而来，决不肯舍人而去，定有几时坐守，守到长久的时节，自家不好意思。谁想他起身得快，又一毫不恼，反买了许多货物，心上十分感激他，就连声答应道："只愁老爷不用，若用得着，只管取去就是了。"东楼吩咐管家，收取货物，入袖的入袖，上肩的上肩，都随了主人，一起搬着出去。东楼上轿之际，还说几声"打搅"，欢欢喜喜而去。

　　只有那些陪客，甚觉无味，不愁输了东道，只怕东楼不喜。因这小事料不着，连以后的大事都不肯信任他。这是患得患失的常态。

　　作者说到此处，不得不停一停，因后面话长，一时讲不断也。

第　二　回

保后件失去前件　结恩人遇着仇人

金、刘二人等东楼起身之后，把取去的货物，开出一篇账来，总算一算，恰好有千金之数。第二三日不好就去领价，直到五日之后，才送货单上门。管家传了进去，不多一会，就出来回复说："老爷知道了。"金、刘二人晓得官府的心性比众人不同，取货取得急，发价发得缓，不是一次就有的，只得走了回去。过上三五日，又来领价，他回复的话仍照前番。

从此以后，伙计二人，轮班来取，或是三日一至，或是五日一来，莫说银子不见一两，清茶没有一杯，连回复的说话，也贵重不过：除"知道了"三字之外，不曾增出半句话来。心上思量道："小钱不去，大钱不来。领官府的银子，就像烧丹炼汞一般，毕竟得些银母，才变化得出，没有空烧白炼之理。门上不用个纸包，他如何肯替你着力？"就秤出五两银子，送与管事家人，叫他："用心传禀；领出之后，还许抽分，只要数目不亏，就是加一扣除也情愿。"

家人见他知窍，就露出本心话来说："这主银子，不是二位领得出的。闻得另有一位店官，生得又小又好，老爷但闻其名，未识其面。要把这宗货物做了当头，引他上门来相见的。只消此人一到，银子就会出来。你们二位都是有窍的人，为什么丢了钥匙不拿来开锁，倒用铁丝去掭①？万一掭攧了簧，却怎么处？"

二人听了这些话，犹如大梦初醒，倒惊出一身汗来，走到旁边去商议说："我们两个反是弄巧成拙了。那日等他见一面，倒未必取货回来。谁知道'货'者，祸也：如今得了货，就要丢了人；得了人，就要丢了货。少不得有一样要丢，还是丢货的是，丢人的是？"想了一会，又发起狠来道："千金易得，美色难求，还是丢货的是。"定了主意，过去回复管家说："那位敝伙计，还是个小孩子，乃旧家子弟。送在店中学生意的，从来不放出门，恐

---

①　掭（tiàn）——拨动。

怕他父母计较。如今这主银子,随老爷发也得,不发也得,决不把别人家儿女,拿来换银子用。况且又是将本求利,应该得的。我们自今以后,再不来了。万一有意外之事,偶然发了出来,只求你知会一声,好待我们来取。"

管家笑一笑道:"请问二位,你这银子不领,宝店还要开么?"二人道:"怎么不开?"管家道:"何如!既在京师开店,如何恶识得当路之人?古语道得好:'穷不与富敌,贱不与贵争。'你若不来领价,明明是仇恨他,羞辱他了。这个主子可是仇恨得、羞辱得的?他若要睡人妻子,这就怪你不得,自然拼了性命要拒绝他;如今所说的,不过是一位朋友,就送上门来与他赏鉴赏鉴,也像古董、书画一般,弄坏了些,也不十分减价,为什么丢了上千银子,去换一杯醋吃?况且丢去之后,还有别事出来,决不使你安稳。这样有损无益的事,我劝你莫做。"二人听到此处,就幡然自悔起来,道他讲得极是。

回到家中,先对汝修哭了一场,然后说出伤心之语,要他同去领价。汝修断然不肯,说:"烈女不更二夫,贞男岂易三主?除你二位之外,决不再去滥交一人。宁可把这些货物算在我账里,决不去做无耻之事。"金、刘二人又把利害谏他,说:"你若不去,不但生意折本,连这店也难开,将来定有不测之祸。"汝修立意虽坚,当不得二人苦劝,只得勉强依从,随了二人同去。

管门的见了,喜欢不过,如飞进去传禀。东楼就叫快传进来。金、刘二友送进仪门,方才转去。

东楼见了汝修,把他浑身上下仔细一看,果然是北京城内第一个美童,心上十分欢喜,就问他道:"你是个韵友,我也是个趣人,为什么别官都肯见,单单要回避我?"汝修道:"实是无心偶出,怎么敢回避老爷。"东楼道:"我闻得你提琴箫管,样样都精,又会葺理花木,收拾古董。至于烧香制茗之事,一发是你的本行,不消试验的了。我在这书房里面,少一个做伴的人,要屈你常住此间,当做一房外妾,又省得我别请陪堂。极是一桩便事,你心上可情愿么?"

汝修道:"父母年老,家计贫寒,要觅些微利养亲,恐怕不能久离膝下。"东楼道:"我闻得你是孤身,并无父母,为什么骗起我来?你的意思,不过同那两个光棍相与熟了,一时撇他不下,所以托故推辞。难道我做官的人，反不如两个铺户？他请得你起，我倒没有束脩么？"汝修道："那两个是结义的朋友，同事的伙计，并没有一毫苟且。老爷不要多疑。"

东楼听了这些话，明晓得是掩饰之词，耳朵虽听，心上一毫不理。还说与他未曾到手，情义甚疏，他如何肯撇了旧人来亲热我？就把他留在书房，一连宿了三夜。

东楼素有男风之癖。北京城内，不但有姿色的龙阳，不曾漏网一个；就是下僚里面，顶冠束带之人，若是青年有貌，肯以身事上台的，他也要破格垂青，留在后庭相见。阅历既多，自然知道好歹。看见汝修肌滑如油，豚白于雪，虽是两夫之妇，竟与处子一般，所以心上爱他不过，定要相留。这三夜之中，不知费了几许调停，指望把"温柔软款"四个字，买他的身子过来。不想这位少年，竟老辣不过，自恃心如铁石，不怕你口坠天花。这般讲来，他这般回复；那样说去，他那样推辞。东楼见说他不转，只得权时打发。

到第四日上，就把一应货物取到面前，又从头细阅一遍，拣最好的留下几件，不中意的尽数发还。除货价之外，又封十二两银子，送他做遮羞钱。汝修不好辞得，暂放袖中，到出门之际，就送与他的家人，以见"耻食周粟"之意。

回到店中，见了金、刘二友，满面羞惭，只想要去寻死。金、刘再三劝慰，才得瓦全。从此以后，看见东楼的轿子从店前经过，就趋避不遑，唯恐他进来缠扰。有时严府差人呼唤，只以病辞。等他唤过多遭，难以峻绝，就拣他出门的日子，去空走一遭，好等门簿上记个名字。瞰亡往拜，分明以"阳虎"待之。

东楼恨他不过，心上思量道："我这样一位显者，心腹满朝，何求不得，就是千金小姐，绝世佳人，我要娶她，也不敢回个'不'字。何况百姓里面，一个孤身无靠的龙阳，我要亲热他，他偏要冷落我；虽是光棍不好，预先勾搭住他，所以不肯改适，却也气恨不过，少不得生个法子弄他进来。只是一件，这样标致后生放在家里，使姬妾们看见未免动心；就不做出事来，也要彼此相形，愈加见得我老丑。除非得个两全之法，只受其益，不受其损，然后招他进来，始为长便。"想了一会，并没有半点计谋。

彼时有个用事的太监，姓沙，名玉成，一向与严氏父子表里为奸，势同狼狈的，甚得官家之宠。因他有痰湿病，早间入宫侍驾，一到巳刻，就回私宅调理。虽有内相之名,其实与外官无异。原是个清客出身,最喜栽培花竹,收藏古董。东楼虽务虚名,其实是个假清客,反不如他实实在行。

一日,东楼过去相访,见他收拾器玩,浇溉花卉,虽不是自家动手,却不住的呼僮叱仆,口不绝声,自家不以为烦。东楼听了,倒替他吃力,就说:"这些事情,原为取乐而设,若像如此费心,反是一桩苦事了。"沙太监道:"孩子没用,不由你不费心。我寻了一世馆僮,不曾遇着一个。严老爷府上若有勤力孩子,知道这些事的,肯见惠一个也好。"

东楼听了这句话,就触起心头之事。想个计较出来,回复他道:"敝衙的人,比府上更加不济。近来北京城里出了个清客少年,不但这些事情,件件晓得;连琴棋箫管之类,都是精妙不过的。有许多仕宦,要图在身边做孩子,只是弄他不去。除非公公呼唤,他或者肯来。只是一件,此人情窦已开,他一心要弄妇人;就勉强留他,也不能长久。须是与公公一样,也替他净了下身,使他只想进来,不想出去,才是个长久之计。"沙太监道:"这有何难。待我弄个法子,去哄他进来,若肯净身就罢;万一不肯,待我把几杯药酒灌醉了他,轻轻割去此道,到醒来知觉的时节,他就不肯做太监,也长不出人道来了。"

东楼大喜,叫他及早图之,不要被人弄了去。临行之际,又叮嘱一句道:"公公自己用他,不消说得;万一到百年以后用不着的时节,求你交还荐主,切不可送与别人。"沙太监道:"那何待说。我是个残疾之人,知道有几年过?做内相的,料想没有儿子,你竟来领去就是。"

东楼设计之意,原是为此,料他是个残疾之人,没有三年五载,身后自然归我,落得假手于他。一来报了见却之仇,二来做了可常之计。见他说着心事,就大笑起来。两个弄盏传杯,尽欢而别。

到了次日,沙太监着人去唤汝修,说:"旧时买些盆景,原是你铺中的,一向没人剪剔,渐渐长繁冗了,央你这位小店官过去修葺修葺。宫里的人,又开出一篇账来,大半是云油香皂之类,要当面交付与你,好带出来点货。"金、刘二人听了这句话,就连声招揽,叫汝修快些进去。一来因他是个太监,就留汝修过宿,也没有什么疑心;二来因为得罪东楼,怕他有怀恨之意,知道沙太监与他相好,万一有事,也好做一枝救兵。所以招接不遑,唯恐服侍不到。

汝修跟进内府,见过沙太监,少不得叙叙寒暄,然后问他有何使令。

沙太监道："修理花卉与点货入宫的话都是小事。只因一向慕你高名，不曾识面，要借此盘桓一番，以为后日相与之地。闻得你清课里面极是留心，又且长于音律，是京师里面第一个雅人，今日到此，件件都要相烦，切不可吝教。"汝修正有纳交之意，巴不得借此进身，求他护法。不但不肯谦逊，又且极力夸张，唯恐说了一件不能，要塞他后来召见之路。沙太监闻之甚喜，就吩咐孩子把琵琶、弦管、笙箫、鼓板之属，件件取到面前，摆下席来，叫他一面饮酒，一面敷陈技艺。汝修一一遵从，都竭尽生平之力。

沙太监耳中听了，心上思量说："小严的言语果然不错。这样孩子，若不替他净身，如何肯服侍我？与他明说，料想不肯，不若便宜行事的是。"就对侍从之人眨一眨眼。侍从的换上药酒，斟在他杯中。汝修吃了下去，不上一刻，渐渐的绵软起来，垂头歙颈，靠在交椅之上，做了个大睡不醒的陈抟。沙太监大笑一声，就叫："孩子们！快些动手。"

原来未饮之先，把阉割的人都埋伏在假山背后，此时一唤，就到面前。先替他脱去裈衣，把人道捏在手上，轻轻一割，就丢下地来，与獬狐狗儿吃了。等他流去些红水，就把止血的末药带热膏上，然后替他抹去猩红，依旧穿上裤子，竟像不曾动掸的一般。

汝修睡了半个时辰，忽然惊醒，还在药气未尽之时，但觉得身上有些痛楚，却不知在哪一处。睁开眼来，把沙太监相了一相，倒说："晚生贪杯太过，放肆得紧，得罪于公公了。"沙太监道："看你这光景，身子有些困乏，不若请到书房安歇了罢。"汝修道："正要如此。"沙太监就唤侍从之人，扶他进去。汝修才上牙床，倒了就睡，总是药气未尽的缘故。

正不知这个长觉，睡到几时才醒，醒后可觉无聊？看官们看到此时，可能够硬了心肠，不替小店官疼痛否？

第 三 回

权贵失便宜弃头颅而换卵　阉人图报复遗尿溺以酬涎

　　汝修倒在牙床，又昏昏的睡去。直睡到半夜之后，药气散尽，方才疼痛起来，从梦中喊叫而醒。举手一摸，竟少了一件东西。摸着的地方，又分外疼痛不过。再把日间之事，追想一追想，就豁然大悟：才晓得结识的恩人，倒做了仇家敌国；昨日那番卖弄，就是取祸之由。思想到此，不由他不号啕痛哭。从四更哭起，直哭到天明，不曾住口。

　　只见到巳牌时候，有两个小内相，走进来替他道喜说："从今以后，就是朝廷家里的人了。还有什么官儿管得你着？还有什么男人敢来戏弄得你？"汝修听到此处，愈觉伤心。不但今生今世，不能够娶妻，连两位尊夫，都要生离死别，不能够再效鸾凤了。正在栖惶之际，又有一个小内相走进来唤他说："公公起来了，快出去参见。"汝修道："我和他是宾主，为什么参见起来？"那些内相道："昨日净了身，今日就在他管下，怕你不参！"说过这一声，大家都走了开去。

　　汝修思量道："我就不参见，少不得要辞他一辞，才好出去。难道不偢不睬，他就肯放你出门？"只得爬下床来，一步一步的挣将出去。挣到沙太监面前，将要行礼，他就正颜厉色吩咐起来。既不是昨日的面容，也不像以前的声口说："你如今刀疮未好，且免了磕头。到五日之后，出来参见。从今以后，派你看守书房，一应古董书籍，都是你掌管。再拨两个孩子，帮你葺理①花木。若肯体心服侍，我自然另眼相看；稍有不到之处，莫怪我没有面情。割去膆子的人，除了我内相家中，不怕你走上天去！"

　　汝修听了这些话，甚觉寒心，就曲着身子禀道："既然净过身，自然要服侍公公。只是眼下刀疮未好，难以服役，求公公暂时宽假，放回去将养几日。待收口之后，进来服侍也未迟。"沙太监道："既然如此，许你去将养十日。"叫："孩子们，领他出去，交与萃雅楼主人。叫他好生调理，若还

---

①　葺(qì)——修补。

死了这一个,就把那两名伙计割去膦子来赔我,我也未必要他。"几个小内相一齐答应过了,就扶他出门。

却说金、刘二人,见他被沙公唤去,庆幸不了,巴不得他多住几日,多显些本事出来,等沙公赏鉴赏鉴,好借他的大树遮阴。故此放心落意,再不去接他。比不得在东楼府中,睡了三夜,使他三夜不曾合眼,等不到天明,就辖了头口去接;到不得日暮,就点着火把相迎。只因沙府无射猎之资,严家有攻伐之具。谁料常挤有事,止不过后队消亡;到如今自恃无虞,反使前军覆没。

只见几名内相扶着汝修进门,满面俱是愁容,偏体皆无血色。只说他酒量不济,既经隔宿,还倩人扶醉而归。谁知他色运告终,未及新婚,早已作无聊之叹。说出被阉的情节,就放声大哭起来。引得这两位情哥泪雨盆倾,几乎把全身淹没。送来的内相等不得他哭完,就催促金、刘二人:"快写一张领状,好带去回复公公。若有半点差池,少不得是苦主偿命。"

金、刘二人怕有干系,不肯就写。众人就拉了汝修,要依旧押他转去。二人出于无奈,只得具张甘结①与他:"倘有疏虞,愿将身抵。"金、刘打发众人去后,又从头哭了一场。遍访神医替他疗治,方才医得收口。

这十日之内,只以救命为主,料想图不得欢娱。直等收口之后,正要叙叙旧情,以为永别之计,不想许多内相拥进门来,都说:"限期已满,快些进去服役。若迟一刻,连具甘结的人,都要拿进府去,照他一般阉割也未可知。"二人吓得魂飞魄散,各人含了眼泪,送他出门。

汝修进府之后,知道身已被阉,料想别无去路,落得输心服意,替他做事。或者命里该做中贵,将来还有个进身。凡是分所当为,没有一件不尽心竭力。沙太监甚是得意,竟当做嫡亲儿子看待他。

汝修起初被阉,还不知来历,后来细问同伴之人,才晓得是奸雄所使。从此以后,就切齿腐心,力图报复。只恐怕机心一露,被他觉察出来,不但自身难保,还带累那两位情哥,必有丧家亡命之事。所以装聋作哑,只当不知。但见东楼走到,就竭力奉承,说:"以前为生意穷忙,不能够常来陪伴,如今身在此处,就像在老爷府上一般,凡有用着之处,就差人来呼唤。

①　甘结——旧时交给官署的一种字据,表示愿意承担某种义务或对某事负责,如果不能履行诺言,甘愿接受处罚。

只要公公肯放,就是三日之中过来两日,也是情愿的。"东楼听了此言,十分欢喜,常借修花移竹为名,接他过去相伴。沙太监是无膂之人,日里使得他着,夜间无所用之,落得公诸同好。

汝修一到他家,就留心伺察。把他所行的事、所说的话,凡有不利朝廷、妨碍军国者,都记在一本经摺之上,以备不时之需。沙太监自从阉割汝修,不曾用得半载,就被痰湿交攻,日甚一日,到经年之后,就沉顿而死。临死之际,少不得要践生前之约,把汝修赠与东楼。汝修专事仇人,反加得意,不上一年,把他父子二人一生所做之事,访得明明白白,不曾漏了一桩。也是他恶贯满盈,该当败露,到奸迹访完之日,恰好就弄出事来。

自从杨继盛出疏劾奏严嵩十罪五奸,皇上不听,倒把继盛处斩。从此以后,忠臣不服,求去的求去,复参的复参,弄得皇上没有主意,只得暂示威严,吩咐叫严嵩致仕,其子严世蕃、孙严鹄等,俱发烟瘴充军。这些法度,原是被群臣聒絮不过,权且疏他一疏,待人言稍息之后,依旧召还,仍前宠用的意思。不想倒被个小小忠臣塞住了这番私念,不但不用,还把他肆诸市朝,做了一桩痛快人心之事。

东楼被遣之后,少不得把他随从之人,都发在府县衙门,讨一个收管;好待事定之后,或是入官,或是发还原主。汝修到唱名之际,就高声喊叫起来,说:"我不是严姓家僮,乃沙府中的内监。沙公公既死,自然该献与朝廷,岂有转发私家之理?求老爷速备文书申报,待我到皇爷面前自去分理。若还隐匿不申,只怕查检出来,连该管衙门,都有些不便。"府县官听了,自然不敢隐蔽,就把他申报上司。上司又转文达部,直到奏过朝廷,收他入宫之后,才结了这宗公案。

汝修入禁之后,看见宫娥彩女所用的云油香皂,及腰间佩带之物,都有"萃雅楼"三字,就对宫人道:"此我家物也。物到此处,人也归到此处,可谓有缘。"那些宫女道:"既然如此,你就是萃雅楼的店官了,为什么好好一个男人,不去娶妻生子,倒反阉割起来?"汝修道:"其中有故,如今不便细讲。恐怕传出禁外,又为奸党所知,我这种冤情,就不能够申雪了。直等皇爷问我,我方才好说。"那些宫人听了,个个走到世宗面前,搬嘴学舌,说:"新进来的内监,乃是个生意之人,因被权奸所害,逼他至此。有什么冤情要诉,不肯对人乱讲,直要到万岁跟前方才肯说。"

　　世宗皇帝听了这句话，就叫近身侍御把他传到面前，再三询问。汝修把被阉的情节，从头至尾备细说来，一句也不增，一字也不减。说得世宗皇帝大怒起来，就对汝修道："人说他倚势虐民，所行之事没有一件在情理之中，朕还不信；这等看来，竟是个真正权奸，一毫不谬的了。既然如此，你在他家立脚多时，他平日所作所为，定然知道几件，除此一事之外，还有什么奸款，将来不利于朝廷，有误于军国的么？"

　　汝修叩头不已，连呼万岁，说："陛下垂问及此，乃四海苍生之福，祖宗社稷之灵也。此人奸迹多端，擢发莫数。奴辈也曾系念朝廷，留心伺察。他所行的事，虽记不全，却也十件之中，知道他三两件。有个小小经摺在此：都是亲眼所见，亲耳所闻，才敢记在上面。若有一字不确，就不敢妄渎听闻，以蹈欺君之罪。"

　　世宗皇帝取来一看，就不觉大震雷霆，重开天日，把御案一拍，高叫起来道："好一个杨继盛，真是比干复出，箕子再生。所奏之事，果然一字不差。寡人误杀忠臣，贻讥万世，真亡国之主也。朕起先的意思，还要暂震雷霆，终加雨露，待人心稍懈之后，还要用他。这等看来，'遣配'二字，不足以尽其辜，定该取他回来，戮于市朝之上，才足以雪忠臣之愤，快苍生赤子之心。若还一日不死，就放他在烟瘴地方，也还要替朝廷造祸。焉知他不号召蛮夷，思想谋叛！"

　　正在踌躇之际，也是他命该惨死，又有人在"火上添油"，忽有几位忠臣封了密疏进来，说："倭夷入寇，乃严世蕃所使。贿赂交通者，已非一日，朝野无不尽知。只因他势焰熏天，不敢启口。自蒙发遣之后，民间首发者纷纷而起，乞陛下早正国法，以绝祸萌。"世宗见了，正合着悔恨之意，就传下密旨，差校尉速拿进京，依拟正法。

　　汝修等他拿到京师，将斩未斩的时节，自己走到法场之上，指定了他，痛骂一顿。又做一首好诗赠他，一来发泄胸中的垒块；二来使世上闻之，知道为恶之报其速如此，凡有势焰者切不可学他。既杀之后，又把他的头颅制做溺器。因他当日垂涎自己，做了这桩恶事，后来取乐的时节，唾沫又用得多，故此偿以小便，使他不致亏本。

　　临死所赠之诗，是一首长短句的古风，大有益于风教。其诗云：

　　　　汝割我卵，我去汝头。

　　　　以上易下，死有余羞。

汝戏我豚，我溺汝口。
以净易秽，死多遗臭。
奉劝世间人，莫施刻毒心；
刻毒后来终有报，八两机谋换一觔。

拂云楼

第 一 回

洗脂粉娇女增娇　弄娉婷丑妻出丑

诗云：

> 闺中隐祸自谁萌？狡婢从来易惹情。
>
> 代送秋波留去客，惯传春信学流莺。
>
> 只因出阁梅香细，引得窥园蝶翅轻。
>
> 不是红娘通线索，莺莺何处觅张生？

这首诗与这回小说，都极道婢子之刁顽，梅香之狡狯。要使治家的人，知道这种利害，好去提防觉察他，庶不致内外交通，闺门受玷，乃维持风教之书，并不是宣淫败化之论也。从古及今，都把"梅香"二字，做了丫环的通号。习而不察者，都说是个美称；殊不知这两个字眼，古人原有深意：梅者，媒也；香者，向也。梅传春信，香惹游蜂。春信在内，游蜂在外。若不是他向里向外牵合拢来，如何得在一处？以此相呼，全要人顾名思义，刻刻防闲。一有不察，就要做出事来，及至玷污清名，梅"香"而主臭矣！若不是这种意思，丫环的名目甚多，哪一种花卉，哪一件器皿，不曾取过唤过？为何别样不传，独有"梅香"二字，千古相因而不变也？

明朝有个嫠妇①，从二八之年守寡，守到四十余岁，通族迫之不嫁，父母劝之不转，真是心如铁石！还做出许多激烈事来。忽然一夜在睡梦之中，受了奸人的玷污，将醒未醒之际，觉得身上有个男子，只说还在良人未死之时，搂了自己尽情欢悦。直到事毕之后，忽然警醒，才晓得男子是个奸人，自家是个寡妇。问他："何人引进，忽然到此？"奸夫见她身已受染，料无他意，就把真情说出来。原来是此妇之婢，一向与他私通，进房宿歇

---

① 嫠(lí)妇——寡妇。

者,已非一次,诚恐主母知觉要难为他,故此教导奸夫,索性一网打尽,好图个长久欢娱,说:"主母平日喜睡,非大呼不醒。乘她春梦未醒,悄悄过去行奸,只要三寸落肉,大事已成,就醒转来,也不好喊叫地方再来捉获你了。"奸夫听了此话,不觉色胆如天,故此爬上床来,做了这桩歹事。此妇乍闻此言,虽然懊恨,还要顾惜名声,不敢发作。及至奸夫去后,思想二十余年的苦节,一旦坏于丫环之手,岂肯甘心?忍又忍不住,说又说不出,只把丫环叫到面前,咬上几口,自己长叹数声,自缢而毙。后来家人知觉,告到官司,将奸夫处斩,丫环问了凌迟。那爰书①上面有四句云:

　　仇恨虽雪于死后,声名已玷于生前。

　　难免守身不固之怨,可为御下不严之戒。

　　另有一个梅香,做出许多奇事,成就了一对佳人才子费尽死力撮不拢的姻缘,与一味贪淫坏事者有别。看官们见了,一定要侈为美谈,说:"与前面之人,不该同日而语。"却不知做小说者,颇谙《春秋》之义,世上的月老人人做得,独有丫环做不得。丫环做媒,送小姐出阁,就如奸臣卖国,以君父予人,同是一种道理。故此这回小说,原为垂戒而作,非示劝也。

　　宋朝元祐年间,有个青年秀士,姓裴,名远,字子到。因他排行第七,人都唤做"裴七郎"。住在临安城内,生得俊雅不凡,又且才高学富,常以一第自许。早年娶妻封氏,乃本郡富室子女,奁丰而貌啬,行卑而性高,七郎深以为耻。未聘封氏之先,七郎之父曾与韦姓有约,许结婚姻。彼时七郎幼小,声名未著。及至到弱冠之岁,才名大噪于里中,素封之家,人人欲得以为婿。封氏之父,就央媒妁来议亲。裴翁见说他的妆奁较韦家不止十倍,狃②于世俗之见,决不肯取少而弃多,所以撇却韦家,定了封氏。

　　七郎做亲之后,见她状貌稀奇,又不自知其丑,偏要艳妆丽服,在人前卖弄,说她是临安城内数得着的佳人。一月之中,定要约了女伴到西湖上游玩几次。只因自幼娇养,习惯嬉游,不肯为人所制。七郎是个风流少年,未娶之先,曾对朋友说了大话,定要娶了绝世佳人,不然,宁可终身独处。谁想弄到其间,得了东施、嫫姆,恐怕为人耻笑,任他妻子游玩,自己

---

①　爰(yuán)书——记录罪犯供词的文书。

②　狃(niǔ)——因袭;拘泥。

再不相陪,连朋友认得的家僮,也不许他跟随出去。贴身服侍者,俱以内家之人,要使朋友遇见,认不出是谁家之女,哪姓之妻。就使他笑骂几声,批评几句,也说不到自己身上。

一日,偶值端阳佳节,阖郡的男女,都到湖上看竞龙舟。七郎也随了众人,夹在男子里面。正看到热闹之处,不想飓风大作,浪声如雷,竟把五月五日的西湖水,变做八月十八日的钱塘江,潮头准有五尺多高,盈舟满载的游女,都打得浑身透湿。摇船之人把捺不定,都叫他及早上岸,再迟一刻,就要翻下水了。那些女眷们听见,哪一个不想逃生?几百船的妇人,一起走上岸去,竟把苏堤立满,几乎踏沉了六桥。

男子里面,有几个轻薄少年,倡为一说道:"看这光景,今日的风潮,是断然不住的了。这些内客,料想不得上船,只好步行回去。我们立在总路头上,大家领略一番,且看这一郡之中,有几名国色。从来有句旧话说:'杭州城内,有脂粉而无佳人。'今日这场大雨,分明是天公好事,要我们考试真才,特地降此甘霖,替她们洗脂涤粉,露出本来面目,好待我辈文人,品题高下的意思,不可负了天心,大家赶上前去。"众人听了,都道他是不易之论①,连平日说过大话、不能应嘴的裴七郎,也说眼力甚高,竟以总裁自命。大家一起赶去,立在西泠桥,又各人取些石块垫了脚跟,才好居高而临下。

方才站立得定,只见那些女眷如蜂似蚁而来,也有擎伞的,也有遮扇的,也有摘张荷叶,盖在头上,像一朵落水芙蕖,随风吹倒的。又有伞也不擎,扇也不遮,荷叶也不盖,像一树雨打梨花,没人遮蔽的。众人细观容貌,都是些中下之材,并没有殊姿绝色。看过几百队,都是如此。大家叹息几声,各念四书一句道:"才难,不其然乎。"

正在嗟叹之际,只见一个朋友从后面赶来,对着众人道:"有个绝世佳人来了,大家请看!"众人睁着眼睛,一起观望,只见许多婢仆簇拥着一个妇人,走到面前,果然不是寻常姿色,莫说她自己一笑,可以倾国倾城;就是众人见了,也都要一笑倾城,再笑倾国起来。有《西江月》一词为证:

面似退光黑漆,肌生冰裂玄纹。腮边颊上有奇痕,仿佛湘妃泪印。

———————————

① 不易之论——易:变更。不可变更的言论。

指露几条碧玉，牙开两片乌银。秋波一转更消魂，惊得才郎倒退！

你道这妇人是谁？原来不是别个，就是封员外的嫡亲小姐，裴七郎的结发夫人。一向怕人知道，丈夫不敢追随，任亲戚朋友在背后批评，自家以眼不见为净的。谁想到了今日，竟要当场出丑！回避不及起来。起先那人看见，知道是个丑妇，故意走向前来，把左话右说，要使人辨眼看神仙，忽地逢魑魅，好吃惊发笑的意思。及至走到面前，人人掩口，个个低头，都说："青天白日见了鬼，不是一桩好事。"大家闭了眼睛，待他过去。

裴七郎听见，羞得满面通红，措身无地。还亏得预先识窍，远远望见她来，就躲在众人背后，又缩短了几寸，使他从面前走过，认不出自己丈夫，省得叫唤出来，被人识破。走到的时节，巴不得她脚底腾云，快快的走将过去，省得延捱时刻，多听许多恶声。

谁想那三寸金莲有些驼背，勉强曲在其中，到急忙要走的时节，被弓鞋束缚住了，一时伸他不直，要快也快不来的。若还信意走去，虽然不快，还只消半刻时辰。当不得她卖弄妖娆，但是人多的去处，就要扭捏扭捏，弄些态度出来，要使人赞好。任你大雨盆倾，她决不肯疾趋而过。谁想脚下的烂泥与桥边的石块，都是些冤家对头，不替他长艳助娇，偏使人出乖露丑。正在扭捏之际，被石块撞了脚尖，烂泥糊住高底，一跤跌倒，不免四体朝天。到这仓皇失措的时节，自然扭捏不来，少不得抢地呼天，情人扶救，没有一般丑态不露在众人面前，几乎把上百个少年一起笑死。起先的裴七郎，虽然缩了身子，还只短得几寸；及至到了此时，竟把头脑手足，缩做一团，假妆个原壤夷事俟玩世不恭的光景，好掩饰耳目。

正在哗噪之时，又有一队妇人走到，看见封氏吃跌，个个走来相扶。内中有好有歹，媸妍不一。独有两位佳人，年纪在二八上下，生得奇娇异艳，光彩夺人。被几层湿透的罗衫粘在玉体之上，把两个丰似多肌、柔若无骨的身子，透露得明明白白，连那酥胸玉乳，也不在若隐若现之间。

众人见了，就齐声赞叹，都说："状元有了，榜眼也有了，只可惜没有探花，凑不完鼎甲，只好虚席以待，等明岁端阳，再来收录遗才罢了。"裴七郎听见这句话，就渐渐伸出头来，又怕妻子看见，带累自家出丑，取出一把扇子，遮住面容，只从扇骨中间露出一双饿眼，把那两位佳人，细细的领略一遍，果然是天下无双、世间少二的女子。看了一会，众人已把封氏扶起。随身的伴当,见她衣裳污秽,不便行走,只得送入寺中,暂坐一会,去唤轿子来接她。

这一班轻薄少年,遇了绝色,竟像饿鹰见兔,饥犬闻腥,哪里还丢得下她? 就成群结队,尾着女伴而行。裴七郎怕露行藏,只得丢了妻子,随着众人同去。只见那两位佳人,合擎着一把雨盖,缓行几步,急行几步,缓又缓得可爱,急又急得可怜,虽在张惶急遽之时,不见一毫丑态,可见纯是天姿,绝无粉饰。若不是飓风狂雨,怎显得出绝世佳人? 及至走过断桥,那些女伴都借人家躲雨,好等轿子出来迎接。这帮少年,跟不到人家里面去,只得割爱而行。

那两位佳人虽中了状元、榜眼,究竟不知姓名。曾否许配,后来归与何人? 奉屈看官,权且朦胧一刻,待下回细访。

第 二 回

温旧好数致殷勤　失新欢三遭叱辱

裴七郎自从端阳之日，见妻子在众人面前露出许多丑态，令自己无处藏身，刻刻羞惭欲死。众人都说："这样丑妇，在家里坐上罢了，为什么也来游湖，弄出这般笑话？总是男子不是，不肯替妇人藏拙，以致如此。可惜不知姓名，若还知道姓名，倒有几出戏文好做。妇人是丑，少不得男子是净，这两个花面，自然是拆不开的。况且有两位佳人做了旦脚，没有东施、嫫姆，显不出西子、王嫱，借重这位功臣点缀点缀也好。"内中有几个道："有了正旦、小旦，少不得要用正生、小生，拼得费些心机，去查访姓字，兼问她所许之人。我们肯做戏文，不愁她的丈夫不来润笔！这桩有兴的事，是落得做的。"又有一个道："若要查访，连花面的名字，也要查访出来，好等流芳者流芳，贻臭者贻臭。"

七郎闻了此言，不但羞惭，又且惊怕，唯恐两笔水粉要送上脸来，所以百般掩饰，不但不露羞容，倒反随了众人，也说她丈夫不是。被众人笑骂不足为奇，连自己也笑骂自己。及至回到家中，思想起来，终日痛恨。对了封氏，虽然不好说出，却怀了一点异心，时时默祷神明，但愿她早生早化。

不想丑到极处的妇人，一般也犯造物之忌，不消丈夫咒得，那些魑魅魍魉，要寻她去做伴侣，早已送下邀帖了。只因游湖之日，遇了疾风暴雨，激出个感寒症来。况且平日喜妆标致，惯弄妖娆，只说遇见的男子，没有一个不称羡他，要使美丽之名，扬于通国。谁想无心吃跌，听见许多恶声，才晓得自己的尊容原不十分美丽："我在急遽之中，露出本相；别人也在仓促之顷，吐出真言。"平日那些扭捏工夫，都用在无益之地。所以郁闷填胸，病上加病，不曾睡得几日，就呜呼了。起先要为悦己者容，不意反为憎己者死。

七郎殁了丑妻，只当眼中去屑，那里畅快得了，少不得把以前的大话又重新说起。思想："这一次续弦，定要娶个倾城绝色，使通国之人赞美，方才洗得前羞。通国所赞者,只有那两位女子。料想不能全得,只要娶她一位,也就可以夸示众人。不但应了如今的口,连以前的大话都不至落空。那戏文上面的正生,自然要让我做,岂止不填花面而已哉!"

算计定了,就随着朋友去查访佳人的姓字。访了几日,并无音耗。不想在无心之际,遇着一个轿夫,是那日抬他回去的,方才说出姓名。原来不是别个,就是裴七郎未娶之先与他许过婚议的。一个是韦家小姐,一个是侍妾能红,都还不曾许嫁。

说话的,你以前叙事,都叙得入情,独有这句说话,讲脱节了!既是梅香、小姐,那日湖边相遇,众人都有眼睛,就该识出来了;为何彼时不觉,都说是一班游女、两位佳人,直到此时,方才查访得出?

看官有所不知。那一日湖边遇雨,都在张惶急遽之时,论不得尊卑上下,总是并肩而行。况且两双玉手,同执了一把雨盖,你靠着我,我挨着你,竟像一朵并头莲,辨不出谁花谁叶。所以众人看了,竟像同行姊妹一般。及至查问起来,那说话的人决不肯朦胧答应,自然要分别尊卑,说明就里。众人知道,就愈加赞羡起来,都说:"一户人家,生出这两件至宝,况是一主一婢,可谓奇而又奇!"

这个梅香,反大小姐二岁。小姐二八,她已二九,原名叫做桃花。因与小姐同学读书,先生见她资颖出众,相貌可观,将来必有良遇,恐怕以"桃花"二字见轻于人,说她是个婢子;故此告过主人,替她改了名字,叫做能红,依旧不失桃花之意,所谓"桃花能红李能白"也。

七郎访着根蒂就不觉颠狂起来说:"我这头亲事,若做得成,不但娶了娇妻,又且得了美妾。图一得二,何等便宜!这头亲事,又不是劈空说起,当日原有成议的。如今要复前约,料想没甚疑难。"就对父母说知,叫他重温旧好。

裴翁因前面的媳妇娶得不妥,大伤儿子之心;这番续弦,但凭他自家做主,并不相拗,原央旧时的媒妁过去说亲。

韦翁听见个"裴"字,就高声发作起来,说:"他当日爱富嫌贫,背了前议。这样负心之辈,我恨不得立斩其头,剜出心肝五脏,拿来下酒,还肯把亲事许他!他有财主做了亲翁,佳人做了媳妇,这一生一世用不着贫贱之交、糟糠之妇了,为什么又来寻我?莫说我这样女儿,不愁没有嫁处;就是折脚烂腿、耳聋眼瞎,没有人要的,我也拼得养她一世,决不肯折了饿气,嫁与仇人！落得不要讲起。"媒人见他所说的话是一团道理，没有半句回他，只得赔罪出门，转到裴家，以前言奉复。

裴翁知道不可挽回，就劝儿子别娶。七郎道："今生今世若不得与韦小姐成亲，宁可守义而死！就是守义而死，也不敢尽其天年，只好等一年半载，若还执意到底，不肯许诺，就当死于非命，以赎前愆。"父母听了此言，激得口呆目定，又向媒人下跪，求她勉力周全。媒人无可奈何，只得又去传说。

韦翁不见，只叫妻子回复她。妇人的口气更比男子不同，竟带讲带骂，说："从来慕富嫌贫，是女家所做之事。哪一本戏文小说，不是男家守义，女家背盟？他如今倒做转来，却像他家儿子是天下没有的人，我家女儿是世间无用之物。如今做亲几年，也不曾见他带挈丈人、丈母做了皇亲国戚！我这个没用女儿，倒常有举人进士央人来说亲，只因年貌不对，我不肯就许。像他这样才郎，还选得出。叫他醒一醒春梦，不要思量！"说过这些话，就指名道姓咒骂起来，比王婆骂鸡更加热闹。媒人不好意思，只得告别而行，就绝口回复裴翁，叫他断却痴想。

七郎听了这些话，一发愁闷不已，反复思量道："难道眼见的佳人，许过的亲事，就肯罢了不成！照媒人说来，他父母的主意是立定不移了，但不知小姐心上喜怒若何？或者父母不曾读书，但拘小忿，不顾大体，所以这般决裂。她是个读书明理之人，知道从一而终是妇人家一定之理。当初许过一番，就有夫妻之义。矢节不嫁，要归原夫，也未可料。待我用心打听，看有什么妇人常在他家走动，拼得办些礼物去结识她，求她在小姐跟前探一探动静。若不十分见绝，就把'节义'二字去歆动他。小姐肯许，不怕父母不从。死灰复燃，也是或有之事。"

主意定了，就终日出门打听。闻得有个女工师父叫做俞阿妈，韦小姐与能红的绣作，是她自小教会的，住在相近之处，不时往来。其夫乃学中门斗。七郎入泮①之年，恰好派着他管路，一向原是相熟的。七郎问着此人，就说有三分机会了，即时备下盛礼，因其夫而谒其妻，求他收了礼物，方才启齿，把当日改娶的苦衷，与此时求亲的至意，备细陈述一番，要她瞒了二人，达之闺阁。

————————————

① 泮(pàn)——泮宫，古代学宫。

　　俞阿妈道："韦家小姐是端庄不过的人，非礼之言，无由入耳。别样的话，我断然不敢代传；独有'节义'二字，是喜闻乐听的，待我就去传说。"七郎甚喜，当日不肯回家，只在就近之处，坐了半日，好听回音。

　　俞阿妈走入韦家，见了小姐，先说几句闲言，然后引归正路。照依七郎的话，一字不改；只把图谋之意，变做撺掇之词。小姐回复道："阿妈说错了。'节义'二字，原是分拆不开的。有了义夫，才有节妇。没有男子不义，责妇人以守节之礼。他既然立心娶我，就不该慕富嫌贫，悔了前议；既悔前议，就是恩断义绝之人了，还有什么瓜葛！他这些说话，都是支离矫强之词，没有一分道理。阿妈是个正人，也不该替他传说。"俞阿妈道："悔盟别娶之事，是父母逼他做的，不干自己之事，也该原谅他一分。"韦小姐道："父母相逼，也要他肯从。同是一样天伦，难道他的父母，就该遵依；我的父母，就该违拗不成？四德三从之礼，原为女子而设，不曾说及男人。如今做男子的，倒要在家从父；难道叫我做妇人的，反要未嫁从夫不成？一发说得好笑！"俞阿妈道："婚姻之事，执不得古板，要随缘法转的。他起初原要娶你，后来惑于媒妁之言，改娶封氏。如今成亲不久，依旧做了鳏夫。你又在闺中待字，不曾许嫁别姓。可见封家女子与他无缘，裴姓郎君该你有份的了。况且这位郎君，又有绝美的姿貌，是临安城内数一数二的才子。我家男人现在学里做斋夫，难道不知秀才好歹？我这番撺掇，原为你终身起见，不是图他的谢礼。"韦小姐道："缘法之有无，系于人心之向背。我如今一心不愿，就是与他无缘了，如何强得？人生一世，贵贱穷通，都有一定之数，不是强得来的。总是听天由命，但凭父母主张罢了。"

　　俞阿妈见她坚执不允，就改转口来，倒把他称赞一番，方才出去。走到自己门前，恰好遇着七郎来讨回复。俞阿妈留到家中，把小姐的话对他细述一番，说："这头亲事是断门绝路的了。及早他图，不可误了婚姻大事。"

　　七郎呆想一会，又对她道："既然如此，我另有一桩心事，望你周全。小姐自己不愿，也不敢再强。闻得她家有个侍妾，唤做能红，姿貌才情不在小姐之下。如今小姐没份，只得想到梅香，求你劝他主人，把能红当了小姐，嫁与卑人续弦。一来践他前言；二来绝我痴想；三来使别人知道，说他志气高强，不屑以亲生之女嫁与有隙之人，但以梅香塞责。只当羞辱我一场,岂不是一桩便事?若还他依旧执意,不肯通融,求你瞒了主人,把这番情节,传与能红知道,说我在湖边一见,蓦地销魂,不意芝草无根,竟出在平原下土。求她鉴我这点诚心,想出一条门路,与我同效鸳凰,岂不是桩美事?"说了这些话,又具一副厚礼,亲献与她:不是钱财,也不是币帛。有诗为证:

> 饯媒薄酒不堪斟,别有程仪表寸心。

> 非是手头无白锃①,爱从膝下献黄金。

七郎一边说话,一边把七尺多长的身子,渐渐的矮将下去。说到话完的时节,不知不觉就跪在此妇面前,等她伸手相扶,已做矮人一会了。

俞阿妈见他礼数殷勤,情词哀切,就不觉动了婆心,回复他道:"小姐的事,我决不敢应承,在他主人面前也不好说得。他既不许小姐,如何又许梅香?说起梅香,倒要愈增其怒了。独有能红这个女子,是乖巧不过的人。算计又多,口嘴又来得,竟把一家之人,都放不在眼里,只有小姐一个,她还忌惮几分。若还看得你上,她自有妙计出来,或者会驾驭主人,做了这头亲事也未见得。你如今且别,待我缓缓的说她,一有好音,就遣人来相复。"

七郎听到此处,真个是死灰复燃,不觉眉欢眼笑起来,感谢不已。起先丢了小姐,只想梅香,还怕图不到手。如今未曾"得陇",已先"望蜀",依旧要藉能红之力,希冀两全。只是讲不出口,恐怕俞阿妈说他志愿太奢,不肯任事。只唱几个肥喏,叮咛致谢而去。但不知后事如何,略止清谈,再擎麈尾②。

---

① 锃(qiǎng)——银。

② 麈(zhǔ)尾——拂尘。魏晋人清谈时常执的一种拂子。用麈的尾毛制成。麈,似鹿比鹿大的一种兽。

第 三 回

破疑人片言成二美　痴情客一跪得双娇

俞阿妈受托之后，把七郎这桩心事，刻刻放在心头。一日，走到韦家，背了小姐，正要与能红说话，不想这个妮子，竟有先见之明，不等她开口，就预先阻住道："师父今日到此，莫非替人做说客么？只怕能红的耳朵比小姐还硬几分，不肯听非礼之言，替人做暧昧之事。你落得不要开口。受人一跪，少不得要加利还他。我笑你这桩生意做折本了。"俞阿妈听见这些话，吓得毛骨悚然，说："她就是神仙，也没有这等灵异！为什么我家的事，她件件得知？连受人一跪，也瞒她不得，难道是有千里眼、顺风耳的不成？"

既被她识破机关，倒不好支吾掩饰，就回她道："我果然来做说客，要使你这位佳人，配个绝世的才子。我受他一跪，原是真的，但不知你坐在家中，何由知道？"能红道："岂不闻：'人间私语，天闻若雷；暗室亏心，神目如电？'我是个神仙转世，你与他商议的事，我哪一件不知？只拣要紧的话，说几句罢了。只说一件：他托你图谋，原是为着小姐；如今丢了小姐不说，反说到我身上来，却是为何？莫非借我为由，好做'假途灭虢^①'之事么？"俞阿妈道："起先的话，句句被你讲着；独有这一句，却是乱猜。他下跪之意，原是为你，并不曾讲起'小姐'二字，为什么屈起人来？"能红听了这句话，就低头不语，想了一会，又问她道："既然如此，他为我这般人，尚且下跪；起先为着小姐，还不知怎么样哀求。不是磕碎头皮，就是跪伤脚骨了。"俞阿妈道："这样看起来，你还是个假神仙。起先那些说话，并没有真知灼见，都是偶然撞着的。他说小姐的时节，不但不曾下跪，连喏也不唱一声。后来因小姐不许，绝了指望，就想到你身上来。要央我作伐，又怕我畏难不许，故此深深屈了一膝。这段真切的意思，你也负不

---

① 假途灭虢（guó）——假途：借路；虢：春秋时诸侯国名。泛指以借路为名，行侵略之实。

得他。"

能红听到此处，方才说出真情。原来韦家的宅子，就在俞阿妈前面。两家相对，只隔一墙。韦宅后园之中，有危楼一座，名曰"拂云楼"。楼窗外面，又有一座露台，原为晒衣而设，四面有笆篱围着，里面看见外面，外面之人，却看不见里面的。那日俞阿妈过去说亲，早被能红所料，知道俞家门内定有裴姓之人，就预先走上露台，等她回去，好看来人的动静。不想俞阿妈走到，果然同着男子进门，裴七郎的相貌丰姿，已被她一览而尽。及至看到后来，见七郎忽然下跪，只说还是为小姐，要他设计图谋，不但求亲，还有希图苟合之意，就时时刻刻防备他。这一日见她走来，特地背着小姐，要与自己讲话，只说这个老狗自己受人之托，反要我代做红娘，哪有这等便宜事！所以不等开口，就预先说破她。正言厉色之中，原带了三分醋意，如今知道那番屈膝，全是着着自己，就不觉改酸为甜，酿醋成蜜，要与她亲热起来，好商量做事。

既把真情说了一遍，又对她道："这位郎君，果然生得俊雅。他既肯俯就，我做侍妾的人，岂不愿仰攀？只是一件：恐怕他醉翁之意终不在酒，要预先娶了梅香，好招致小姐的意思。招致得去，未免得鱼忘筌①，'宠爱'二字，轮我不着。若还招致不去，一发以废物相看，不但无恩，又且生怨，如何使得？你如今对我直说，他跪求之意，还是真为能红，还是要图小姐？"

俞阿妈道："青天在上，不可冤屈了人！他实实为你自己。你若肯许，他少不得央媒说合，用花灯四轿抬你过门。岂有把梅香做了正妻，再娶小姐为妾之理！"

能红听了这一句，就大笑起来道："被你这一句话，破了我满肚疑心。这等看来，他是个情种无疑了。做名士的人，哪里寻不出妻子？千金小姐也易得，何况梅香？竟肯下跪起来！你去对他说，他若单为小姐，连能红也不得进门；既然要娶能红，只怕连小姐也不曾绝望。我与小姐其势相连，没有我东他西，我前他后之理。这两姓之人，已做了仇家敌国，若要仗媒人之力，从外面说进里面来，这是必无之事，终身不得的了。亏得一家

---

① 得鱼忘筌（quán）——筌：捕鱼用的竹器。比喻事成之后就忘了赖以成功的
事物和条件。

之人，知道我平日有些见识，做事的时节，虽不服气问我，却常在无意之中，探听我的口气。我说该做，他就去做；我说不该做，就是议定之事，也到底做不成。莫说别样，就是他家这头亲事，也吃亏我平日之间替小姐气忿不过，说他许多不是。所以一家三口，都听了先入之言，恨他入骨。故此媒人见不得面，亲事开不得口。若还这句说话，讲在下跪之先，我肯替他做个内应，只怕此时的亲事，都好娶过门了。如今叫我改口说好，劝他去做，其实有些犯难。若要丢了小姐，替自己说话，一发是难上加难，神仙做不来的事了。只好随机应变，生出个法子来，依旧把小姐为名，只当替他划策。公事若做得就，连私事也会成，岂不是一举两得？"

俞阿妈听了这些话，喜欢不了。问她计将安出？能红道："这个计较，不是一时三刻想得来的。叫他安心等待。一有机会，我就叫人请你。等你去知会他，大家商议做事。不是我夸嘴说，这头亲事，只怕能红不许；若还许出了口，莫说平等人家图我们不去，就是皇帝要选妃，地方报了名字，抬到官府堂上，凭着我一张利嘴，也骗得脱身，何况别样的事！"俞阿妈道："但愿如此，且看你的手段。"

当日别了回去，把七郎请到家中，将能红所说的话，细细述了一遍。七郎惊喜欲狂，知道这番好事，都由屈膝而来，就索性谦恭到底，对着拂云楼深深拜了三拜，做个"望阙谢恩"。

能红见了，一发怜上加怜，惜中添惜。恨不得寅时说亲，卯时就许，辰时就偕花烛。把入门的好事，就像官府摆头踏一般，各役在先，本官在后，先从二夫人做起，才是她的心事。当不得事势艰难，卒急不能到手，就终日在主人面前窥察动静。心上思量道："说坏的事，要从新说他好来，容易开不得口。毕竟要使旁边的人忽然挑动，然后乘机而入，方才有些头脑。"

怎奈一家之人，绝口不提"裴"字，又当不得说亲的媒人，接踵而至，一日里面极少也有三四起，所说的才郎，家声门第，都在七郎之上；又有许多缙绅大老愿出重聘，要娶能红做小，都不肯羁延时日，说过之后，到别处转一转，就来坐索回音，却像迟了一刻，就轮不着自己，要被人抢去的一般。

为什么这一主一婢都长到及笄①之年,以前除了七郎,并无一家说起;到这时候,两个的婚姻,就一起发动起来? 要晓得韦翁夫妇,是一户老实人家,家中藏着窈窕女儿、娉婷侍妾,不肯使人见面。这两位佳人,就像璞中的美玉、蚌内的明珠,外面之人,何从知道? 就是端阳这一日,偶然出去游湖,夹在那脂粉丛中、绮罗队里,人人面白,个个唇红。那些喜看妇人的男子,料想不得拢身,即便近的,也在十步之外,纵有倾城美色,哪里辨得出来! 亏了那几阵怪风,一天狂雨,替这两位女子,做了个大大媒人,所以倾国的才郎都动了求婚之念。知道裴七郎以前没福,坐失良缘,所谓"秦失其鹿",非高才捷足者不能得之。故此急急相求,不肯错过机会。

能红见了这些光景,不但不怕,倒说裴七郎的机会就在此中。知道一家三口,都是极信命的,故意在韦翁夫妇面前假传圣旨,说:"小姐有句隐情,不好对爷娘说得,只在我面前讲。她说婚姻是桩大事,切不可轻易许人,定要把年纪生月预先讨来,请个有意思的先生推算一推算,推算得好的,然后与他合婚。合得着的,就许;若有一毫合不着,就要回绝他。不可又像裴家的故事,当初只因不曾推合,开口便许,那里知道不是婚姻! 还亏得在未娶之先,就变了卦,万一娶过门去,两下不和,又要更变起来,怎么了得?"

韦翁夫妇道:"婚姻大事,岂有不去推合之理! 我在外面推合,她哪里得知?"能红道:"小姐也曾说过,婚姻是她的婚姻,外面人说好,她耳朵不曾听见,哪里知道? 以后推算,都要请到家里来;就是她自己害羞,不好出来听得,也好叫能红代职,做个过耳过目的人。"又说:"推算的先生,不要东请西请,只要认定一个,随他判定,不必改移。省得推算的多,说话不一,倒要疑惑起来。"韦翁夫妇道:"这个不难。我平日极信服的是个江右先生,叫做张铁嘴,以后推算,只去请他就是。"

能红得了这一句,就叫俞阿妈传语七郎:"叫他去见张铁嘴,广行贿赂,一托了他。须是如此如此,这般这般,方才说到七郎身上。有我在里面,不怕不倒央媒人过去说合。初说的时节,也不可就许,还要他如此如此,这般这般,方才可以允诺。"七郎得了此信,不但奉为圣旨,又且敬若神言,一一遵从,不敢违了一字。

能红在小姐面前又说:"两位高堂恐蹈覆辙,今后只以听命为主。推

---

① 笄(jī)——古代束发用的簪子。

命合婚的时节,要小姐自家过耳,省得后来埋怨。"小姐甚喜,再不疑是能红愚弄她。

　　且等推命合婚的时节,看张铁嘴怎生开口,用什么过文,才转到七郎身上。这番情节虽是相连的事,也要略断一断,说来分外好听,就如讲谜一般,若还信口说出,不等人猜,反觉得索然无味也。

第 四 回
图私事设计赚高堂　假公言谋差相佳婿

　　韦翁夫妇听了能红的说话,只道果然出自女儿之口,从此以后,凡有人说亲,就讨他年庚来合。聚上几十张,就把张铁嘴请来,先叫他推算。推算之后,然后合婚。张铁嘴见了一个,就说不好;配做一对,就说不合。一连来上五、六次,一次判上几十张,不曾说出一个"好"字。韦翁道:"岂有此理,难道许多八字里面,就没有一个看得的? 这等说起来,小女这一生一世,竟嫁不成了。还求你细看一看,只要夫星略透几分,没有刑伤相克,与妻宫无碍的,就等我许他罢了。"张铁嘴道:"男命里面不是没有看得的。倒因他刑伤不重,不曾克过妻子,恐于令爱有妨,故此不敢轻许。若还只求命好,不论刑克,这些八字里面,哪一个配合不来?"韦翁道:"刑伤不重,就是一桩好事了,怎么倒要求他克妻?"

　　张铁嘴道:"你莫怪我说。令爱的八字,只带得半点夫星,不该做人家长妇;倒是娶过一房,头妻没了,要求他去续弦的,这样八字才合得着。若还是头婚初娶,不曾克过长妻,就说成之后,也要反悔;若还嫁过门去,不消三朝五日,就有灾晦出来,保不得百年长寿。续弦虽是好事,也不便独操箕帚,定要寻一房姬妾,帮助一帮助,才可以白发相守;若还独自一个坐在中宫,合不着半点夫星,倒犯了几重关煞,就是寿算极长,也过不到二十之外。这是倾心唾胆的话,除了我这张铁嘴,没有第二个人敢说的。"

　　韦翁听了,惊得眉毛直竖,半句不言。把张铁嘴权送出门,夫妻两口自家商议。韦翁道:"照他讲来,竟是个续弦的命了。娶了续弦的男子,年纪决然不小。难道这等一个女儿,肯嫁个半老不少的女婿,又是重婚再娶的不成?"韦母道:"便是如此。方才听见他说,若还是头婚初娶、不曾克过长妻的,就说成之后也要翻悔。这一句话,竟被他讲着了! 当初裴家说亲,岂不是头婚初娶? 谁想说成之后,忽然中变起来! 我们只说那边不是,哪里知道是命中所招。"韦翁道:"这等说起来,他如今娶过一房,新近死了,恰好是克过头妻的人。年纪又不甚大,与女儿正配得来。早知如此,前日央人来议亲,不该拒绝他才是。"韦母道:"只怕我家不允。若还主意定了,放些口风出去,怕他不来再求?"韦翁道:"也说得是,待我在原媒面前微示其意,且看他来也不来?"

说到此处,恰好能红走到面前,韦翁对了妻子做一个眼势,故意走开,好等妻子同她商议。韦母就把从前的话,对他述了一番道:"丫头,你是晓事的人,替我想一想看,还是该许他,不该许他?"能红变下脸来,假装个不喜的模样说:"有了女儿,怕没人许,定要嫁与仇人?据我看来,除了此人不嫁,就配个三四十岁的男人,也不折这口恶气!只是这句说话,使小姐听见不得。她听见了,一定要伤心。还该到少年里面去取,若有小似她的便好。若还没有,也要讨他八字过来,与张铁嘴推合一推合。若有十分好处,便折了恶气嫁他;若还是个秀才,终身没有什么出息,只是另嫁的好。"韦母道:"也说得是。"就与韦翁相议,叫他吩咐媒人,但有续娶之家、才郎不满二十者,就送八字来看,只是不可假借。若还以老作少,就是推合得好,查问出来,依旧不许,枉费了他的心机。又说:"一面也使裴家知道,好等他送八字过来。"

韦翁依计而行。不上几日,那些做媒的人,写上许多年庚,走来回复道:"二十以内的人,其实没有;只有二十之外、三十之内的。这些八字送不送由他,合不合由你。"韦翁取来一看,共有二十多张,只是裴七郎的不见,倒去问原媒取讨。原媒回复道:"自从你家回绝之后,他已断了念头,不想这门亲事,所以不发庚帖。况且许亲的人家又多不过,他还要拣精拣肥,不肯就做,哪里还来想着旧人。我说'八字借看一看,没有什么折本。'他说:'数年之前,曾写过一次,送在你家。比小姐大得三岁,同月同日,只不同时。一个是午末未初,一个是申初未末。'叫你想就是了。"

韦翁听了这句话,回来说与妻子。韦母道:"讲得不差,果然大女儿三岁,只早一个时辰。去请张铁嘴来,说与他算就是了。"韦翁又虑口中讲出,怕他说有成心,也把七郎的年庚记忆出来,写在纸上,杂在众八字之中;又去把张铁嘴请来,央他推合。

张铁嘴也像前番,见一个,就说一个不好,才捡着七郎八字,就惊骇起来道:"这个八字,是我烂熟的!已替人合过几次婚姻,他是有主儿的了,为什么又来在这边?"韦翁道:"是那几姓人家求你推合,如今就了哪一门?看他这个年庚,将来可有些好处?求你细讲一讲。"张铁嘴道:"有好几姓人家,都是名门阀阅,讨了他的八字送与我推。我说这样年庚,生平不曾多见,过了二十岁就留他不住,一定要飞黄腾达,去做官上之官、人上之人了。那些女命里面,也有合得着的,也有合不着的。莫说合得着的,见了这样八字不肯放手;连那合不着的,都说只要命好,就参差些也不妨。我只说这个男子被人家招去多时了,难道还不曾说妥,又把这个八字送到府上来不成?"

韦翁道:"先生这话果然说得不差。闻得有许多乡绅大老,要招他为婿,他想是眼睛忒高,不肯娶将就的女子,所以延捱至今,还不曾定议。不瞒先生说,这个男子,当初原是我女婿。只因他爱富嫌贫,悔了前议,又另娶一家,不上一二年,那妇人就死了,后面依旧来说亲。我怪他背盟,坚执不许。只因先生前日指教,说小女命该续弦,故此想到此人身上。这个八字,是我自家记出来的,他并不曾写来送我。"张铁嘴道:"这就是了。我说他议亲的人,争夺不过,哪里肯送八字上门!"韦翁道:"据先生说来,这个八字是极好的了?但不知小女的年庚,与他合与不合?若嫁了此人,果然有些好处么?"张铁嘴道:"令爱的贵造,与他正配得来!若嫁了此人,将来的富贵,享用不尽。只是一件,恐怕要他的多,轮不到府上。待我再看令爱的八字,目下气运如何,婚姻动与不动,就知道了。"说过这一句,又取八字放在面前,仔细一看,就笑起来道:"恭喜!恭喜!这头亲事决成。只是挨延不得,因有个恩星在命,照着红鸾,一讲便就;若到三日之后,恩星出宫,就有些不稳了。"说完之后,就告别起身。

韦翁夫妇听了这些说话,就慌张踊跃起来,把往常的气性,丢过一边,倒去央人说合。连韦小姐心上也担了一把干系,料他决装身份,不是一句说话讲得来的,恨不得留住恩星,等他多住几日。

独有能红一个,倒宽着肚皮,劝小姐不要着慌。说:"该是你的姻缘,随你什么人家抢夺不去。照我的意思,八字虽好,也要相貌合得着。论起理来,还该男子约在一处,等小姐过过眼睛。果然生得齐整,然后央人说合,就折些恶气与他,也还值得。万一人不像人,鬼不像鬼,倒把个如花似玉的女子挜①上门去,送与那丑驴受用,有什么甘心?"韦小姐道:"他那边装作不过,上门去说尚且未必就许,哪里还肯与人相?"能红道:"不妨,我

---

① 挜(yà)——硬把东西送给对方或卖给对方。

有个妙法。俞阿妈的丈夫是学中一个门斗,做秀才的,他个个认得。托他做个引头,只说请到家中说话,我和你预先过去,躲在暗室之中,细看一看就是了。"小姐道:"哄他过来容易,我和你出去犯难。你是做丫环的,邻舍人家还可以走动;我是闺中的处子,如何出的大门? 除非你去替我,还说得通。"能红道:"小姐既不肯去,我只得代劳。只是一件,恐怕我说得好,你又未必中意,到后面埋怨起来,却怎么处?"小姐道:"你是识货的人,你的眼睛,料想不低似我,竟去就是。"

　　看官,你说七郎的面貌,是能红细看过的,如今事已垂成,只该急急赶人去做,为什么倒宽胸大肚,做起没要紧的事来? 要晓得此番举动,全是为着自己。二夫人的题目,虽然出过在先,七郎虽然口具遵依,却不曾亲投认状。焉知他事成之后,不妄自尊大起来? 屈膝求亲之事,不是簇新的家主肯对着梅香做的,万一把别人所传的话,不肯承认起来,依旧以梅香看待,却怎么处? 所以又生出这段波澜,拿定小姐不好出门,定是央他代相,故此设为此法,好脱身去见他,要与他当面订过,省得后来翻悔。这是她一丝不漏的去处。虽是私情,又当了光明正大的事做,连韦翁夫妇都与她说明,方才来对俞阿妈去约七郎相见。

　　此番相见,定有好戏做出来,不但把婚姻订牢,连韦小姐的头筹,都被他占了去,也未可知。各洗尊眸,看演这出"无声戏"。

第 五 回

未嫁夫先施号令　防失事面具遵依

　　能红约七郎相见，俞阿妈许便许了，却担着许多干系，说："干柴烈火，岂是见得面的？若还是空口调情，弄些眉来眼去的光景；背人遣兴，做些捏手捏脚的工夫，这还使得。万一弄到兴高之处，两边不顾廉耻，要认真做起事来，我是图吉利的人家，如何使得？"所以到相见的时节，夫妻两口，着意提防，唯恐他要瞒人做事。

　　哪里知道，这个作怪女子，另是一种心肠。你料她如此，她偏不如此。不但不起淫心，亦且并无笑面，反做起道学先生的事来。七郎一到，就要拜谢恩人。能红正言厉色止住他道："男子汉的脚膝头，只好跪上两次；若跪到第三次，就不值钱了。如今好事将成，亏了哪一个？我前日吩咐的话，你还记得么？"七郎道："娘子口中的话，我奉作纶音密旨，朝夕拿来温颂的，哪一个字不记得？"能红道："若还记得，须要逐句背来！倘有一字差讹，就可见是假意奉承，没有真心向我。这两头亲事，依旧撒开，劝你不要痴想。"

　　七郎听见这句话，又重新害怕起来。只说她有别样心肠，故意寻事来难我，就把俞阿妈所传的言语，先在腹中温理一遍，然后背将出来。果然一字不增，一字不减，连助语词的字眼，都不曾说差一个。

　　能红道："这等看起来，你前半截的心肠，是真心向我的了；只怕后面半截还有些不稳，到过门之后，要改变起来。我如今有三桩事情，要同你当面订过，叫做'约法三章'。你遵与不遵，不妨直说，省得后来反悔。"

　　七郎问是那三件。能红道："第一件，一进你家门，就不许唤'能红'二字。无论上下，都要称我二夫人。若还失口唤出一次，罚你自家掌嘴一遭，就是家人犯法，也要罪坐家主，一般与你算账。第二件，我看你举止风流，不是个正经子弟，偷香窃玉之事，一定是做惯了的。从我进门之后，不许你擅偷一人，妄嫖一妓。我若查出踪迹，与你不得开交。你这付脚膝头跪过了我，不许再跪别人。除日后做官做吏，叩拜朝廷、参谒上司之外，擅自下人一跪者,罚你自敲脚骨一次,只除小姐一位,不在所禁之中。第三件,你这一生一世,只好娶我两个妇人,自我之下,不许妄添蛇足。任你中了举人进士,做到尚书阁老,总用不着第三个妇人。如有擅生邪念,说出'娶小'二字者,罚你自己撞头,直撞到皮破血流才住。万一我们两个都不会生子,有碍宗祧,且到四十以后,别开方便之门,也只许纳婢,不容娶小。"

七郎初次相逢,就见有这许多严政,心上颇觉胆寒。因见她姿容态度,不是个寻常女子,真可谓之奇娇绝艳;况且又有拨乱反正之才,移天换日之手。这样妇人,就是得她一个,也足以歌舞终身;何况自他而上,还有人间之至美。就对她满口招承,不作一毫难色。

俞阿妈夫妇道:"他亲口承认过了,料想没有改移;如今望你及早收功,成就了这桩事罢。"能红道:"翻云覆雨之事,他曾做过一遭,亲尚悔得,何况其他? 口里说来的话,作不得准。要我收功完事,须是亲笔写一张遵依,着了画押,再屈你公婆二口做两位保人。日后倘有一差二错,替他讲起话来,也还有些见证。"俞阿妈夫妇道:"讲得极是。"就取一副笔砚,一张绵纸,放在七郎面前,叫他自具供状。

七郎并不推辞,就提起笔来写道:

　　具遵依人裴远,今因自不输心,误受庸媒之惑,弃前妻而不娶,致物议之纷然。犹幸篡位者天亡,待年者未字。重敦旧好,虽经屡致媒言,为易初盟,遂尔频逢岳怒。赖有如妻某氏,造福闺中,出巧计以回天,能使旭轮西上;造奇谋而缩地,忽教断壁中连。是用设计酬功,剖肝示信。不止分茅锡土,允宜并位于中宫;行将道寡称孤,岂得同名于臣妾? 虞帝心头无别宠,三妃难并双妃;男儿膝下有黄金,一屈岂堪再屈? 悬三章而示罚,虽云有挟之求;秉四德以防微,实系无私之奉。永宜恪守,不敢故违。倘有跳梁,任从执朴!

能红看了一遍,甚赞其才,只嫌他开手一句,写得糊涂,律以《春秋》正名之义,殊为不合。叫把"具遵依人"的"人"字加上两画,改为"夫"字。又叫俞阿妈夫妇二人着了画押,方才收了。

七郎又问她道:"娘子吩咐的话,不敢一字不依。只是一件:我家的人,我便制得他服,不敢呼你的尊名;小姐是新来的人,急切制她不得,万一我要称你二夫人,小姐倒不肯起来,偏要呼名道姓,却怎么处? 这也叫做家人犯法,难道也好罪及我家主不成?"能红道:"那都在我身上,与你无干。只怕她要我做二夫人，我还不情愿做，要等她求上几次，才肯承受着哩。"说过这一句，就别了七郎起身，并没有流连顾盼之态。

回到家中，见了韦翁夫妇与小姐三人，极口称赞其才貌，说："这样女婿，真个少有！怪不得人人要他。及早央人去说，就赔些下贱，也是不折本的。"韦翁听了，欢喜不过，就去央人说亲。

韦母对了能红，又问她道："我还有一句话，一向要问你，不曾说得，如今迟不去了。有许多仕宦人家要娶你做小，日日央人来说。我因小姐的亲事还不曾着落，要留你在家做伴。如今她的亲事央人去说，早晚就要成了。她出门之后，少不得要说着你；但不知做小的事，你情愿不情愿？"能红道："不要提起。我虽是下贱之人，也还略有些志气，莫说做小的事，断断不从，就是贫贱人家要娶我作正，我也不情愿去！宁可迟些日子，要等个像样的人家。不是我夸嘴说，有了这三分人才、七分本事，不怕不做个家主婆。老安人不信，辨了眼睛看就是了。"韦母道："既然如此，小姐嫁出门，你还是随去不随去？"能红道："但凭小姐。她若怕新到夫家，没有人商量行事，要我做个陪伴的人，我就随她过去暂住几时，看看人家的动静，也不叫做无益于她。若还说她有新郎做伴，不须用得别人，我就住在家中，也没有什么不好。只有一件事，我替她甚不放心，也要在未去之先，定下个主意才好。"

说话的时节，恰好小姐也在面前，见她说了这一句，甚是疑心，就同了母亲，问是哪一件事。能红道："张铁嘴的话，你们记不得么？他说小姐的八字，止带得半点夫星，定要寻人帮助；不然，恐怕三朝五日之内，就有灾晦出来。她嫁将过去，若不叫丈夫娶小，又怕于身命有关。若还竟叫他娶，又是一桩难事。世上有几个做小的人，肯替大娘一心一意？你不吃她的醋，她要拈你的酸！两下争闹起来，未免要嘈些小气。可怜这位小姐，又是慈善不过的人，我同她过了半生，重话也不曾说我一句。如今没气嘈的时节，倒有我在身边，替她消愁解闷；明日有了个嘈气的，偏生没人解劝，她这个娇怯身子，岂不弄出病来？"说到此处，就做出一种惨然之态，竟像要啼哭的一般，引得她母子二人悲悲切切，哭个不了。能红说过这一遍，从此以后就绝口不提。

却说韦翁央人说合，裴家故意相难，不肯就许。等他说到至再至三，方才践了原议，选定吉日，要迎娶过门。韦家母子被能红几句说话触动了心，就时时刻刻以半点夫星为虑。又说能红痛痒相关，这个女子断断离他不得。就不能够常相倚傍，也权且带在身边。过了三朝五日，且看张铁嘴的说话验与不验，再做区处。故此母子二人，定下主意，要带她过门。

能红又说："我在这边，自然该做梅香的事。随到那边去，只与小姐一个有主婢之分；其余之人，我与他并无统属，'能红'二字，是不许别人唤的。至于礼数之间，也不肯十分卑贱，将来也要嫁好人做好事的，要求小姐全些体面。至于抬我的轿子，虽比小姐不同，也要与梅香有别。我原不是赠嫁的人，要加上二名轿夫，只当送亲的一样，这才是个道理。不然，我断断不去！"韦氏母子见她讲得入情，又且难于抛撇，只得件件依从。

到了这一日，两乘轿子一起过门，拜堂合卺的虚文，虽让小姐先做，倚翠偎红的实事，到底是他筋节不过，毕竟占了头筹。这是什么缘故？只因七郎心上原把他当了新人，未曾进门的时节，就另设一间洞房，另做一副铺陈伺候。又说良时吉日，不好使她独守空房，只说叫母亲陪伴她，分做两处歇宿。原要同小姐睡了半夜，到三更以后托故起身，再与二夫人做好事的。不想这位小姐执定成亲的古板，不肯趋时脱套，认真做起新妇来，随七郎劝了又劝、扯了又扯，只是不肯上床。哪里知道这位新郎是被丑妇惹厌惯的，从不曾亲近佳人，忽然遇见这般绝色，就像饿鹰看了睡鸡，馋猫对着美食，哪里发极得了？若还没有退步，也只得耐心忍性，坐在那边守他。当不得肥鸡之旁现有壮鸭，美食之外另放佳肴，为什么不去先易而后难，倒反先难而后易？就借个定省爷娘的名色，托故抽身，把三更以后的事情，挪在二更以前的来做。

能红见他来得早，就知道这位小姐毕竟以虚文误事，决不肯蹈人的覆辙，使他见所见而来者，又闻所闻而往。一见七郎走到，就以和蔼相加，口里便说好看话儿，叫他转去，念出《诗经》两句道：

雨我公田，遂及我私。

心上又怕他当真转去，随即用个挽回之法，又念出《四书》二句道：

既来之，则安之。

七郎正在急头上，又怕耽搁工夫，一句话也不说，对着牙床扯了就走，所谓忙中不及写大"壹"字。能红也肯托熟，随他解带宽衣，并无推阻，同入鸳衾，做了第一番好事。

据能红说起来，依旧是尊崇小姐，把她当做本官，自己只当是胥役，向前替她摆了个头踏。殊不知尊崇里面，却失了大大的便宜。世有务虚名而不顾实害者，皆当以韦小姐为前车。

第 六 回

弄巧生疑假梦变为真梦　移奸作荩①亏人改作完人

七郎完事之后，即便转身，走到新人房内，就与他雍容揖逊起来。那一个要做古时新人，这一个也做古时新郎，暂且落套违时，以待精还力复。直陪他坐到三更，这两位古人都做得不耐烦了，方才变为时局，两个笑嘻嘻的上床，做了几次江河日下之事。做完之后，两个搂在一处，呼呼的睡着了。

不想睡到天明，七郎在将醒未醒之际，忽然大哭起来。越哭得凶，把新人越搂得紧。被小姐唤了十数次，才惊醒转来，啐了一声道："原来是个恶梦！"小姐问他："什么恶梦？"七郎只不肯讲。望见天明，就起身出去。小姐看见新郎不在，就把能红唤进房来，替自己梳头刷鬓。

妆饰已完，两个坐了一会，只见有个丫环走进来问道："不知新娘昨夜做个什么好梦，梦见些什么东西？可好对我们说说。"小姐道："我一夜醒到天明，并不曾合眼，哪有什么好梦？"那丫环道："既然如此，相公为什么缘故清早就叫人出去，请那圆梦的先生？"小姐道："是了，他自己做个恶梦，睡得好好的，忽然哭醒。及至问他又不肯说，去请圆梦先生，想来就是为此。这等那圆梦先生可曾请到？"丫环道："去请好一会了，想必就来。"小姐道："既然如此，等他请到的时节，你进来通知一声，引我到说话的近边去听他一听，且看什么要紧，就这等不放心，走下床来就请人圆梦。"

丫环应了出去，不上一刻，就赶进房来说："圆梦先生已到，相公怕人听见，同他坐在一间房内，把门都关了，还在那边说闲话，不曾讲起梦来。新娘要听，就趁此时出去。"小姐一心要听恶梦，把不到三朝不出绣房的旧例全不遵守，自己扶了能红，走到近边去窃听。

原来夜间所做的梦甚是不祥，说七郎搂着新人同睡，忽有许多恶鬼拥

---

① 荩(jìn)——忠诚。

进门来,把铁索锁了新人,竟要拖她出去。七郎扯住不放说:"我百年夫妇,方才做起,为什么缘故就捉起他来?"那些恶鬼道:"他只有半夫之份,为什么搂了个完全丈夫。况且你前面的妻子又在阴间等他,故此央了我们前来捉获。"说过这几句,又要拽他同去。七郎心痛不过,对了众鬼,再三哀告道:"宁可拿我,不要捉她。"不想那几个恶鬼,拔出刀来,竟从七郎脑门劈起,劈到脚跟,把一个身子分为两块。正在疼痛之际,亏得新人叫喊,才醒转来。你说这般的恶梦,叫人惊也不惊,怕也不怕?况又是做亲头一夜,比不得往常,定然有些干系,所以接他来详。

七郎说完之后,又问他道:"这样梦兆,自然凶多吉少,但不知应在几时?"那详梦的道:"凶便极凶,还亏得有个'半'字,可以释解。想是这位令正,命里该有个帮身,不该做专房独阃,所以有这个梦兆。起先即说有半夫之份,后来又把你的尊躯剖为两块,又合着一个'半'字。叫把这个身子一半与人,就不带她去了。这样明明白白的梦,有什么难解?"七郎道:"这样好妻子,怎忍得另娶一房,分她的宠爱,宁可怎么样,这是断然使不得的!"那人道:"你若不娶,她就要丧身;疼她的去处,反是害她的去处,不如再娶一房的好。你若不信,不妨再请个算命先生,看看他的八字,且看寿算如何,该有帮助不该有帮助?同我的说话再合一就是了。"七郎道:"也说得是。"就取一封银子,谢了详梦先生,送他出去。

小姐听过之后,就与能红两个悄悄归房,并不使一人知道,只与能红商议道:"这个梦兆,正合着张铁嘴之言,一毫也不错,还要请什么先生,看什么八字!这等说起来,半点夫星的话,是一毫不错的了。倒不如自家开口,等他再娶一房,一来保全性命,二来也做个人情,省得他自己发心,娶了人来,又不知感激我。"能红道:"虽则如此,也还要商量。恐怕娶来的人未必十分服帖,只是掜着的好。"小姐听了这句话,果然掜过一宵,并不开口。

不想天公凑巧,又有催帖送来。古语二句说得不错:

> 阴阳无耳,不提不起。

鬼神祸福之事,从来是提起不得的。一经提起,不必在暗处寻鬼神,明中观祸福,就在本人心上生出鬼神祸福来。一举一动,亦步亦趋,无非是可疑可怪之事。韦小姐未嫁以前,已为先人之言所惑。到了这一日,又被许多恶话触动了疑根。做女儿的人,有多少胆量,少不得要怕神怕鬼起来。

又有俗语二句道得好：

> 日之所思，夜之所梦

裴七郎那些说话，原是成亲之夜与能红睡在一处，到完事之后，教道他说的。第二日请人详梦，预先吩咐丫环，引她出去窃听，都是做成的圈套。这叫做巧妇勾魄，并不是痴人说梦。一到韦小姐耳中，竟把假梦变作真魂，耳闻幻为目击，连她自己睡去，也做起极凶极险的梦来：不是恶鬼要她做替身，倒说前妻等她做伴侣。做了鬼梦，少不得就有鬼病上身，怏怏缠缠，口中只说要死。

一日，把能红叫到面前，与她商议道："如今捱不去了，我有句要紧的说话，不但同你商量，只怕还要用着你，但不知肯依不肯依？"能红道："我与小姐，分有尊卑，情无尔我。只要做得的事，有什么不依。"小姐道："我如今现要娶小，你目下就要嫁人，何不把两桩事情并做一件做了。我也不消娶，你也不必嫁，竟住在这边，做了我家第二房，有什么不好？"

能红故意回复道："这个断使不得！我服侍小姐半生，原要想个出头日子；若肯替人做小，早早就出去了，为什么等到如今？他有了银子，哪里寻不出人来，定要苦我一世！还是别娶的好。"小姐道："你与我相处半生，我的性格，就是你的性格。虽然增了一个，还是同心合胆的人；就是分些宠爱与你，也不是别人。你若生出儿子来，与我自生的一样，何等甘心。若叫他外面去寻，就合着你的说话，我不吃她的醋，她要拈我的酸，嘀起气来，有些什么好处？求你看十六年相与之情，不要推辞，成就我这桩心事罢！"

能红见她求告不过，方才应许。应许之后，少不得又有题目出来，要小姐件件依她，方才肯做。小姐要救性命，有什么不依？议妥之后，方才说与七郎知道。七郎受过能红的教诲，少不得初说之际，定要学王莽之虚谦，曹瞒之固逊，有许多欺世盗名的话说将出来，不到黄袍加身，决不肯轻易即位。

小姐与七郎说过，又叫人知会爷娘。韦翁夫妇闻之，一发欢喜不了，又办一付嫁妆送来，与他择日成亲，做了第二番好事。

能红初次成亲，并不装作；到了这一夜，反从头做起新妇来，狠推硬扯，再不肯解带宽衣。不知为什么缘故，直到一更之后，方才说出真情：要他也像初次一般，先到小姐房中假宿一会，等她催迫几次，然后过来。名为尽情，其实是还她欠账。能红所做之事，大概类此。

成亲之后，韦小姐疑心既释，灾晦自然不生。日间饮食照常，夜里全无恶梦，与能红的身子一起粗大起来，未及一年，各生一子。夫妻三口，恩爱异常。

后来七郎联掇高魁，由县令起家，屡迁至京兆之职。受了能红约束，终身不敢娶小。

能红之待小姐，虽有欺诳在先，一到成亲之后，就输心服意，畏若严君，爱同慈母，不敢以半字相欺，做了一世功臣，替她任怨任劳，不费主母纤毫气力。

世固有以操、莽之才，而行伊、周之事者，但观其晚节何如耳！

十卺楼

第　一　回
不糊涂醉仙题额　难摆布快婿完姻

词云：

寡女临妆怨苦，孤男对影嗟穷。孟光难得遇梁鸿，只为婚姻不动。

久旷才知妻好，多欢反觉夫庸。甘霖不向旱时逢，怎得农人歌颂？

——右调《西江月》

世上人的好事，件件该迟，却又人人愿早。更有"富贵婚姻"四个字，又比别样不同，愈加望得急切。照世上人的心性，竟该在未曾出世之际，先等父母发财；未经读书之先，便使朝廷授职；拣世上绝标致的妇人，极聪明的男子，都要在未曾出幼之时，取来放在一处，等他欲心一动，就合拢来，连做亲的日子，都不消拣得，才合着他的初心：却一件也不能够如此。陶朱公到弃官泛湖之后，才发得几注大财。姜太公到发白齿动之年，方受得一番显职。想他两个，少年时节，也不曾丢了钱财不要，弃了官职不取。总是因他财星不旺，禄运未交，所以得来的银钱，散而不聚，做出的事业，塞而不通，以致淹淹缠缠，直等到该富该贵之年，就像火起水发的一般，要止也止他不住。

梁鸿是个迟钝男子，孟光是个偃蹇①妇人，这边说亲也不成，那边缔好也不就。不想这一男一女，都等到许大年纪，方才说合拢来，迟钝遇着偃蹇，恰好凑成一对。两个举案齐眉，十分恩爱，做了千古上下第一对和合的夫妻。虽是有德之人，原该如此，却也因他等得心烦，望得意躁，一旦

---

① 偃（yǎn）蹇——骄傲。

遂了心愿,所以分外有情。

　　世上反目的夫妻,大半都是早婚易娶,内中没有几个是艰难迟钝而得的。古语云:"若将容易得,便作等闲看。"事事如此,不独婚姻一节为然也。冒头说完,如今说到正话。

　　明朝永乐初年,浙江温州府永嘉县,有个不识字的愚民,叫做郭酒痴,每到大醉之后,就能请仙判事,其应如响。最可怪者,他生平不能举笔,到了请仙判事的时节,那悬笔写来的字,比法帖更强几分。只因请到之仙,都是些书颠草圣,所以如此。从不曾请着一位是《淳化帖》上没有名字的。因此合郡之人,略有疑事,就办几壶美酒,请他吃醉了请仙。一来判定吉凶,以便趋避;二来裱做单条册页,供在家中,取名叫做"仙帖"。还有起房造屋的人家,置了对联匾额,或求大仙命名,或望真人留句。他题出来的字眼,不但合于人心,切着景致,连后来的吉凶祸福,都寓在其中。当时不觉,到应验之后,始赞神奇。

　　彼时学中有个秀才,姓姚名戩,字子毂,髫龄入泮,大有才名。父亲是本县的库吏,发了数千金,极是心高志大。见儿子是个名士,不肯容易就婚,定要娶个天姿国色。直到十八岁上,才替他定了婚姻,系屠姓之女。闻得众人传说,是温州城内第一个美貌佳人。下聘之后,簇新造起三间大楼,好待儿子婚娶。造完之后,又置一座堂匾,办下筵席,去请郭酒痴来,要求他降仙题咏,一来壮观,二来好卜休咎①。郭酒痴来到席上,手也不拱,箸也不拈,只叫取大碗斟酒:"真仙已降,等不得多时,快些吃醉了好写。"姚家父子听见,知道请来的神仙,就附在他身上,巴不得替神仙润笔,就亲手执壶,一连斟上数十碗,与郭酒痴吃下肚去。他一醉之后,就扪口不言,悬起笔来,竟像拂尘扫地一般,在匾额之上题了三个大字、六个小字。其大字云:

　　　　十卺②楼。

小字云:

---

　　①　休咎——吉凶。

　　②　卺(jǐn)——成婚。卺是瓢,把一匏瓜刮成两个瓢。新婚夫妇各取一个瓢饮酒,称"合卺",是旧时成婚时的一种仪式。

九日道人醉笔。

席间有几个陪客,都是子毂的社友,知道"九日"二字,合来是个"旭"字,方才知道是张旭降凡。只是一件,"十叠"的"叠"字,该是景致的"景"。或者说此楼造得空旷,上有明窗,可以眺远,看见十样景致,故此名为"十景楼",为何写做"合叠"之"叠"?又有人说:"'合叠'的'叠'字,倒切着新婚,或者是十字错了,也不可知。凡人到酒醉之后,作事定有讹舛,仙凡总是一理。或者见主人劝得殷勤,方才多用了几碗,故此有些颠倒错乱,也未可知。何不问他一问?"姚姓父子就虔诚拜祷说:"'十叠'二字,文义不相联属,其中必有讹舛,望大仙改而政之。"酒痴又悬起笔来,写出四句诗道:

十叠原非错,诸公枉见疑。

他年虚一度,便是醉人迷。

众人见了,才知道他文义艰深,非浅人可解,就对着姚姓父子一起拱手称贺道:"恭喜,恭喜!这等看来,令郎必有一位夫人,九房姬妾。合算起来,共有十次合叠,所以名为'十叠楼'。庶民之家,哪得有此乐事!其为仕宦无疑了。子为仕宦,父即封翁,岂不是个极美之兆!"姚姓父子原以封翁仕宦自期,见众人说到此处,口虽谦让,心实欢然。说:"将来这个验法,是一定无疑的了。"当晚留住众人,预先吃了喜酒,个个尽欢而别。

及至选了吉期,把新人娶进门来,揭起纱笼一看,果然是温州城内第一个美貌佳人!只见他:

月挂双眉,霞蒸两靥,肤凝瑞雪,鬓挽祥云。轻盈绰约不为奇,妙在无心入画;袅娜端庄皆可咏,绝非有意成诗。地下拾金莲,误认作两条笔管;樽前擎玉腕,错呼为一盏玻璃。诚哉绝世佳人,允矣出尘仙子!

姚子毂见了,惊喜欲狂,巴不得早散华筵,急归绣幕,好去亲炙温柔。当不得贺客缠绵,只顾自己贪杯,不管他人好色。直吃到三更以后,方才撤了筵席,放他进去成亲。

子毂一入绣房,就劝新人就寝,少不得内致温存,外施强暴,以绿林豪客之气概,遂绿衣才子之心情,替她脱去衣裳,拉归衽席。正要做颠鸾倒凤之事,不意变出非常,事多莫测!忽以人生之至乐,变为千古之奇惊!这是什么缘故?有新小令一阕,单写他昔日的情形,一观便晓:

　　好事太稀奇,望巫山,路早迷。遍寻没块携云地。玉峰太巍,玉
沟欠低。五丁惜却些儿费。漫惊疑,磨盘山好,何事不生脐?

——右调《黄莺儿》

　　原来这位新妇面貌虽佳,却是一个石女! 子一团高兴,谁想弄到其间,不
但无门可入,亦且无缝可钻。伸手一摸,就吃惊吃怪起来,捧住她问道:
"为什么好好一个妇人,竟有这般的痼疾?"屠氏道:"不知什么缘故,生出
来就是如此。"姚子毂叹息一声,就掉过脸来,半晌不言语。

　　新妇对他道:"你这等一位少年,娶着我这个怪物,自然要烦恼。这
是前生种下的冤孽,叫我也没奈何。求你将错就错,把我当个废物看承,
留在身边,做一只看家之狗。另娶几房姬妾,与她们生儿育女。省得送我
还家,出了爷娘的丑,连你家的体面也不好看相。"姚子毂听了这句话,又
掉过脸来道:"我看你这副面容,真是人间少有,就是无用,也舍不得休了
你。少不得留在身边,做一匹看马。只是看了这样的容貌,就像美食在前
不能入口,叫我如何熬得住?"新妇道:"不但你如此,连我心上也爱你不
过,当不得眼饱肚饥,没福承受,活活的气死。"说到此处,不觉掉下泪来。

　　姚子毂正在兴发之时,又听了这些可怜的话,一发爱惜起来,只得与
她搂做一团,多方排遣。到那排遣不去的时节,少不得寻条门路出来,发
舒狂兴。那舍前趋后之事,自然是理所必有、势不能无的了。新妇要得其
欢心,巴不得穿门凿户,弄些空隙出来,以为容纳之地,怎肯爱惜此豚,不
为阳货之献? 这一夜的好事,虽不叫做全然落空,究竟是勉强塞责而已。

　　第二日起来,姚子毂见了爷娘,自然要说明就里。爷娘怕恼坏儿子,
一面托几个朋友,请他出去游山解闷;一面把媒人唤来,要究她欺骗之罪。
少不得把衙门声势装在面上,官府的威风挂在口头,要逼他过去传说。欺
负那位亲翁是个小户人家,又忠厚不过,从来怕见官府,最好拿捏。说:
"他所生三女,除了这个孽障,还有两女未嫁,速抬一个来换,万事都休。
不然,叫他吃了官司,还要破家荡产!"

　　媒人依了此言,过去传说。不想那位亲翁,先有这个主意,因他是个
衙门领袖,颇有威权,料想敌他不过,所以留下二女,不敢许亲,预先做个
退步。他若看容貌分上,不求退亲,便是一桩好事。万一说起话来,就把
二女之中,拣一个去替换。见媒人说到此处,正合着自己之心,就满口应
承,并无难色。只要他或长或幼,自选一人,省得不中意起来,又要反悔。

　　姚子穀的父亲,怕他长女年纪太大,未免过时。幼女只小次女一岁,就是幼女罢了。订过之后,就乘儿子未归,密唤一乘轿子,把新妇唤出房来,呵斥一顿,逼她上轿。新妇哭哭啼啼,要等丈夫回来,面别一别了去。公婆不许,立刻打发起身,不容少待。

　　可怜一个如花似玉的人,又不犯七出之条,只因裤裆里面少了一件东西,到后来三摈于乡,五黜于里,做了天下的弃物。可见世上怜香惜玉之人,大概都是好淫,非好色也。

第 二 回

逞雄威檀郎施毒手　忍奇痛石女破天荒

却说姚家的轿子,送了一个回去,就抬了一个转来。两家都顾惜名声,不肯使人知道。只见这个女子与前面那位新人,虽是一母所生,却有妍媸粗细之别,面容举止,总与阿姊不同。只有一件放心,料想一门之中,生不出两个石女。姚子毂回家的时节,已是一更多天,又吃得酕醄①烂醉,倒在牙床,就昏昏的睡去。睡到半夜还不醒,那女子坐不过,也只得和衣睡倒。

姚子毂到酒醒之后,少不得要动弹起来,还只说这位新人就是昨夜的石女,替他脱了衣裳,就去抓寻旧路。当不得这个女子只管掉过身来,一味舍前而顾后。姚子毂伸手一摸,又惊又喜:喜则喜其原该如是,惊则惊其昨夜不然!酒醒兴发之际,不暇问其所以然,且做一会楚襄王,只当在梦里交欢,不管他是真是假。

及至到云收雨散之后,问她这混沌之物,忽然开辟的来由。那女子说明就里,方才知道换了一个。夜深灯灭之后,不知面容好歹,只把他肌肤一摸,觉得粗糙异常,早有三分不中意了。及至天明之后,再把面庞一看,就愈加憎恶起来,说:"昨日那一个虽是废人,还尽有看相;另娶一房生子,把他留在家中,当作个画中之人,不时看看也好。为什么丢了至美,换了个至恶的回来,用又不中用,看又不中看,岂不令人悔死!"终日抱怨父母,聒絮不了。

不想这位女子,过了几日,又露出一桩破相来,更使人容纳他不得!姚子毂成亲之后,觉得锦衾绣幔之中,不时有些秽气。初到那几夜,亏他爇麝熏兰,还掩饰过了,到后来日甚一日,不能禁止。原来这个女子,是有小遗病的,醒时再不小解,一到睡去之后,就要撒起溺来。这虽是妇人的贱相,却也是天意使然,与石女赋形、不开混沌者无异。姚子毂睡到半夜,

---

①　酕(máo)醄(táo)——大醉的样子。

不觉陆地生波,枕席之上,忽然长起潮汛来:由浅而深,几乎有中原陆沉之惧。直到他盈科而进,将入鼻孔,闻香泉而溯其源,才晓得是脏山腹海中所出,就狂呼大叫走下床来,唤醒爷娘,埋怨个不了,逼他速速遣回:"依旧取石女来还我。"

爷娘气愤不过,等到天明,又唤媒人来商议。媒人道:"早说几日也好,那个石女早有人要她,因与府上联姻,所以不敢别许。自你发回之后,不上一二日,就打发出门去了。如今还有个长的在家,与石女的面容大同小异。两个并在一处,一时辨不出来。你前日只该换长,不该换幼。如今换过一次,难道又好再换不成?"姚子穀的父亲道:"那也顾他不得,一锄头也是动土,两锄头也是动土,有心行一番霸道,不怕他不依!他若推三阻四,我就除了状词不告,也有别样法子处他,只怕他承当不起!"媒人没奈何,只得又去传说。那家再三不肯,说:他"换去之后,少不得又要退来,不如不换的好。"媒人说以利害,又说:"事不过三,哪有再退之理!"那家执拗不过,只得应许。

姚子穀的父母,因儿子立定主意只要石女,不要别人。又闻得他面貌相似,就在儿子面前不说长女代换的缘故,使他初见的时节认出来;直到上床之后,才知就里,自然喜出望外。

不想果应其言。姚子穀一见此女,只道与故人相会,快乐非常。这位女子,又喜得不怕新郎,与他一见如故。所以未寝之先,一毫也认不出来。直到解带宽裳之后,粘肌贴肉之时,摸着那件东西,又不似从前混沌,方才惊骇起来,问她所以然的缘故。此女说出情由,才晓得不是本人,又换了一付形体。就喜欢不过,与他颠鸾倒凤起来,竭尽生平之乐。

此女肌体之温柔,性情之妖媚,与石女纤毫无异,尽多了一件至宝。只是行乐的时节,两下搂抱起来,觉得那副杨柳腰肢,比初次的新人大了一倍;而所御之下体,又与第二番的幼女不同,竟像轻车熟路一般,毫不费力。只说她体随年长,量逐时宽,所以如此。谁想做女儿的时节,就被人破了元身,不但含苞尽裂,葳锁重开,连那风流种子,已下在女腹之中:进门的时节,已有五个月的私孕了。

但凡女子怀胎,五月之前还看不出,交到六个月上,就渐渐的粗壮起来,一日大似一日,哪里瞒得到底!姚子穀知觉之后,一家之人也都看出破绽来。再过几时,连邻里乡党之中,都传播开去。

　　姚氏父子，都是极做体面的人，平日要开口说人，怎肯留个孽障在家，做了终身的话柄？以前暗中兑换，如今倒要明做出来，使人知道，好洗去这段羞惭。就写下休书，唤了轿子，将此女发回母家，替儿子别行择配。

　　谁想他姻缘蹭蹬①，命运乖张，娶来的女子不是前生的孽障，就是今世的冤家，容颜丑陋，性体愚顽，都不必讲起。又且一来就病，一病就死，极长寿的也过不到半年之外。

　　只有一位佳人，生得极聪明、极艳丽，是个财主的偏房，大娘吃醋不过，硬遣出门。正在交杯合卺之后，两个将要上床，不想媒人领着卖主，带了原聘上门，要取她回去。只因此女出门之后，那财主不能割舍，竟与妻子拼命，被众人苦劝，许他赎取回去，各宅而居，所以赍聘上门，取回原妾。不然，定要经官告理，说他倚了衙门的势，强占民间妻小。姚家无可奈何，只得受了聘金，把原妾交还他去。姚子榖的衣裳已脱，裤带已解，正要打点行房，不想新人夺了去，急得他欲火如焚，只要寻死。

　　等到三年之后，已做了九次新郎，不曾有一番着实。他父子二人，无所归咎，只说这座楼房起得不好，被工匠使了暗计，所以如此。要拆去十卺楼，重新造过。姚子榖有个母舅，叫做郭从古，是个积年的老吏，与他父亲同在衙门。一日，商量及此，郭从古道："请问'十卺楼'三字，是何人题写，你难道忘记了么？仙人取名之意，眼见得验在下遭。十次合卺，如今做过九次，再做一次，就完了匾上的数目，自然夫妻偕老，再无意外之事了。"

　　姚氏父子听了这句说话，不觉豁然大悟说："本处的亲事都做厌了，这番做亲，须要他州外县去娶。"郭从古道："我如今奉差下省，西子湖头，必多美色。何不叫外甥随我下去，选个中意的回来。"姚子榖道："此时宗师按临，正要岁考，做秀才的出去不得。母舅最有眼力，何不替我选择一个，便船带回，与我成亲就是。"郭从古道："也说得是。"姚氏父子就备了聘礼与钗钏衣服之类，与他带了随身。自去之后，就终日盼望佳人，祈求好事。

　　姚子榖到了此时，也是饿得肠枯、急得火出的时候了。无论娶来的新人才貌俱佳，德容兼美；就遇着个将就女子，只要胯间有缝，肚里无胎，下

———————————

　　①　蹭(cèng)蹬(dèng)——遭遇挫折。

得人种进去,生得儿子出来,夜间不遗小便,过得几年才死,就是一桩好事了。不想郭从古未曾到家,先有书来报喜,说替他娶了一个,竟是天下无双、人间少二的女子。姚子谷得了此信,惊喜欲狂。及至仙舟已到,把新人抬上岸来,到拜堂合卺之后,揭起纱笼一看,又是一桩诧事!

原来这位新人不是别个,就是开手成亲的石女! 只因少了那件东西,被人推来搅去,没有一家肯要,直从温州卖到杭城,换了一二十次的售主。郭从古虽系至亲,当日不曾见过。所以看了面容,极其赞赏,替他娶回来;又不曾做爬灰老子,如何知道下面的虚实?

姚子谷见了,一喜一忧:喜则喜其得遇故人,不负从前之约;忧则忧其有名无实,究竟于正事无干。姚氏父子与郭从古坐在一处,大家议论道:"这等看起来,醉仙所题之字,依旧不验了。第十次做亲,又遇着这个女子,少不得还要另娶。无论娶来的人好与不好,就使白发齐眉,也做了十一次新郎,与'十卺'二字不相合了。叫做什么神仙? 使人那般敬信!"大家猜疑了一会,并无分解。

却说姚子谷当夜入房,虽然心事不佳,少不得搂了新人,与她重温旧好。一连过了几夜,两下情浓,都有个开交不得之意。男子兴发的时节,虽不能大畅怀来,还亏她有条后路,可以暂行宽解。妇人动了欲心,无由发泄,真是求死不得,欲活不能,说不出那种苦楚。不想把满身的欲火,合来聚在一处,竟在两胯之间,生起一个大毒,名为"骑马痈",其实是情兴变成的脓血。肿了几日,忽然溃烂起来,任你神方妙药,再医不好。

一夜,夫妻两口,搂做一团,恰好男子的情根,对着妇人的患处,两下忘其所以,竟把偶然的缺陷,认做生就的空虚,就在毒疮里面,摩疼擦痒起来。在男子心上,一向见她无门可入,如今喜得天假以缘。况她这场疾病,原是由此而起,要把玉杵当了刀圭,做个以毒攻毒! 在女子心上,一向爱他情性风流,自愧茅塞不开,使英雄无用武之地,也巴不得以窦①为门,使他乘虚而入。与其熬痒而生,倒不若忍痛而死。所以任他冲突,并不阻挠。不想这番奇苦,倒受得有功:一痛之后,就觉得苦尽甘来;焦头烂额之中,一般有肆意销魂之乐。

这夫妻两口,得了这一次甜头,就想时时取乐、刻刻追欢。知道这番

① 窦(dòu)——孔穴。

举动,是瞒着造物做的,好事无多,佳期有限。一到毒疮收口之后,依旧闭了元关,阴自阴而阳自阳,再要想做坎离交姤之事,就不能够了。两下各许愿心,只保祐这个毒疮多害几时,急切不要收口。却也古怪,又不知是天从人愿,又不知是人合天心,这个知趣的毒疮,竟替她害了一生,到底不曾合缝。

这是什么缘故? 要晓得:这个女子,原是有人道的,想是因他孽障未消,该受这几年的磨劫。所以造物弄巧,使她虚其中而实其外,将这件妙物隐在皮肉之中,不能够出头露面。到此时,魔星将退,忽然生起毒来,只当替她揭去封皮,现出人间的至宝:比世上不求而得,与一求即得的,更稀罕十倍。

这一男一女,只因受尽艰难,历尽困苦,直到心灰意死之后,方才凑合起来。所以夫妇之情,真个是如胶似漆,不但男子画眉,妇人举案,到了疾病忧愁的时节,竟把夫妻变为父母,连那割股尝药、斑衣戏彩①的事都做出来。可见天下好事只宜迟得,不宜早得。只该难得,不该易得。古时的人,男子三十而始娶,女子二十而始嫁,不是故意要迟,也只愁他容易到手,把好事看得平常,不能尽琴瑟之欢,效于飞之乐②也。

---

① 斑衣戏彩——穿着五色斑斓的衣服嬉戏,旧时形容对父母的孝敬。
② 琴瑟之欢、于飞之乐——比喻夫妻间的和谐亲密。

鹤归楼

第 一 回
安恬退反致高科　忌风流偏来绝色

诗云：

　　天河盈盈一水隔，河东美人河西客。耕云织雾两相望，一树绸缪在今夕。双龙引车鹊作桥，风回桂渚秋叶飘。抛梭投杼整环珮，金童玉女行相要。两情好合美如旧，复恐天鸡催晓漏。倚屏犹有断肠言，东方未明少停候。欲渡不渡河之湄，君亦但恨生别离。明年七夕还当期，不见人间死别离。朱颜一去难再归！

　　这首古风，是元人所作，形容女牛相会①之时，缠绵不已的情状。这个题目，好诗最多，为何单举这一首？只因别人的诗，都讲他别离之苦；独有这一首，偏叙他别离之乐，有个知足守分的意思，与这回小说相近，所以借他发端。

　　骨肉分离，是人间最惨的事，有何好处，倒以"乐"字加之？要晓得"别离"二字，虽不足乐；但从别离之下，又深入一层，想到那别无可别、离不能离的苦处，就觉得天涯海角，胜似同堂；枕冷衾寒，反为清福。第十八层地狱之人，羡慕十七层的受用；就像三十二天的活佛，向往着三十三天：总是一种道理。

　　近日有个富民，出门作客，歇在饭店之中。时当酷夏，蚊声如雷。自己悬了纱帐，卧在其中，但闻轰轰之声，不见嗷嗷之状。回想在家的乐处：丫环打扇，伴当驱蚊，连这种恶声也无由入耳，就不觉怨怅起来。另有一个穷人，与他同房宿歇，不但没有纱帐，连单被也不见一条。睡到半夜，被蚊虹叮不过，只得起来行走，在他纱帐外面跑来跑去，竟像被人赶逐的一

---

① 女牛相会——民间传说，每年 7 月 7 日为牛郎、织女相会之期。

般,要使浑身的肌肉动而不静,省得蚊虻着体。

富民看见此状,甚有怜悯之心,不想那个穷人,不但不叫苦,还自己称赞说他是个福人,把"快活"二字,叫不绝口。富民惊诧不已,问他:"劳苦异常,哪有快乐?"那穷人道:"我起先也曾怨苦,忽然想到一处,就不觉快活起来。"富民问他:"想到哪一处?"穷人道:"想到牢狱之中,罪人受苦的形状,此时上了柙床①,浑身的肢体动弹不得,就被蚊虻叮死,也只好做露筋娘娘,要学我这舒展自由、往来无碍的光景,怎得能够? 所以身虽劳碌,心境一毫不苦,不知不觉,就自家得意起来。"富人听了,不觉通身汗下,才晓得睡在帐里思念家中的不是。

若还世上的苦人都用了这个法子,把地狱认做天堂,逆旅翻为顺境,黄连树下也好弹琴,陋巷之中尽堪行乐。不但容颜不老,须鬓难皤,连那祸患休嘉,也会潜消暗长。

方才那首古风,是说天上的生离,胜似人间的死别。我这回野史,又说人间的死别,胜似天上的生离。总合着一句《四书》,要人"素患难行乎患难"的意思。

宋朝政和年间,汴京城中有个旧家之子,姓段名璞,字玉初。自幼聪明,曾噪神童之誉。九岁入学,直到十九岁,做了十年秀才,再不出来应试。人问他何故,他说:"少年登科,是人生不幸之事。万一考中了,一些世情不谙,一毫艰苦不知,任了痴顽的性子,鲁莽做去,不但上误朝廷,下误当世,连自家的性命也要被功名误了,未必能够善终。不如多做几年秀才,迟中几科进士,学些才术在胸中,这日生月大的利息,也还有在里面。所以安心读书,不肯躁进。"

他不但功名如此,连婚姻之事也是这般,唯恐早完一年,早生一年的子嗣,说:"自家还是孩童,岂可便为人父?"又因自幼丧亲,不曾尽得子道,早受他人之奉养,觉得于心不安。故此年将二十,还不肯定亲。总是他性体安恬,事事存了惜福之心,刻刻怀了凶终之虑,所以得一日过一日,再不希冀将来。

他有个同学的朋友,姓郁,讳廷言,字子昌,也是个才识兼得之人,与

---

① 柙(xiá)床——解押犯人的囚笼或囚车。

他的性格件件俱同，只有一事相反。他于功名富贵看得更淡，连那日生月大的利息，也并不思量。觉得做官一年，不如做秀才一日，把焚香挥麈的受用，与簿书鞭扑的情形比并起来，只是不中的好。独把婚姻一事，认得极真，看得极重。他说："人生在世，事事可以忘情，只有妻妾之乐、枕席之欢，这是名教中的乐地，比别样嗜好不同，断断忘情不得。我辈为纲常所束，未免情兴索然，不见一毫生趣。所以开天立极的圣人，明开这条道路，放在伦理之中，使人散拘化腐。况且三纲之内，没有夫妻一纲，安所得君臣父子？五伦之中，少了夫妇一伦，何处尽孝友忠良？可见婚娶一条，是五伦中极太之事，不但不可不早，亦且不可不好。美妾易得，美妻难求。毕竟得了美妻，才是名教中最乐之事；若到正妻不美，不得已而娶妾，也就叫做无聊之思。身在名教之中，这点念头也就越于名教之外了。"

他存了这片心肠，所以择婚的念头甚是急切。只是一件，"要早要好"四个字，再不能够相兼：要早就不能好，要好又不能早。自垂髫之际，就说亲事起头，说到弱冠之年，还与段玉初一样，依旧是个孤身。要早要好的，也是如此，不要早不要好的，也是如此。倒不如安分守己的人，还享了五六七年衾寒枕冷的清福，不像他扒起扒倒，怨怅天公；赶去赶来，央求媒妁，受了许多熬炼奔波之苦。

一日，徽宗皇帝下诏求贤：凡是学中的秀才，不许遗漏一名，都要出来应试；有规避不到者，即以观望论。这是什么缘故？只因宋朝的气运，一日衰似一日；金人的势焰，一年盛似一年。又与辽、夏相持，三面皆为敌国。一年之内，定有几次告警。近边的官吏，死难者多，要人铨补。恐怕学中士子把功名视作畏途，不肯以身殉国，所以先下这个旨意，好驱逐他出山。段、郁二人迫于时势，遂不得初心，只得出来应举。作文的时节，唯恐得了功名，违了志愿，都是草草完事，不过要使广文先生免开规避而已。不想文章的造诣，与棋力酒量一般，低的要高也高不来，高的要低也低不去。乡会两榜，都巍然高列！段玉初的名次，又在郁子昌之前。

却说世间的好事，再不肯单行，毕竟要相应而至：郁子昌未发之先，到处求婚，再不见有天姿国色。竟像西子、王嫱之后，不复更产佳人，恨不生在数千百年之先，做个有福的男子。不想一发之后，到处遇着王嫱，说来就是西子。亏得生在今日，不然倒反要错了机缘。

有一位姓官的仕绅，现居尚宝之职，他家有两位小姐，一个叫做围珠，一个叫做绕翠。围珠系尚宝亲生，绕翠是他侄女，小围珠一年。因父母俱亡，无人倚恃，也由尚宝择婚。这两位佳人，大概评论起来，都是人间的绝色。若要在美中择美、精里求精，又觉得绕翠的姿容，更在围珠之上。京师里面有四句口号云：

　　珠为掌上珍，翠是人间宝。
　　王者不能兼，舍围而就绕。

　　为什么千金小姐有得把人见面，竟拿来编做口号，传播起来？只因徽宗皇帝曾下选妃之诏，民间女子都选不中，被承旨的太监单报她们这两名，说："百千万亿之中，只见得这两名绝色，其余都是庸才。"皇上又问："二者之中，谁居第一？"太监就丢了围珠，单说绕翠。徽宗听了，就注意在一边，所以人都得知，编了这四句口号。

　　绕翠将要入宫，不想辽兵骤至，京师闭城两月，直到援兵四集，方得解围。解围之后，有一位敢言的科道上了一本说："国家多难之时，正宜卧薪尝胆，力图恢复。即现在之嫔妃，尚宜纵放出宫，以来远色亲贤之誉；奈何信任谗阉，方事选择。如此举动，即欲寇兵不至，其可得乎？"徽宗听了，觉得不好意思，只得勉强听从，下个罪己之诏，令选中的女子，仍嫁民间。故此这两位佳人，前后俱能幸免。

　　官尚宝到了此时，闻得一榜之上，有两个少年都还未娶，又且素擅才名，美如冠玉，就各央他本房座师前去做合。郁子昌听见，惊喜欲狂，但不知两个里面将哪一个配他。起先未遇佳人，若肯把围珠相许，也就出于望外；此时二美并列，未免有舍围就绕之心，只是碍了交情，不好薄人而厚己。谁料天从人愿，因他所中的名数，比段玉初低了两名，绕翠的年庚，又比围珠小了一岁，官尚宝就把男子序名，妇人序齿。亲生的围珠，配了段玉初；抚养的绕翠，配了郁子昌。原是一点溺爱之心，要使中在前面的做了嫡亲女婿，好等女儿荣耀一分。序名序齿的话都是粉饰之词。

　　郁子昌默喻其意，自幸文章欠好，取中略低，所以因祸得福，配了绝世佳人。若还高了几名，怎能够遂得私愿？段玉初的心事，又与他绝不相同，唯恐志愿太盈，犯造物之所忌。闻得把围珠配他，还说世间第二位佳人，不该为我辈寒儒所得，恐怕折了冥福，亏损前程。只因座师作伐，不敢推辞，哪里还有妄念？官尚宝只定婚议，还不许他完姻，要等殿试之后，授了官职，方才合卺，等两位小姐好做现成的夫人。

　　不想殿试的前后,却与会场不同:郁子昌中在二甲尾,段玉初反在三甲头。虽然相去不远,授职的时节,却有内铨外补之别。况且此番外补,又与往年不同,大半都在危疆,料想没有善地。官尚宝又从势利之心转出个趋避之法,把两头亲事调换过来。起先并不提起,直等选了吉日,将要完姻,方才吩咐媒婆,叫他如此如此。这两男二女,总不提防,只说所偕的配偶,都是原议之人,哪里知道金榜题名,就是洞房花烛的草稿! 洞房花烛,仍照金榜题名的次序,始终如一,并不曾紊乱分毫。知足守分的,倒得了世间第一位佳人;心高志大的,虽不叫做吃亏,却究竟不曾满愿。可见天下之事,都有个定数存焉,不消逆虑。

　　但不知这两对夫妻成亲之后,相得何如,后来怎生结果? 且等看官息息眼力,再演下回。

第 二 回
帝王吃臣子之醋　闺房罢枕席之欢

郁子昌思想绕翠，得了围珠，初婚的时节，未免有个怨怅之心，过到后来，也就心安意贴，彼此相忘。只因围珠的姿色，原是娇艳不过的，但与绕翠相比，觉得彼胜于此。若还分在两处，也居然是第一位佳人。至于风姿态度，意况神情，据郁子昌看来，却像还在绕翠之上。俗语二句道得好：

> 不要文章中天下，只要文章中试官。

郁子昌的心性原在风流一边，须是赵飞燕、杨玉环一流人，方才配得他上。恰好这位夫人，生来是他的配偶，所以深感岳翁，倒把拂情悖理之心，行出一桩合理顺情之事。夫妻两口，恩爱异常，无论有子无子，誓不娶妾；无论内迁外转，誓不相离！要做一对比目鱼儿，不肯使百岁良缘，耽误一时半刻。

却说段玉初成亲之后，看见妻子为人饶有古道，不以姿容之艳冶，掩其性格之端庄，心上十分欢喜。也与郁子昌一般，都肯将错就错。只是对了美色，刻刻担忧，说："世间第一位佳人，有同至宝，岂可以侥幸得之！莫谓朋友无缘，得而复失，就是一位风流天子，尚且没福消受，选中之后，依旧发还。我何人斯，敢以倘来之福，高出帝王之上乎？'匹夫无罪，怀璧其罪'，覆家灭族之祸，未必不阶于此。"所以常在喜中带戚，笑里含愁，再不敢肆意行乐。就是云雨绸缪之际，忽然想到此处，也有些不安起来，竟像这位佳人，不是自家妻子，有些干名犯义的一般。

绕翠不解其故，只说他中在三甲，选不着京官，将来必居险地，故此预作杞人之忧，不时把"义命自安，吉人天相"的话去安慰他。段玉初道："死生有命，富贵在天。万一补在危疆，身死国难，也是臣职当然，命该如此，何足介意？我所虑者，以一薄命书生，享三种过分之福，造物忌盈，未有不加倾覆之理！非受阴灾，必蒙显祸，所以忧患若此。"绕翠问："是哪三种？"段玉初道："生多奇颖，谬窃神童之号，一过分也；早登甲第，滥叨青紫之荣，二过分也；浪踞温柔乡，横截鸳鸯浦，使君父朋友相望而不能得者,一旦攘为己有,三过分也。三者之中有了一件,就能折福生灾,何况兼逢其盛,此必败之道也。倘有不虞,夫人当何以救我?"绕翠道:"决不至此。只是幸福之心,既不宜有;弭灾之计,亦不可无。相公既萌此虑,毕竟有法以处之,请问计将安出?"

段玉初道:"据我看来,只有'惜福安穷'四个字,可以补救得来,究竟也是希图万一,决无幸免之理。"绕翠道:"何为惜福? 何为安穷?"

段玉初道:"处富贵而不淫,是谓惜福;遇颠危而不怨,是谓安穷。究竟'惜福'二字,也为'安穷'而设,总是一片虑后之心,要预先磨炼身心,好撑持患难的意思。衣服不可太华,饮食不可太侈,宫室不可太美,处处留些余地,以资冥福,也省得受用太过,骄纵了身子,后来受不得饥寒。这种道理,还容易明白。至于夫妻宴乐之情,衽席绸缪之谊,也不宜浓艳太过。十分乐事,只好受用七分,还要留下三分,预为别离之计。这种道理,极是精微,从来没人知道。为夫妇者,不可不知。为乱世之夫妇者,更不可不知。俗语云:'恩爱夫妻不到头。'又云:'乐莫乐兮新相知,悲莫悲兮生别离。'夫妇相与一生,终有离别之日。越是恩爱夫妻,比那不恩爱的,更离别得早。若还在未别之前,多享一份快乐;少不得在既别之后,多受一份凄凉。我们惜福的工夫,先要从此处做起:偎红倚翠之情,不宜过热,省得欢娱难继,乐极生悲;钻心刺骨之言,不宜多讲,省得过后追思,割人肠腹。如此过去,即使百年偕老,永不分离,焉知不为惜福所生,倒闯出几年的恩爱?"

绕翠听了此言,十分警省,又问他:"铨补当在何时? 可能够侥天之幸,得一块平静地方,苟延岁月?"段玉初道:"薄命书生,享了过分之福,就生在太平之日,尚且该有无妄之灾;何况生当乱世,还有侥幸之理?"绕翠听了此言,不觉泪如雨下。段玉初道:"夫人不用悲凄,我方才所说'安穷'二字就是为此。祸患未来,要预先惜福;祸患一至,就要立意安穷。若还有了地方,无论好歹,少不得要携家赴任。我的祸福,就是你的安危;夫妻相与百年,终有一别。世上人不知深浅,都说死别之苦,胜似生离;据我看来,生离之惨,百倍于死别。若能够侥天之幸,一同死在危邦,免得受生离之苦,这也是人生百年第一桩快事。但恐造物忌人,不肯叫你如此。"

绕翠道:"生离虽是苦事,较之死别,还有暂辞永诀之分。为什么倒说彼胜于此,请道其详。"段玉初道:"夫在天涯,妻在海角,时做归来之想,终无见面之期,这是生离的景象。或是女先男死,或是妻后夫亡,天辞会合之缘,地绝相逢之路,这是死别的情形。俗语云:'死寡易守,活寡难熬。'生离的夫妇,只为一念不死,生出无限熬煎。日间希冀相逢,把美食鲜衣,认做糠秕桎梏;夜里思量会合,把锦衾绣褥,当了芒刺针毡。只因度日如年,以致未衰先老。甚至有未曾出户,先订归期,到后来一死一生,遂成永诀,这都是生离中常有之事,倒不若死了一个,没得思量。孀居的索性孀居,独处的甘心独处,竟像垂死的头陀,不思量还俗,那蒲团上面就有许多乐境出来,与不曾出家的时节纤毫无异。这岂不是死别之乐胜似生离?还有一种夫妇,先在未生之时,订了同死之约,两个不先不后,一起终了天年,连永诀的话头都不消说得,眼泪全无半点,愁容不露一毫。这种别法,不但胜似生离,竟与拔宅飞升①的无异,非修上几十世者,不能有此奇缘。我和你同人危疆,万一遇了大难,只消一副同心带儿,就可以合成正果。俗语云:'牡丹花下死,做鬼也风流。'这句话头,还是单说私情,与'纲常'二字无涉。我们若得如此,一个做了忠臣,一个做了节妇,合将拢来,又做了一对生死夫妻,岂不是从古及今,第一桩乐事?"

绕翠听了这些话,不觉蕙质兰心②,变作忠肝义胆,一心要做烈妇。说起危疆,不但不怕,倒有些羡慕起来,终日洗耳听佳音,看补在那一块吉祥之地。不想等上几月,倒有个喜信报来。只为京职缺员,二甲几十名不够铨补,连三甲之前也选了部属。郁子昌得了户部,段玉初得了工部,不久都有美差。捷音一到,绕翠喜之不胜。段玉初道:"塞翁得马,未必非祸,夫人且慢些欢喜。我所谓造物忌人,不肯容你死别者,就是为此。"绕翠听了,只说他是过虑,并不提防,不想点出差来,果然是一场祸事!

只因徽宗皇帝听了谏臣,暂罢选妃之诏,过后追思,未免有些懊悔。当日京师里面,又有四句口号云:

城门闭,言路开;城门开,言路闭。

这些从谏如流的好处,原不是出于本心,不过为城门乍开,人心未定,暂掩一时之耳目,要待烽火稍息之后,依旧举行。不但第一位佳人不肯放手,

———————

① 拔宅飞升——道家传说修道的人得道,则全家同升仙界。
② 蕙质兰心——心灵似蕙草芬芳,心性似兰花纯洁。比喻人的品德高洁。

连那陪贡的一名,也还要留做备卷的。不想这位大臣没福做皇亲国戚,把权词当了实话,竟认真改配起来。

徽宗闻得两位佳人都为新进书生所得,悔恨不了,想着他的受用,就不觉拈酸吃醋起来,吩咐阁臣道:"这两个穷酸恶莩,无端娶了国色,不要便宜了他。速拣两个远差,打发他们出去! 使他三年五载,不得还乡,罚做两个牵牛星,隔着银河难见织女,以赎妄娶国妃之罪! 又要稍加分别,使得绕翠的人,又比得围珠的多去几年,以示罪重罪轻之别。"阁臣道:"目下正要遣使如金,交纳岁币,原该是户工二部之事,就差他两人去罢。"徽宗道:"岁币易交,金朝又不远,恐不足以尽其辜。"阁臣道:"岁币之中,原有金帛二项,为数甚多。金人要故意刁难,罚他赔补,最不容易交卸。赍金者多则三年,少则二载,还能够回来复命。赍帛之官,自十年前去的,至今未返。这是第一桩苦事! 此此一役,足尽其辜。"徽宗大喜,就差郁廷言赍金,段璞赍帛,各董其事,不得相兼,一起如金纳币。

下了这道旨意,管叫两对鸳鸯,变做伯劳、飞燕。但不知两件事情何故艰难至此,请看下回,便知来历。

第 三 回

死别胜生离从容示诀　远归当新娶忽地成空

宋朝纳币之例,起于真宗年间,被金人侵犯不过,只得创下这个陋规,每岁输银若干,为犒兵秣马之费,省得他来骚扰。后来逐年议增,增到徽宗手里,竟足了百万之数。起先名为岁币,其实都是银两。解到后来,又被中国之人教导他个生财之法,说布帛出于东南,价廉而美,要将一半银子买了绸缎布匹,他拿去发卖,又有加倍的利钱。在宋朝则为百万,到了金人手里,就是百五十万。起先赍送银两,原是一位使臣;后来换了币帛,就未免盈车满载,充塞道途。一人照管不来,只得分而为二,赍金者赍金,纳币者纳币。又怕银子低了成色,币帛轻了分两,使他说长道短,以开边衅。就着赍金之使预管征收,纳币之人先期采买,是他办来就是他送去,省得换了一手,委罪于人。

初解币帛之时,金人不知好歹,见货便收,易于藏拙。纳币的使臣倒反有些利落,刮浆的布匹、上粉的纱罗,开了重价,蒙蔽朝廷。送到地头,就来复命,原是一个美差,只怕谋不到手。谁想解上几遭,又被中国之人教导他个试验之法,定要洗去了浆、汰净了粉,逐匹上天平弹过,然后验收。少了一钱半分,也要来人赔补。赔到后来,竟把这项银两做了定规,不论货真货假,凡是纳币之臣,定要补出这些常例。常例补足之后,又说他蒙蔽朝廷,欺玩邻国,拿住赃证,又有无限诛求。所以纳币之臣赔补不起,只得留下身子,做了当头,淹滞①多年,再不能够还乡归国,这是纳币的苦处。

至于赍金之苦,不过因他天平重大,正数之外要追羡余。虽然所费不资,也还有个数目。只是金人善诈,见他赔得爽利,就说家事饶余还费得起,又要生端索诈。所以赍金之臣,不论贫富,定要延捱几载,然后了局。当年就返者,十中不及二三。

----

① 淹滞——淹:久;滞:滞留。长期滞留。

段、郁二人奉了这两个苦差，只得分头分事，采买的前去采买，征收的前去征收，到收完买足之后，一起回到家中，拜别亲人，出使异国。郁子昌对着围珠，十分眷恋，少不得在枕上饯行，被中作别，把出门以后、返棹以前的账目，都要预支出来，做那"一刻千金"的美事。又说自己虽奉苦差，有嫡亲丈人可恃，纵有些须赔补，料他不惜毡上之毫，自然送来接济。多则半年，少则三月，夫妇依旧团圆，决不像那位连襟，命犯孤鸾，极少也有十年之别。

绕翠见丈夫远行，预先收拾行装，把十年以内所用的衣裳鞋袜，都亲手置办起来。等他采买回家，一起摆在面前道："你此番出去，料想不是三年五载。妻子鞋弓袜小，不能够远送寒衣，故此窃效孟姜女之心，兼仿苏蕙娘之意，织尽寒机，预备十年之用，烦你带在身边，见了此物，就如见妻子一般。那线缝之中，处处有指痕血迹，不时想念想念，也不枉我一片诚心。"说到此处，就不觉涕泗涟涟，悲伤欲绝。

段玉初道："夫人这番意思，极是真诚。只可惜把有用的工夫，都费在无用之地。我此番出去，依旧是死别，不要认作生离。以赤贫之士，奉极苦之差，赔累无穷，何从措置？ 既绝生还之想，又何用苟延岁月？ 少不得解到之日，就是我绝命之期。只恐怕一双鞋袜、一套衣裳还穿他不旧，又何必带这许多？ 就作大限未满，求死不能，也不过多受几年困苦，填满了饥寒之债，然后捐生；岂有做了孤臣孽子，囚系外邦，还想丰衣足食之理！ 孟姜女所送之衣，苏蕙娘所织之锦，不过寄在异地穷边，并不是仇邦敌国。纵使带去，也尽为金人所有，怎能够穿得上身？ 不如留在家中，做了装箱叠笼之具，后来还有用处，也未可知。"绕翠道："你既不想生还，留在家中也是弃物了，还有什么用处？"

段玉初欲言不言，只叹一口冷气。绕翠就疑心起来，毕竟要盘问到底。段玉初道："你不见《诗经》上面有两句伤心话云，'宛其死矣，他人入室。'我死之后，这几间楼屋里面，少不得有人进来；屋既有人住，衣服岂没人穿？ 留得一件下来，也省你许多辛苦，省得千针万线，又要服侍后人，岂不是桩便事？"

绕翠听了以前的话，只说他是肝膈之言；及至听到此处，真所谓烧香塑佛，竟把一片热肠付之冷水！ 不由她不发作起来，就厉声回复道："你这样男子，真是铁石心肠！ 我费了一片血诚，不得你一句好话，倒反谤起人来！怎见得你是忠臣，我就不是节妇？既然如此，把这些衣服都拿来烧了，省得放在家中，又多你一番疑虑。"说完之后，果然把衣裳鞋袜叠在一处，下面放了柴薪，竟像人死之后烧化冥衣的一般。不上一刻时辰，把锦绣绮罗，变成灰烬。

段玉初口中虽劝，叫她不要如此，却不肯动手扯拽，却像要她烧化，不肯留在家中与别人穿着的一般。绕翠一面烧，一面哭，说："别人家的夫妇，何等绸缪！目下分离，不过是一年半载，尚且多方劝慰，只怕妻子伤心；我家不是生离，就是死别，并无一句钟情的话，反出许多悖理之言。这样夫妻，做他何用！"

段玉初道："别人修得到，故此嫁了好丈夫，不但有情，又且有福，不至于死别生离。你为什么前世不修，造了孽障，嫁着我这寡情薄福之人？但有死灾，并无生趣，也是你命该如此。若还你这段姻缘，不改初议，照旧嫁了别人，此时正好绸缪。这样不情的话，何由入耳？都是那改换的不是，与我何干？焉知我死之后，不依旧遂了初心，把娥皇、女英合在一处，也未可知。况且选妃之诏，虽然中止，目下城门大开，不愁言路不闭。万一皇上追念昔人，依旧选你入宫，也未见得。这虽是必无仅有之事，在我这离家去国的人，不得不虑及此。夫人听了，也不必多心。古语道得好：'生死有命，富贵在天。'又道：'一饮一啄，莫非前定。'若还你命该失节，数合重婚，我此时就着意温存，也难免红丝别系。若还命合流芳，该做节妇，此时就冲撞几句，你也未必介怀。或者因我说破在先，秘密的天机不肯使人参透，将来倒未必如此，也未见得。"

说完之后，竟去料理轻装，取几件破衣旧服，叠入行囊，把绕翠簇新做起、烧毁不尽的，一件也不带。又把所住的楼房，增上一个匾额，题曰："鹤归楼"，用丁令威化鹤归来的故事，以见他绝不生还。

出门的时节，两对夫妻一同拜别。郁子昌把围珠的面孔看了又看，上马之后还打了几次回头，恨不得画幅肖像，带在身边，当做观音大士一般，好不时瞻礼。段玉初一揖之后，就飘然长往，任妻子痛哭号啕，绝无半点凄然之色。

两个风餐水宿，戴月披星，各把所赍之物解入邻邦。少不得金人验收，仍照往年的定例，以真作假，视重为轻，要硬逼来人赔补。段玉初道："我是个新进书生，家徒四壁，不曾领皇家的俸禄，不曾受百姓的羡余。

莫说论万论千,就是一两五钱,也取不出。况且所赍之货并无浆粉,任凭洗濯。若要节外生枝,逼我出那无名之费,只有这条性命,但凭贵国处分罢了。"金人听了这些话,少不得先加凌辱,次用追比,后设调停,总要逼他寄信还乡,为变产赎身之计。

段玉初立定主意,把"安穷"二字,做了奇方,又加上一个譬法,当做饮子,到了五分苦处,就把七分来相比,到了七分苦处,又把十分来相衡,觉得阳世的磨折,究竟好似阴间,任你鞭笞夹打,痛楚难熬,还有"死"字做后门,阴间是个退步;到了万不得已之处,就好寻死。既死之后,浑身不知痛痒,纵有刀锯鼎镬,也无奈我何!不像在地狱中遭磨受难,一死之后,不能复死。任你扼喉绝吭,没有逃得脱的阴司,由他峻罚严刑,总是避不开的罗刹。只见活人受罪不过,逃往阴间;不见死人摆布不来,走归阳世。想到此处,就觉得受刑受苦,不过与生疮害疖一般,总是命犯血光,该有几时的灾晦。到了出脓见血之后,少不得苦尽甜来。他用了这个秘诀,所以随遇而安,全不觉有拘挛桎梏之苦。

郁子昌亏了岳父担当,叫他"凡有欠缺,都寄信转来,我自然替你赔补"。郁子昌依了此言,索性做个畅汉,把上下之人都贿赂定了,不受一些凌辱。金人见他肯用,倒把好酒好食不时款待他,连那没人接济的连襟也沾他些口腹之惠。不及五月,就把欠账还清,别了段玉初预先回去复命。

宋朝有个成规:凡是出使还朝的官吏到了京师,不许先归私宅,都要面圣过了,缴还使节,然后归家。郁子昌进京之刻,还在巳牌,恰好徽宗坐朝,料想复过了命,正好回家。古语道得好:"新娶不如远归。"那点追欢取乐的念头,比合卺之初更加急切,巴不得三言两语回过了朝廷,好回去重偕伉俪。不想朝廷之上,为合金攻辽一事,众议纷纷,委决不下。徽宗自辰时坐殿,直议到一二更天,方才定了主意。定议之后,即便退朝,纵有紧急军情,也知道他倦怠不胜,不敢入奏,何况纳币还朝,是桩可缓之事。郁子昌熬了半载,只因灾星未退,又找了半夜的零头,依旧宿在朝房,不敢回宅。倒是半载易过,半夜难熬。正合着唐诗二句:

似将海水添宫漏,并作铜壶一夜长。

围珠听见丈夫还朝,立刻就要回宅,竟是天上掉下月来,哪里欢喜得了。就去重熏绣被,再熨罗衾,打点一夜工夫,要叙尽半年的阔别。谁想从日出望起，望到月落，还不见回来，不住在空阶之上走去走来，竟把三寸金莲磨得头穿底裂。及至次日上午，登楼而望，只见一位官员，簇拥着许多人马，摇旗呐喊而来。只说是过往的武职，谁想走到门前，忽然住马。围珠定睛一看，原来就是自己的丈夫。如飞赶下楼来，堆着笑容接见。只说他久旱逢甘，胜似洞房花烛，自然喜气盈腮；不想见了面反掉下恓惶泪来，问他情由，只是哽哽咽咽讲不出口。

原来复命的时节，又奉了监军督饷之差，要他即日登程，不许羁留片刻，以误师期。连进门一见，也是瞒着朝廷，不可使人知道的。这是什么缘故？只因他未到之先，金人有牒文赍到，要与宋朝合兵攻辽。宋朝主意不定，耽搁了几时。金人不见回话，又有催檄递来，说："贵国观望不前，殊失同仇之义。本朝不复相强，当移伐辽之兵转而伐宋。即欲仍遵前约，不可得矣。"徽宗见了，不胜悚惧。所以穷日议论，不能退朝，就是为此。郁子昌若还迟到一日，也就差了别人。不想冤家凑巧，起先不能决议，恰好等他一到，就定了出师之期。领兵的将帅隔晚已经点出，单少赍饷官一员，要待次日选举。郁子昌擅娶国妃，原犯了徽宗之忌，见他转来得快，依旧要眷恋佳人，只当不曾离别。故此将计就计，倒说他："纳币有方，不费时日。自能飞挽接济，有裨军功。"所以一差甫完，又有一差相继，再不使他骨肉团圆。

围珠得了此信，把一付火热的心肠激得冰冷；两行珠泪竟做了三峡流泉，哪里倾倒得住？扯了丈夫的袖子正要说些衷情，不想同行的武职，一起哗噪起来，说："行兵是大事，顾不得儿女私情。哪家没有妻子？都似这等流连，一个担迟一会，须得几十个日子才得起身。恐怕朝廷得知，不当稳便。"郁子昌还要羁迟半刻，扯妻子进房，略见归来的大意，听了这些恶声，不觉高兴大扫。只好痛哭一场，做出"苦团圆"的戏文，就是这等别了。临行之际，取出一封书来，说是姨丈段玉初寄回来的家报，叫围珠递与绕翠。

绕翠得书，不觉转忧作喜，只说丈夫出门，为了几句口过，不曾叙得私情，过后追思，自然懊悔。这封家报无非述他改过之心，道他修好之意。及至拆开一看，又不如此，竟是一首七言绝句。其诗云：

文回织锦倒妻思，断绝恩情不学痴；
云雨赛欢终有别，分时怒向任猜疑。

绕翠见了,知道他一片铁心,久而不改,竟是从古及今第一个寡情的男子!况且相见无期,就要他多情也没用,不如安心乐意做个守节之人,把追欢取乐的念头全然搁起,只以纺绩治生,趁得钱来又不想做人家,尽着受用,过了一年半载,倒比段玉初在家之日肥胖了许多;不像那丈夫得意之人,终日愁眉叹气,怨地呼天,一日瘦似一日,浑身的肌骨,竟像枯柴硬炭一般,与"温香软玉"四个字全然相反。

却说郁子昌尾了大兵料理军饷一事,终日追随鞍马,触冒风霜,受尽百般劳苦。俗语云"少年子弟江湖老"。为商做客的子弟,尚且要老在江湖;何况随征遇敌的少年,岂能够仍其故像?若还单受辛勤,止临锋镝,还有消愁散闷之处;纵使易衰易老,也毕竟到将衰将老之年,那副面容才能改变。当不得这位少年,他生平不爱功名,止图快乐,把美妻当了性命,一时三刻,也是丢不下的。又兼那位妻子极能体贴夫心,你要如此,她早已如此。枕边所说的话,被中相与之情,每一思起,就令人销魂欲绝。所以郁子昌的面貌,不满三年,就变做苍然一叟。髭须才出,就白起来。纵使放假还乡,也不是当年娇婿,何况此时的命运,还在驿马星中,正没有归家之日。攻伐不止一年,行兵岂在一处?来来往往,破了几十座城池,方才侥幸成功,把辽人灭尽。

班师之日,恰好又遇着纳币之期,被一个仰体君心的臣子,知道此人入朝,必为皇上所忌,少不得又要送他出门,不如在未归之先,假意荐他一本,说:"郁廷言纳币有方,不费时日,现有成效可观;又与金人相习多年,知道他的情性,不如加了品级,把岁币一事,着他总理。使赍金纳币之官,任从提调,不但重费可省,亦能使边衅不开,此本国君民之大利也。"此本一上,正合着徽宗吃醋之心,当日就下了旨意:"着吏部写敕,升他做户部侍郎,总理岁币一事。闻命之后,不必还朝,就在边城受事,告竣之日,另加升赏。"

郁子昌见了邸报,惊得三魂入地,七魄升天!不等敕命到来,竟要预寻短计。恰好遇着便人,与他一封书札,救了残生。这封书札是何人所寄,说的什么事情,为何来得这般凑巧?再看下回,便知端的。

第 四 回

亲姊妹迥别荣枯　旧夫妻新偕伉俪

　　你道这封书札,是何人所寄,说的什么事情?原来是一位至亲瓜葛,同榜弟兄,均在患难之中,有同病相怜之意。恐怕他迷而不悟,依旧堕入阱中,到后来悔之无及,故此把药石之言,寄来点化他的。只因灭辽之信,报入金朝,段玉初知道他系念室家,一定归心似箭,少不得到家之日,又启别样祸端。此番回去,不但受别离之苦,还怕有性命之忧。叫他飞疏上闻,只说在中途患病,且捱上一年半载,徐观动静,再做商量,才是个万全之策。

　　书到之日,恰好遇了邸报。郁子昌拆开一看,才知道这位连襟是个神仙转世,说来的话,句句有先见之明。他当日甘心受苦,不想还家,原有一番深意,吃亏的去处,倒反讨了便宜。可惜不曾学他,空受许多无益之苦。就依了书中的话,如飞上疏。不想疏到在后,命下在先,仍叫他勉力办事,不得借端推诿。

　　郁子昌无可奈何,只得在交界之地,住上几时,等赍金纳币的到了,一起解入金朝。金人见郁子昌任事,个个欢喜,只道此番的使费,仍照当初。当初单管赍金,如今兼理币事,只消责成一处,自然两项俱清。那些收金敛币之人,家家摆筵席,个个送下程,把郁老爷、郁侍郎叫不绝口。哪里知道这番局面,比前番大不相同:前番是自己着力,又有个岳父担当,况且单管赍金,要他赔补,还是有限的数目,自然用得松爽。此番是代人料理,自己只好出力,赔不起钱财。家中知道赎他不回,也不肯把有限的精神,施于无用之地。又兼两边告乏,为数不赀,纵有点金之术,也填补不来。只得老了面皮,硬着脊骨,也学段玉初以前,任凭他摆布而已。金人处他的方法,更比处段玉初不同,没有一件残忍之事,不曾做到。

　　此时的段玉初,已在立定脚跟的时候,金人见他熬炼得起,又且弄不出滋味来,也就断了痴想,竟把他当了闲人,今日伴去游山,明日同他玩水,不但没有苦难,又且肆意逍遥。段玉初若想回家,他也肯容情释放。

当不得这位使君要将沙漠当了桃源,权做个避秦之地。

郁子昌受苦不过,只得仗玉初劝解,十分磨难,也替他减了三分。直到二年之后,不见有人接济,知道他不甚饶余,才渐渐的放松了手。

段、郁二人,原是故国至亲,又做了异乡骨肉,自然彼此相依,同休共戚。郁子昌对段玉初道:"年兄所做之事,件件都有深心,只是出门之际,待年嫂那番情节,觉得过当了些。夫妻之间,不该薄幸至此。"段玉初笑一笑道:"那番光景,正是小弟多情之处。从来做丈夫的,没有这般疼热,年兄为何不察,倒说我薄幸起来?"郁子昌道:"逼她烧毁衣服,料她日后嫁人;相对之时,全无笑面,出门之际,不作愁容。这些光景,也寡情得够了,怎么还说多情?"段玉初道:"这等看来,你是个老实到底之人!怪不得留恋妻孥,多受了许多磨折。但凡少年女子,最怕的是凄凉,最喜的是热闹;只除非丈夫死了,没得思量,方才情愿守寡。若叫他没原没故,做个熬孤守寡之人,少不得熬上几年,定要郁郁而死。我和她两个,平日甚是绸缪,不得已而相别。若还在临行之际,又做些情态出来,使她念念不忘,把颠鸾倒凤之情,形诸梦寐,这分明是一剂毒药,要逼她早赴黄泉。万一有个生还之日,要与她重做夫妻,也不能够了。不若寻些事故与她争闹一场,假做无情,悻悻而别。她自然冷了念头,不想从前的好处,那些凄凉日子就容易过了。古人云,'置之死地而后生。'我顿挫她的去处,正为要全活她。你是个有学有术的人,难道这种道理,全然悟不着?"

郁子昌道:"原来如此,是便是了,妇人水性杨花,捉摸不定。她未曾失节,你先把不肖之心待她,万一她记恨此言,把不做的事倒做起来,践了你的言语,如何使得?"段玉初道:"我这个法子,也是因人而施,平日信得她过,知道是纲常节义中人,决不敢做越礼之事,所以如此。苟非其人,我又有别样治法,不做这般险事了。"郁子昌道:"既然如此,你临别之际,也该安慰她一番,就不能够生还,也说句圆融的话,使她希图万一,以待将来,不该把匾额上面题了极凶的字眼。难道你今生今世就拿定不得还乡,要做丁令威的故事不成?"

段玉初道:"题匾之意,与争闹之意相同。生端争闹者,要他不想欢娱,好过日子;题匾示诀者,要她断了妄念,不数归期,总是替她消灾延寿,没有别样心肠。这个法子,不但处患难的丈夫,不可不学,就是寻常男子,或是出门作客,或是往外求名,都该用此妙法。知道出去一年,不妨倒说两载,拿定离家一月,不可竟道三旬。出路由路,没有拿得定的日子。宁可使她不望,忽地归来;不可令我失期,致生疑虑。世间爱妻子的,若能个个如此,能保白发齐眉,不致红颜薄命。年兄若还不信,等到回家之日,把贱荆的肥瘦,与尊嫂的丰腴,比并一比并,就知道了。"郁子昌听了这些话,也还半信半疑,说他:"见识虽高,究竟于心太忍。若把我做了她,就使想得到,也只是做不出。"

他两个住在异邦,日复一日,年复一年,到了钦宗手里,不觉换了八次星霜,改了两番正朔。忽然一日,金人大举入寇,宋朝败北异常。破了京师,掳出徽、钦二帝,带回金朝。段、郁二人见了,少不得痛哭一场,行了君臣之礼。徽宗问起姓名,方才有些懊悔,知道往常吃的,都是些无益之醋,即使八年以前,不罢选妃之诏,将二女选入宫中,到了此时,也像牵牛织女隔着银河,不能够见面,倒是让他的好。

却说金人未得二帝以前,止爱玉帛子女,不想中原大事,所以把银子看得极重。明知段、郁二人追比不出,也还要留在本朝做个鸡肋残盘,觉得弃之有味。及至此番大捷以后,知道宋朝无人,锦绣中原唾手可得,就要施起仁政来。忽下一道旨意,把十年以内宋朝纳币之臣,果系赤贫、不能赔补者,俱释放还家,以示本朝宽大之意。徽、钦二宗闻了此信,就劝段、郁还朝。段、郁二人道:"圣驾蒙尘,乃主辱臣死之际。此时即在本朝,尚且要奔随赴难,岂有身在异邦,反图规避之理?"二宗每三劝谕,把"在此无益、徒愧朕心"的话,安慰了一番,段、郁二人方才拜别而去。

郁子昌未满三十,早已须鬓皓然,到了家乡相近之处,知道这种面貌难见妻子,只得用个点染做造之法,买了些乌须黑发的妙药,把头上脸上都装扮起来,好等到家之日,重做新郎,省得佳人败兴。谁想进了大门,只见小姨来接尊夫,不见阿姐出迎娇婿。只说她多年不见,未免害羞,要男子进去就她,不肯自移莲步。见过丈人之后,就要走入洞房,只见中厅之上有件不吉利的东西高高架起。又有一行小字贴在面前,其字云:"宋故亡女郁门官氏之柩。"郁子昌见了,惊出一身冷汗,扯住官尚宝细问情由。

官尚宝一面哭,一面说道:"自从你去之后,无一日不数归期,眼泪汪汪,哭个不住。哭了几日,就生起病来。遍请医生诊视,都说是七情所感,忧郁而成,要待亲人见面,方才会好。起先还望你回来,虽然断了茶饭,还勉强吃些汤水,要留住残生见你一面;及至报捷之后,又闻得奉了别差,知道等你不来，就痛哭一场，绝粒而死，如今已是三年。因她临死之际，吩咐不可入土，要隔了棺木会你一次，也当做骨肉团圆，所以不敢就葬。"

郁子昌听了，悲恸不胜，要撞死在柩前，与她同埋合葬，被官尚宝再三劝慰，方才中止。官尚宝又对他道："贤婿不消悲苦，小女此时就在，也不是当日的围珠，不但骨瘦如柴，又且面黄肌黑，竟变了一副形骸，与鬼物无异。你若还看见，也要惊怕起来，掩面而走。倒不如避入此中，还可以藏拙。"郁子昌听了，想起段玉初昔日之言，叫他回到家中，把两人的肥瘦比并一番，就知其言不谬。"如今莫说肥者果肥，连瘦的也没得瘦了。这条性命，岂不是我害了他！"就对了亡灵，再三悔过说："世间的男子，只该学他，不可像我。凄凉倒是热闹，恩爱不在绸缪。'置之死地而后生'，竟是风流才子之言，不是道学先生的话。"

却说段玉初进门，看见妻子的面貌胜似当年，竟把赵飞燕之轻盈，变做杨贵妃之丰泽，自恃奇方果验，心上十分欣喜，走进房中，就赔了个笑面，问她："八年之中，享了多少清福？闲暇的时节，可思量出去之人否？"绕翠变下脸来，随他盘问，只是不答。段玉初道："这等看来，想是当初的怨气至今未消，要我认个不是，方才肯说话么？不是我自己夸嘴，这样有情的丈夫，世间没有第二个；如今相见，不叫你拜谢，也够得紧了，还要我赔起罪来？"绕翠道："哪一件该拜？哪一件该谢？你且讲来。"

段玉初道："别了八年，身体一毫不瘦，反倒肥胖起来，一该拜谢。多了八岁，面皮一毫不老，反倒娇嫩起来，二该拜谢。一样的姊妹，别人死了，你偏活在世上，亏了谁人？三该拜谢。一般的丈夫，别人老了，我还照旧，不曾改换容颜，使你败兴，四该拜谢。别人家的夫妇原是生离，我和你二人已经死别，谁想捱到如今，生离的倒成死别，死别的反做生离。亏得你前世有缘，今生有福，嫁着这样丈夫，有起死回生的妙手，旋乾转坤的大力，方才能够如此，五该拜谢。至于孤眠独宿，不觉凄凉，枕冷衾寒胜如温暖；同是一般更漏，人恨其长，汝怪其短；并看三春花柳，此偏适意，彼觉伤心。这些隐然造福的功劳，暗里钟情的好处，也说不得许多，只好言其大概罢了。"

绕翠听了这些话，全然不解，还说他："以罪为功，调唇弄舌，不过掩饰前非，哪一句是由衷的话。"段玉初道："你若还不信，我八年之前，曾有个符券寄来与你，取出来一验就知道了。"绕翠道："谁见你什么符券？"

段玉初道:"姨夫复命之日,我有一封书信寄来,就是符券,你难道不曾见么?"绕翠道:"那倒不是符券,竟是一纸离书,要与我断绝恩情,不许再生痴想的。怎么到了如今,反当做好话,倒说转来?"段玉初笑一笑道:"你不要怪我轻薄。当初分别之时,你有两句言语道,'窃效孟姜女之心,兼做苏蕙娘之意。'如今看起来,你只算得个孟姜女,叫不得个苏蕙娘,织锦回文的故事全不知道。我那封书信是一首回文诗,顺念也念得去,倒读也读得来。顺念下去,却像是一纸离书;倒读转来,分明是一张符券。若还此诗尚在,取出来再念一念,就明白了。"

绕翠听到此处,一发疑心,就连忙取出前诗,预先顺念一遍,然后倒读转来,果然是一片好心,并无歹意。其诗云:

疑猜任向怒时分,别有终欢赛雨云;
痴学不情恩绝断,思妻倒织锦回文!

绕翠读过之后,半晌不言,把诗中的意思咀嚼了一会,就不觉转忧作喜,把一点樱桃裂成两瓣道:"这等说来,你那番举动,竟是有心做的,要我冷了念头,不要往热处想的意么? 既然如此,做诗的时节,何不明说,定要藏头露尾,使我恼了八年,直到如今,方才欢喜,这是什么意思?"

段玉初道:"我若要明说出来,那番举动,又不消做得了。亏得我藏头露尾,才把你留到如今。不然,也与令姐一般,我今日回来,只好隔着棺木相会一次,不能够把热肉相粘,做真正团圆的事了。当初的织锦回文,是妻子寄与丈夫;如今倒做转来,丈夫织回文寄与妻子,岂不是桩极新极奇之事?"

绕翠听了,喜笑欲狂,把从前之事,不但付之流水,还说他的恩义,重似丘山,竟要认真拜谢起来。段玉初道:"拜谢的也要拜谢,负荆的也要负荆,只是这番礼数,要行得热闹,不要把难逢难遇的佳期,寂寂寞寞的过了。我当日与你成亲,全是一片愁肠,没有半毫乐趣;如今大难已脱,愁担尽丢,就是二帝还朝,料想也不念旧恶,再做吃醋拈酸的事了。当日已成死别,此时不料生还,只当重复投胎,再来人世。这一对夫妻竟是簇新配就的,不要把人看旧了。"就吩咐家人,重新备了花烛,又叫两班鼓乐,一起吹打起来,重拜华堂,再归锦幕。这一宵的乐处,竟不可以言语形容。男人的伎俩,百倍于当年。女子之轻狂,备呈于今夕。才知道云雨绸缪之事,全要心上无愁,眼中少泪,方才有妙境出来。世间第一种房术,只有两个字眼，叫做"莫愁"。街头所卖之方，都是骗人的假药。

　　后来段玉初位至太常，寿逾七十，与绕翠和谐到老。所生五子，尽继书香。郁子昌断弦之后，续娶一位佳人，不及数年，又得怯症而死。总因他好色之念，过于认真，为造物者偏要颠倒英雄，不肯使人满志。后来官居台辅，显贵异常，也是因他宦兴不高，不想如此，所以偏受尊荣之福。可见人生在世，只该听天由命，自家的主意，竟是用不着的。

　　这些事迹，出在《段氏家乘》中，有一篇《鹤归楼记》，借他敷演成书，并不是荒唐之说。

奉先楼

第 一 回

因逃难诧①妇生儿　为全孤劝妻失节

诗云：

> 衲子逢人劝出家，几人能撇眼前花？
> 别生东土修行法，权作西方引路车。
> 茹素不须离肉食，参禅何用着袈裟？
> 但存一粒菩提种，能使心苗长《法华》。

世间好善的人不必定要披缁削发，断酒除荤，方才叫做佛门弟子；只要把慈悲一念，刻刻放在心头，见了善事即行，不可当场错过。世间善事，也有做得来的，也有做不来的。做得来的，就要全做；做不来的，也要半做。半做者，不是叫在十分之中，定要做了五分，就像天平弹过的一般，方才叫做半做。只要权其轻重，拣那最要紧的做得一两分，也就抵过一半了。留那一半以俟将来，或者由渐而成，充满了这一片善心，也未见得。

作福之事多端，非可一言而尽，但说一事，以概其余。譬如断酒除荤，吃斋把素，是佛教入门的先着，这桩善事，出家人好做，在家人难做。出家之人，终日见的，都是蔬菜，鱼肉不到眼前，这叫做："不见可欲，使心不乱。"在家之人，一向吃惯了嘴，看见肉食，未免流涎；即使勉强熬住，少不得喉里作痒，依旧要开，不如不吃的好。

我如今说个便法，全斋不容易吃，倒不如吃个半斋，还可以熬长耐久。何谓半斋？肉食之中，断了牛犬二件，其余的猪羊鹅鸭，就不戒也无妨。同是一般性命，为什么单惜犬牛？要晓得上帝好生，佛门恶杀，不能保全得到，就要权其重轻。伤了别样生命，虽然可悯，还说他于人无罪，却也于

---

① 诧(chà)——诧异。

世无功;杀而食之,就像虎豹食麋鹿,大虫吞小虫,还是可原之罪。至于牛犬二物,是生人养命之源,万姓守家之主。耕田不藉牛力,五谷何由下土?守夜不赖犬功,家私尽为盗窃。有此大德于人,不但没有厚报,还拿来当做仇敌,食其肉而寝其皮,这叫做负义忘恩,不但是贪图口腹。所以宰牛屠狗之罪,更有甚于杀人;食其肉者,亦不在持刀执梃①之下。若能戒此二物,十分口腹之罪,就可以减去五分;活得十年,只当吃了五年长素,不但可资冥福,能免阳灾,即以情理推之,也不曾把无妄之灾,加于有功之物。就像当权柄国,不曾杀害忠良,清夜扪心,亦可以不生惭悔。

这些说话,不是区区创造之言,乃出自北斗星君之口。是他亲身下界,吩咐一个难民,叫他广为传说,好劝化世人的。听说正文,便知分晓。这篇正文,虽是桩阴骘事,却有许多波澜曲折,与寻常所说的因果不同。看官里面尽有喜说风情、厌闻果报的,不可被"阴骘"二字,阻了兴头,置新奇小说而不看也。

明朝末年,南京池州府东流县,有个饱学秀才,但知其姓,不记其名;连他的内人,也不知何氏,只好称为"舒秀才"、"舒娘子"。因是一桩实事,不便扭捏其名,使真事变为假事也。舒族之人,极其繁衍,独有他这一户,代代都是单传。传到秀才,已经七世,但有祖孙父子之称,并无兄弟手足之义。五伦之内,缺少一伦。"人皆有兄弟,我独无",这两句《四书》,竟做了传家的口号。

舒秀才早年娶妻,也是个名家之女,姿容极其美艳,又且贤淑端庄,长于内助。夫妻之恩爱,枕席之绸缪,有不可以言语形容者。做亲数年,再不见怀孕,直到三十岁上,才有了身。就央通族之人,替他联名祈祷,求念人丁寡弱,若是女孕,及早变做男胎。不想生下地来,果然是个儿子,又且气宇轩昂,眉清目秀。舒秀才见了,喜笑欲狂,连通族之人,也替他庆幸不已。独有邻舍人家,见他生下地来,不行溺死,居然领在身边,视为奇物,都在背后冷笑,说他夫妻两口是一对痴人。

这是什么缘故?只因彼时流寇猖獗,大江南北,没有一寸安土。贼氛所到之处,遇着妇女就淫,见了孩子就杀。甚至有熬取孕妇之油,为点灯

---

①　梃(tǐng)——梃(tìng)猪用的铁棒。

搜物之具;缚婴儿于旗杆之首,为射箭打弹之标的者。所以十家怀孕,九家堕胎,不肯留在腹中,驯致熬油之祸。十家生儿,九家溺死,不肯养在世上,预为箭弹之媒。起初有孕,众人见他不肯堕胎,就有讥诮之意。到了此时,又见种种得意之状,就把男子目为迂儒,女人叫做黠妇,说他:"这般艳丽,遇着贼兵,岂能幸免? 妇人失节,孩子哪得安生? 不是死于箭头,就是毙诸刀下。以太平之心,处乱离之世,多见其不知量耳!"

舒秀才望子急切,一心只顾宗祧,并不曾想起利害。直到生子之后,看见贺客寥寥,人言籍籍,方才悟到"乱离"二字。觉得:"儿子虽生,断不是久长之物,无论遇了贼兵,必遭惨死;若能保其无恙,也必至母子分离,失乳之儿,岂能存活? 这七世单传的血脉,少不得断在此时。生与不生,其害一也。"想到此处,就不觉泪流下来,对了妻孥,备述其苦。

舒娘子道:"你这诉苦之意,是一点什么心肠? 还是要我捐生守节,做个冰清玉洁之人? 还是要我留命抚孤,做那程婴、杵臼之事?"舒秀才道:"两种心肠都有,只是不能够相兼。万一你母子二人落于贼兵之手,倒不愿你轻生赴难,致使两命俱伤。只求你取重略轻,保我一宗不绝。"舒娘子道:"这等说起来,只要保全黄口,竟置节义纲常于不论了! 做妇人的操修全在'贞节'二字,其余都是小节。一向听你读书,不曾见说'小德不逾闲,大德出入可也'。"舒秀才道:"那是处常的道理,如今遇了变局,又当别论。处尧、舜之地位,自然该从揖让;际汤、武之局面,一定要用征诛。尧、舜、汤、武,易地皆然。只要抚得孤儿长大,保全我百世宗祧,这种功劳,也非同小可! 与那匹夫匹妇,自经于沟渎者,奚啻霄壤之分哉!"

舒娘子道:"是便是了,我若包羞忍耻,抚得孤子成人,等你千里寻来,到骨肉团圆的时节,我两人相对,何以为颜? 当初看做《浣纱记》,到那西子亡吴之后,复从范蠡归湖,竟要替他羞死! 起先为主复仇,以致丧名败节,观者不施责备,为他心有可原;及至国耻既雪,大事已成,只合善刀而藏,付之一死,为何把遭瑕被玷的身子,依旧随了前夫? 人说他是千古上下,第一个绝色佳人;我说他是从古及今,第一个觍颜①女子! 我万一果然不幸,做了今日之西施,哪一出'归湖'的丑戏,也断然不做! 你须要牢记此语,以为后日之验。"舒秀才听了这些话,不觉涕泗交流,悲恸

---

①　觍(tiǎn)颜——厚着脸皮。

不已。

过了几时，闻得贼兵四至，没处逃生。做男子的还打点布袜芒鞋，希图走脱。妇人女子都有一双小脚，替流贼做了牵头，钩住身子，不放她转动。舒秀才对妻子道："事急矣！娘子留心，千万勿负所托。"舒娘子道："名节所关，不是一桩细事，你还要谋之通族，询诸三老。若还众议佥同①，要我如此，我就看祖宗面上，做了这桩不幸之事；若还众人之中，有一个不许，可见大义难逃，还是死节的是。"舒秀才道："也说得有理。"就把一族之人，请来会于家庙。

那座家庙，名为"奉先楼"。舒秀才把以前的话遍告族人，询其可否。族人都说："守节事小，存孤事大。"与舒秀才的主意相同。舒秀才就央通族之人，把妻子请入奉先楼，大家苦劝，叫她看宗祀份上，立意存孤，勿拘小节。

舒娘子道："从来不忠之臣、不节之妇，都假借一个美号，遂其好淫、或说'勉嗣宗祧'，或说'苟延国脉'，都未必不出于本心，直等国脉果延，宗祧既嗣之后，方才辨得真假。如今蒙列位苦劝，我欲待依从，只有一句说话，也要预先讲过：初生乍养的孩子，比垂髫总角者不同，痧疔痘疹，全然未出。若还托赖祖宗，养得成功便好；万一寿算不长，半途而废，孤又不曾抚得成，徒然做了个失节之妇，却怎么好？"众人道："那是命该如此，与你何干？只问你尽心不尽心，不问他有寿没有寿。"

舒娘子道："虽则如此，也还要斟酌。绝后不绝后，关系于祖宗，还须对着神主，卜问一卜问。若还高曾祖考，都容我失节，我就勉强依从；若还占卜不允，这个孩子就是抚不成、养不大的了，落得抛弃了他，完我一生节操，省得名实两虚，使男子后来懊悔。"众人道："说得极是。"

就叫舒秀才磨起墨来，写了"守节"、"存孤"四个字，分为两处，搓作纸团，对祖宗卜问过了，然后拈阄。却好拈着"存孤"二字。舒秀才与众人大喜，又再三苦劝一番，她才应许。应许之后，又对着祖宗拜了三拜，就号啕痛哭起来，说："今生今世，讲不起'贞节'二字了！只因贼恶滔天，以致纲常扫地。只求天地祖宗早显威灵，殄灭此辈，好等忠臣义士出头。"

哭完之后，别了众人，抱了孩子，夫妇二人且到黄柏树下弹琴去了。后事如何，再容分说。

———

① 佥同——佥：全，都。这里指大家都同意。

第　二　回

几条铁索救残生　一道麻绳完骨肉

舒秀才夫妇立了存孤的主意,未及半月,闯贼就至东流。舒秀才弃家逃走,得免于难。那一方的妇人,除老病不堪之外,未有不遭淫污者,舒娘子亦在其中。

遇贼之初,把孩子抱在怀里,任凭扯拽,只是不放。闯贼拔刀要砍孩子,她就放声大哭起来,说:"宁可辱身,勿杀吾子;若杀吾子,连此身也不肯受辱,有母子偕亡而已。"闯贼无可奈何,只得存其一线,就把她带在军中,流来流去,不知流过多少地方。母子二人,总不曾离了一刻。

却说舒秀才逃难之后,回来不见了妻子,少不得痛哭一场,耐心苦守,料想乱离之世,盼不得骨肉团圆,直要等个真命天子出来,削平区宇,庶有破镜重圆之日。至皇清定鼎,楚蜀既平后,川湖总督某公,大张告示,许赎民间俘女。舒秀才闻得此信,知道闯贼所掳之人,尽为大兵所得,就卖了家产,前去寻妻赎子。历尽艰难困苦,看见无数男人,都赎了妻子回去,独有自家的亲属并无踪影。在川湖两处,寻访了半年,资斧用去一大半,只得废然而返。不想来到中途,又遇了土贼,把盘费劫得精光,竟要饿死!只得沿途乞食。不想川湖地界,日日有大兵往来,居民尽皆远避,并无人施舍,只好倒在兵营之中,讨些吃的。

一日,饿倒在路旁,不能举动;到将晚的时节,忽有大兵经过,困近处没有人家,就在大路之旁撑起帐房宿歇。舒秀才知道,屯兵之处,必定举火。只得勉强支撑,走到帐房门首,要乞些余粒,以救残生。只见众人所吃的都是肉食,并无米面;那肉食又无碗盛,都是切成大块,架在炭火之中,旋烧旋吃。见他走到,就有个慈心的将官,提起熟肉一方,约有一斤多重,往他面前一丢。舒秀才饿得眼花,拾了竟走,也不看是猪肉羊肉,及至拿到冷庙之中,撕些入口,觉得这种香味,与寻常所吃的不同,别是一种气味。及至咽下喉去,就高声念起佛来。原来不是猪,不是羊,竟是一块牛肉!

舒秀才家中累世不食犬牛,那奉先楼上现刻着一道碑文,说祖上遇着个高僧道:他家本该绝后,只因世不杀生,又能戒食牛犬,故为上帝所悯,每代赐子一人,以绵宗祀。破戒之日,即绝嗣之年也。所以舒秀才持戒甚坚,到了性命相关的时节,依旧不违祖训,宁可绝食而死,不肯破戒而生。就把几个指头,伸进喉内,再三抠挖,定要哇而出之。

谁想肉便哇出来,那一丝残喘,却已随声而绝。觉得自家的魂灵与自家的尸首,隔了一丈多路,附又附不上,走又走不开。正在飘忽无依之际,只见有许多神明,骑马张盖而过,看见舒秀才,就问:"是什么游魂,不阴不阳,流落在此处?"舒秀才跪倒,哭诉遭难饿死的缘由。那些神明道:"你现有吃残的余肉弃在尸首之旁,怎么还说是饿死?"舒秀才又把戒牛不食,误吞入喉,到知觉之后方才呕出,所以气随声断的缘故述了一番。又说:"有哇出之肉可证。"那些神明道:"这等说起来,是个吃半斋的人了,岂有不得善终,蒙此惨祸之理!"就叫跟随的神役:"快把他的魂灵,附在尸首上去。"舒秀才又道:"请问诸位尊神,是何名号? 因甚到此?"那些神明道:"吾辈乃北斗星君。为察人间善恶,偶然到此。"舒秀才问:"何以谓之半斋?"北斗星道:"五荤三厌俱不食,谓之全斋;别荤不戒,单戒牛犬,谓之半斋。这个名目世人不晓,你可遍传一传:凡食半斋者,俱能逢凶化吉,生平没有奇灾。即你今日之事,就是一个证验了。"

舒秀才还要把寻妻觅子的话哀告一番,兼问妻子的存亡,还求他指条去路。不想他说完之后,带起马头,竟飘然去了。留几个神役,引他的魂灵附入尸首,也就不知去向。舒秀才昏沉了一会,觉得冰冷的身子,渐渐的暖热起来,知道是还魂的气象,就把眼目一睁,精神一抖,不觉的健旺如初,竟与吃饱之人无异。随往各处募缘,依旧全活了身子。

约过半月有余,走了一千多里路,不想灾星未灭,好事多磨,遇着一起大兵,拿他做了纤夫。依旧要拽船上去,日间有人押守,一到夜间,就锁在庙中宿歇,不容逃走。舒秀才受苦不过,每夜哭到天明,口中不住的说:"北斗星君,你曾亲口对我说过,凡吃半斋的人,生平没有奇祸;如今死在须臾,为什么不来救我?"说来说去,总是这几句玄虚的话,一连哭了三四夜。不想被船上听见,恼了一位太太,等到天明,差几个牢子,拿到船边去审究。

原来这只坐船只载家眷,并无官府;官府从四川下来,家眷由湖广上去,约在中途相会的。船里的太太,隔着帘子问他:"是何方人氏,姓甚名谁? 为什么跟住坐船,不住的啼哭,使我睡不安稳?"舒秀才就把姓名举止与寻妻觅子的话说了一番;说完之后,就不住的磕头,求她释放还乡,活此狗命。那位太太听了,就高声呵斥起来,吩咐押伏之人:"把铁链锁了,解到前途,等老爷发落。"

那些兵丁得了这句说话,就把几条铁索,盘在他颈上,只当带了重枷,如何行走得动? 一连捱上三日,颈也磨穿,脚也拖肿,只求官府早到一刻,好发放他上路,省得活在世上受此奇苦。

只见到第四日上,遇着几号坐船,都说是老爷来了。众兵跪在路旁,接过之后,只见一位将军走过船来,在官舱之中坐了一会,就叫岸上的兵丁,一面带犯人听审,一面准备刀爷,俟候杀人。舒秀才听见了,三魂入地,七魄升天,哪里觳觫①得了。

不上一刻,那位将军走到船头,取一把交椅,朝岸上坐了。众人呐喊一声,就把舒秀才带到。抬头一看,只见那位将军竖起双眉,满脸都是杀气,高声问道:"你是何等之人? 跟着官船啼哭,又见船上没有男子,更深夜静走进舱来,要做不良之事?"舒秀才听了这一句,一发魂飞胆裂,不知从哪里说起,也高声回复道:"生员是个读书人,颇知礼法,怎敢胡行? 实为寻妻觅子而来。路上遇了天兵,拿我拽纤。我因妻子寻不见,又系住身子,不得还乡,所以惨伤不过,对着神明啼哭。不想惊动了太太,把我锁到如今,听候老爷发落。这是实情,此外并无他罪。"

那位将军就掉过脸来,问众人道:"这几条铁索,是几时锁起的?"众人道:"就是他啼哭之后,惊动了太太,吩咐锁起,候老爷发落,如今已四日了。"将军道:"不信有这等事。既然如此,开了锁,待我验一验看。"众人听了,就呐喊一声,替他开锁。不想这几管铁锁在露天之下过了三夜,又遇几次大雨,锁簧上了铁锈,再开不开。直等捵上几十次,敲上几百锤,打开锁门,方才除去铁索。

那位将军把他膊项之中仔细一验,只见铁索所盘之处,磨得肉绽皮穿,就不觉回嗔作喜,放下脸来对众人道:"若不是这几把铁锁、一片血痕做了证据,不但此人必杀,连你们的性命也要断送几条。这等看起来,果

---

① 觳(hú)觫(sù)——因恐惧而发抖。

然不曾上船,是我疑错了。"又问舒秀才道:"这等,你妻子何氏,儿子何名?若在这边,如今该几岁了?"舒秀才据实以答。将军对左右道:"把他带过一边,我自有处。"说了这几句,就笑嘻嘻的进舱去了。

看官,你道这些举动是什么来由?为什么平空白地把纤夫认作奸夫,做起吃醋拈酸的事来?要晓得这位太太,就是舒秀才的妻子。这位将军自从得她之后,就拿来做了夫人,宠爱不过,把他带来的儿子视若亲生。舒娘子相从之日,与他订约在先,说:"前夫七代单传,只得这点骨血,若有相会之日,求把儿子交付还他。"这位将军是个仗义之人,就满口应承,并无难色。

这一夜,舒娘子睡在舟中,听见岸上啼哭,好似丈夫的声音,所以等至天明,拿到船边来审问。原是要识认面容,不想果然是他,心中大喜。若把别个妇人遇了亲夫,少不得揭起珠帘与他相会。若还见了一面,就涉了瓜李之嫌,舒秀才这条性命今日就不能保了。亏她见识极高,知道男子的心肠最多猜忌,若还在他未到之先通了一句言语,就种下了无限的疑根,连同枕共衾,开囊卷橐①的事,都要疑心出来了。若不说明,又怕他逃了开去,后来没处抓寻。所以一字不提,只把铁索锁了,叫人带住。一来省得他逃走,二来倒借了这条铁索,做一件释疑解惑的东西,省得他诽谤起来,没得分辩。不想到了今日,果应其言。

将军看了那些光景,走进舱来,和颜悦色对她道:"你的心迹,如今验出来了,可见是个光明正大之人。儿子遇了父亲,自然交付还他,只是你的身子,作何归结?他是前夫,我是后夫,还是要随哪一个,老实说来?"舒娘子道:"妾自失身以后,与前面的男子,就是恩断义绝之人了。莫说不要随他,就要随他,叫我何颜相见?只将儿子交付还他,我的心事就完了。别样的话,都不必提起。"将军道:"如此极好。"

就把儿子带到前舱,唤舒秀才上来,当面问他道:"这是你的儿子么?"舒秀才道:"正是。"将军道:"这个孩子,你不要看容易了,费你妻子多少心血,方才抚养得成!说你七世单传,只得这点骨血,比寻常孩子不同。日间不放下地,夜间不放着床,竟是在手上养大、身上睡大了的。如今交付还你,她的心事完了;至于她的身子,也已随了别人,不便与你相

———————————

① 橐(tuó)——一种口袋。

见,休想要再会她,领了儿子去罢。"舒秀才道:"得了儿子,已属万幸,岂敢复望前妻? 就此告别了。"

说完之后,深深拜了几拜,谢她抚育之恩,领了儿子竟走。将军送他路费一封。又拨小船一只,顾不得孩子啼哭,等他抱过船头,就叫扯起风帆,溯流而上。不上半刻时辰,母子二人已有天南地北之隔了。

却说舒秀才,口中虽说不敢望妻子,这一点得陇望蜀之心,谁人没有? 看见儿子虽然到手,妻子并不见面,未免睹物伤情,抱了孤儿不住的痛哭。正在悲苦不胜之际,只见江岸之上有一匹飞马赶来。骑马之人手持令箭,说:"将爷有令,特地来追你转去!"舒秀才又吃一惊,不知何意,只得随旗而转。及至赶着大船,见了将军,原来是一团好意。

只因舒娘子赋性坚贞,打发儿子去后,就关上舱门,一索吊死。众丫环推门不进,知道必有缘故,就报与将军知道。将军劈开舱门,只见这位夫人已做了梁上之鬼。将军怜惜不已,叫人解去索子,放下地来。取续命丹一粒,塞入口中,用滚汤灌下。也是她大限未终,不该就死,一连灌上几口,就苏醒转来。

将军问她道:"你寻死之意,无非是爱惜儿子,又舍不得前夫,故用这条短计。我起先问你,原有个开笼放鹤之心;你又不肯直说,故意把巧言复我。到如今首鼠两端,是何道理?"舒娘子道:"今日之事,已定于数载之前。当日分别之时,曾与丈夫讲过,说:'遭瑕被玷之余,决无面目相见! 侥幸存孤之后,有死而已。'老爷不信,只叫他上来问就是了。"

将军道:"若果然如此,竟是个忍辱存孤的节妇了! 我做英雄豪杰的人,哪里讨不出妇女,定要留个节妇为妻? 我如今唤他转来,使你母子夫妻,同归一处,你心下何如?"舒娘子道:"有话在先,决不做腼颜之事。只求一死,以盖前羞。"将军道:"你如今死过一次,也可谓不食前言了。少刻前夫到了,我自然替你表白。"

此时见舒秀才走到,就把他妻子忍辱存孤、事终死节的话,细细述了一遍。又道:"今日从你回去,是我的好意,并不是她的初心。你如今回去,倒是说前妻已死,重娶了一位佳人,好替她起个节妇牌坊,留名后世罢了。"

说完这些话,就另拨一只大船,把她所穿的衣服、所用的器皿,尽数搬过船去,做了赠嫁的奁资。这夫妻二人与那三尺之童,一起拜谢恩人,感颂不遑,继之以泣。

　　这场义举,是鼎革以来第一件可传之事,但恨将军的姓名,廉访未确,不敢擅书,仅以"将军"二字,概之而已。

生我楼

第 一 回
破常戒造屋生儿　插奇标卖身作父

词云：

千年劫，偏自我生逢。国破家亡身又辱，不教一事不成空。极狠是天公！

差一念，悔杀也无功。青冢魂多难觅取，黄泉路窄易相逢。难禁面皮红。

——右调《望江南》

此词乃闯贼南来之际，有人在大路之旁，拾得漳烟少许，此词录于片纸，即闯贼包烟之物也。拾得之人，不解文义，仅谓残编断幅而已。再传而至文人之手，始知为才妇被掳，自悔失身，欲求一死，又虑有觍面目，难见地下之人，进退两难，存亡交阻，故有此悲愤流连之作。玩第二句有"国破家亡"一语，不仅是庶民之妻、公卿士大夫之妾；所谓"黄泉路窄易相逢"者，定是个有家有国的人主。彼时京师未破，料不是先帝所幸之人，非藩王之妃，即宗室之妇也。贵胄①若此，其他可知；能诗善赋、通文达理者若此，其他又可知。

所以论人于丧乱之世，要与寻常的论法不同，略其迹而原其心。苟有寸长可取，留心世教者，就不忍一概置之。古语云："立法不可不严，行法不可不恕。"古人既有诛心之法，今人就该有原心之条。迹似忠良，而心同奸佞，既蒙贬斥于《春秋》；身居异地，而心系所天，宜见褒扬于末世。诚以古人所重，在此不在彼也。此妇既遭污辱，宜乎背义忘恩，置既死之

---

① 贵胄（zhòu）——古代称帝王或贵族的子孙。

人于不问矣。犹能慷慨悲歌,形于笔墨,亦当在可原可赦之条,不得与寻常失节之妇,同日而语也。

此段议论,与后面所说之事不甚相关,为什么叙作引子?只因前后二楼,都是说被掳之事,要使观者稍抑其心,勿施责备之论耳。

从来鼎革之世,有一番乱离,就有一番会合。乱离是桩苦事,反有因此得福,不是逢所未逢,就是遇所欲遇者。造物之巧于作缘,往往如此。

却说宋朝末年,湖广郧阳府竹山县,有个乡间财主,姓尹名厚。他家屡代务农,力崇俭朴,家资满万,都是气力上挣出来,口舌上省下来的。娶妻庞氏,亦系庄家之女,缟衣布裙,躬亲杵臼。这一对勤俭夫妻,虽然不务奢华,不喜炫耀,究竟他们过的日子比别家不同,到底是丰衣足食。

莫说别样,就是所住的房产,也另是一种气概。《四书》上有两句云:

富润屋,德润身。

这个"润"字,从来读书之人,都不得其解。不必定是起楼造屋,使他焕然一新,方才叫做润泽;就是荒园一所,茅屋几间,但使富人住了,就有一种旺气,此乃时运使然!有莫之为而为者。若说润屋的"润"字,是兴工动作粉饰出来的;则是润身的"润"字,也要改头换面,另造一付形骸,方才叫做润身。把真心诚意的工夫,反认做穿眼凿眉的学问了,如何使得?

尹厚做了一世财主,不曾兴工动作。只因婚娶以后,再不宜男,知道是阳宅不利,就于祖屋之外另起一座小楼。同乡之人,都当面笑他道:"盈千满万的财主,不起大门大面,蓄了几年的精力,只造得小楼三间,该替你上个徽号,叫做'尹小楼'才是。"尹厚闻之甚喜,就拿来做了表德。

自从起楼之后,夫妻两口搬进去,做了卧房,就忽然怀起孕来。等到十月满足,恰好生出个孩子,取名叫做楼生,相貌魁然,易长易大,只可惜肾囊里面,只得一个肾子。小楼闻得人说,独卵的男人,不会生育,将来未必有孙,且保了一代再处。

不想到三四岁上,随着几个孩童出去嬉耍。晚上回来,不见了一个,恰好是这位财主公郎。彼时正有虎灾,人口猪羊,时常有失脱,寻了几日不见,知道落于虎口。夫妻两口,痛不欲生。起先只愁第二代,谁想命轻福薄,一代也不能保全。劝他的道:"少年的妇人,只愁不破腹,生过一胎,就是熟肚了,哪能不会再生?"小楼夫妇道:"也说得是。"

从此以后,就愈敦夫妇之好,终日养锐蓄精,只以造人为事。谁想从三十岁造起,造到五十之外,行了三百余次的月经,倒下了三千多次的人种,粒粒都不在空处,不曾有半点收成。小楼又是惜福的人,但有人劝他娶妾,就高声念起佛来,说:"这句话头,只消口讲一讲,就要折了冥福。何况认真去做,有个不伤阴德之理?"所以到了半百之年,依旧是夫妻两口,并无后代。

亲戚朋友个个劝他立嗣,尹小楼道:"立后承先,不是一桩小事,全要付得其人。我看眼睛面前,没有这个有福的孩子。况且平空白地,把万金的产业送他,也要在平日之间,有些情意及我,我心上爱他不过,只当酬恩报德一般,明日死在九泉之下,也不懊悔。若还不论有情没情,可托不可托,见了孩子就想立嗣,在生的时节,他要得我家产,自然假意奉承,亲爷亲娘,叫不住口;一到死后,我自我,他自他,哪有什么关涉? 还有继父未亡,嗣子已立,'一朝权在手,便把令来行',倒要胁制爹娘,欺他没儿没女;又摇动我不得,要逼他早死一日,早做一日家主公的。这也是立嗣之家,常有的事。我这分家私,是血汗上挣来的,不肯白白送与人,要等个有情有义的儿子。未曾立嗣之先,倒要受他些恩惠,使我心安意肯,然后把恩惠加他。别人将本求利,我要人将利来换本,做桩不折便宜的事,与列位看一看何如?"众人不解其故,都说他是迂谈。

一日,与庞氏商议道:"同乡之人,知道我家私富厚,哪一个不想立嗣? 见我发了这段议论,少不得有垂钩下饵的人,把假情假意来骗我。不如离了故乡,走去周游列国,要在萍水相逢之际,试人的情意出来。万一遇着个有福之人,肯把真心向我,我就领他回来,立为后嗣,何等不好?"庞氏道:"讲得极是。"就收拾了行李,打发丈夫起身。

小楼出门之后,另是一种打扮:换了破衣旧帽,穿着芎袜芒鞋。使人看了,竟像个卑田院的老子、养济院的后生,只少得一根拐棒,也是将来必有的家私。这也罢了,又在帽檐之上插着一根草标,装做个卖身的模样。人问他道:"你有了这一把年纪,也是大半截下土的人了,还有什么用处? 思想要卖身,看你这个光景,又不像以下之人,他买你回去,还是为奴作仆的好,还是为师作傅的好?"小楼道:"我的年纪,果然老了,原没有一毫用处,又是做大惯了的人,为奴做仆又不合,为师作傅又无能。要寻一位没爷没娘的财主，卖与他做继父，拼得费些心力，替他管管家私，图一个养老送终，这才是我的心事。"

问的人听了，都说是油嘴话，没有一个理他。他见口里说来，没人肯信，就买一张绵纸，褙做三四层，写上几行大字，做个"卖身为父"的招牌。其字云：

年老无儿，自卖与人做父，只取身价十两，愿者即日成交，并无后悔。每到一处，就捏在手中，在街上走来走去；有时走得脚酸，就盘膝坐下，把招牌挂在胸前，与和尚募缘的相似。

众人见了，笑个不住，骂个不了，都说是丧心病狂的人。小楼随人笑骂。再不改常。终日穿州撞府，涉水登山，定要寻着个买者才住。

要问他寻到几时，方才遇着受主？只在下回开卷就见。

第 二 回

十两奉严亲本钱有限　万金酬孝子利息无穷

尹小楼捏了那张招贴，走过无数地方，不知笑歪了几千几万张嘴。忽然遇着个奇人，竟在众人笑骂之时，成了这宗交易。俗语四句道得好：

> 弯刀撞着瓢切菜，夜壶合着油瓶盖。
>
> 世间弃物不嫌多，酸酒也堪充醋卖。

一日，走到松江府华亭县，正在街头打坐，就有许多无知恶少走来愚弄他，不是说"孤老院中少了个叫化头目，要买你去顶补"；就是说"乌龟行里缺了个乐户头儿，要聘你去当官"。也有在头上敲一下的，也有在腿上踢一脚的，弄得小楼当真不是，当假不是。

正在难处的时节，只见人丛里面挤出一个后生来，面白身长，是好一个相貌，止住众人，叫他们不要啰唣，说"鳏寡孤独之辈，乃穷民之无靠者，皇帝也要怜悯他，官府也要体恤他。我辈后生只该崇以礼貌，岂有擅加侮慢之理？"众人道："这等说起来，你是个怜孤恤寡的人了，何不兑出十两银子，买他回去做爷？"那后生道："也不是什么奇事。看他这个相貌，不是没有结果的人；只怕他卖身之后，又有亲人来认了去，不肯随我终身。若肯随我终身，我原是没爷没娘的人，就拼了十两银子，买他做个养父，也使百年以后，传一个怜孤恤寡之名，有什么不好？"

小楼道："我只得一身，并无亲属，招牌上写得分明，后来并无反悔。你若果有此心，快兑银子出来，我就跟你回去。"众人道："既然卖了身子，就是他供养你了，还要银子何用？"小楼道："不瞒列位讲，我这张馋嘴，原是馋不过的，茶饭酒肉之外，还要吃些野食。只为一生好嚼，所以做不起人家。难道一进了门，就好问他取长取短？也要吃上一两个月，等到情意浃洽①了，然后去需索他，才是为父的道理。"

众人听了，都替这买主害怕，料他闻得此言，必定中止。谁想这个买

---

① 浃(jiā)洽——融洽，和洽。

主,不但不怕,倒连声赞美,说他:"未曾做爷,先是这般体谅,将来爱子之心,一定是无所不至的了。"就请到酒店之中,摆了一桌嗄饭,暖上一壶好酒,与他一面说话,一面成交。

起先那些恶少,都随进店中,也以吃酒为名,看他是真是假。只见卖主上坐,买主旁坐,斟酒之时,毕恭毕敬,俨然是个为子之容。吃完之后,就向兜肚里面摸出几包银子,并拢来一称,共有十六两。就双手递过去道:"除身价之外,还多六两,就烦爹爹代收。从今以后,银包都是你管,孩儿并不稽查。要吃只管吃,要用只管用,只要孩儿趁得来,就吃到一百岁也无怨。"小楼居然受之,并无惭色。就除下那面招牌,递与他道:"这件东西,就当了我的卖契,你藏在那边做个凭据就是了。"后生接过招牌,深深作了一揖,方才藏入袖中。小楼竟以家长自居,就打开银包,称些银子,替他会了酒钞,一起出门去了。旁边那些恶少,看得目定口呆,都说:"这一对奇人,不是神仙,就是鬼魅。决没有好好两个人,做出这般怪事之理!"

却说小楼的身子虽然卖了,还不知这个受主姓张姓李,家事如何,有媳妇没有媳妇?只等跟到家中察其动静。只见他领到一处,走进大门,就扯一把交椅摆在堂前,请小楼坐下,自己志志诚诚拜了三拜。拜完之后,先问小楼的姓名,原籍何处?小楼恐怕露出形藏,不好试人的情意,就捏个假名假姓,糊涂答应他,连所居之地,也不肯直说,只在邻州外县,随口说一个地方。说出之后,随即问他:"姓甚名谁,可曾婚娶?"那后生道:"孩儿姓姚名继,乃湖广汉阳府汉口镇人。幼年丧亲,并无依倚。十六岁上,跟了个同乡之人叫做曹玉宇,到松江来贩布,每年得他几两工钱,又当糊口,又当学本事。做到后来,人头熟了,又积得几两本钱,就离了主人,自己做些生意,依旧不离本行。这姓人家就是布行经纪,每年来收布,都寓在他家。今年二十二岁,还不曾娶有媳妇。照爹爹说起来,虽不同府同县,却同是湖广一省。古语道得好:'亲不亲,故乡人。'今日相逢,也是前生的缘法。孩儿看见同辈之人,个个都有父母,偏我没福,只觉得孤苦伶仃,要投在人家做儿子,又怕人不相谅,说我贪谋他的家产,是个好吃懒做的人。殊不知有我这个身子,哪一处趁不得钱来?七八岁上失了父母,也还活到如今,不曾饿死,岂肯借出继为名,贪图别人的财利!如今遇着爹爹,恰好是没家没产的人,这句话头料想没人说得,所以一见倾心,成了这桩好事。孩儿自幼丧亲,不曾有人教诲,全望爹爹耳提面命,教导孩儿做个好人,也不枉半路相逢,结了这场大义。如今既做父子,就要改姓更名,没有父子二人各为一姓之理。求把爹爹的尊姓赐与孩儿,再取一个名字,以后才好称呼。"

小楼听到此处,知道是个成家之子,心上十分得意,还怕他有始无终,过到后来渐有厌倦之意,还要留心试验他。因以前所说的不是真语,没有自己捏造姓名,又替他捏造之理,只得权词以应,说:"我出银子买你,就该姓我之姓;如今是你出银子买我,如何不从主便,倒叫你改名易姓起来?你既姓姚,我就姓你之姓,叫做姚小楼就是了。"姚继虽然得了父亲,也不忍自负其本,就引一句古语做个话头,叫做"恭敬不如从命。"

自此以后,父子二人亲爱不过,随小楼喜吃之物,没有一件不买来供奉他。小楼又故意作娇,好的只说不好,要他买上几次,换上几遭,方才肯吃。姚继随他拿捏,并不厌烦。过上半月有余,小楼还要装起病来,看他怎生服侍,直到万无一失的时候,方才吐露真情。

谁想变出非常,忽然得了乱信,说:"元兵攻进燕关,势如破竹,不日就抵金陵。"又闻得三楚两粤盗贼蜂起,没有一处的人民不遭劫掠。小楼听得此信,魂不附体,这场假病哪里还装得出来!只得把姚继唤到面前,问他:"收布的资本,共有几何?放在人头上的,可还取讨得起?"姚继道:"本钱共有二百余金,收起之货,不及一半,其余都放在庄头。如今有了乱信,哪里还收得起!只好把现在的货物,装载还乡,过了这番大乱,到太平之世,再来取讨。只是还乡的路费,也吃得许多,如今措置不出,却怎么好?"小楼道:"盘费尽有,不消你虑得。只是这样乱世,空身行走还怕遇了乱兵,如何带得货物?不如把收起的布,也交与行家,叫他写个收票,等太平之后,一总来取。我和你轻身逃难,奔回故乡,才是个万全之策。"

姚继道:"爹爹是卖身的人,哪里还有银子?就有,也料想不多。孩儿起先还是孤身,不论有钱没钱,都可以度日。如今有了爹爹,父子两人过活,就是一户人家了;捏了空拳回去,叫把什么营生?难道孩儿熬饿,也叫爹爹熬饿不成?"

小楼听到此处,不觉泪下起来,伸出一个手掌,在他肩上拍几拍道:"我的孝顺儿呵!不知你前世与我有什么缘法,就发出这片真情。老实对你讲罢,我不是真正穷汉,也不是真个卖身。只因年老无儿,要立个有情有义的后代，所以装成这个圈套，要试人情义出来的。不想天缘凑巧，果然遇着你这个好人，我如今死心塌地，把终身之事付托与你了。不是爹爹夸口说，我这份家私，也还够你受用。你买我的身价，只去得十两，如今还你一本千利。从今以后，你是个万金的财主了。这三百两客本，就丢了不取，也只算得毡上之毫。快些收拾起身，好跟我回去做财主。"

姚继听到此处，也不觉泪下起来，当晚就查点货物，交付行家。次日起身，包了一舱大船，溯流而上。

看官们看了，只说父子两个同到家中，就完了这桩故事；哪里知道，一天诧异，才做动头；半路之中，又有悲欢离合，不是一口气说得来的。暂结此回，下文另讲。

第 三 回

为购红颜来白发　　因留慈母得娇妻

尹小楼下船之后,问姚继道:"你既然会趁银子,为什么许大年纪,并不娶房妻小,还是孤身一个? 此番回去,第一桩急务,就要替你定亲,要迟也迟不去了。"姚继道:"孩儿的亲事,原有一头,只是不曾下聘。此女也是汉口人,如今回去,少不得从汉口经过;屈爹爹住在舟中,权等一两日,待孩儿走上岸去,探个消息了下来。若还嫁了,就罢;万一不曾嫁,待孩儿与他父母定下一个婚期,到家之后,就来迎娶。不知爹爹意下如何?"小楼道:"是个什么人家? 既有成议在先,无论下聘不下聘,就是你的人了,为什么要探起消息?"姚继道:"不瞒爹爹说,就是孩儿的旧主人,叫做曹玉宇,他有一个爱女,小孩儿五六岁,生得美貌异常。孩儿向有求婚之意,此女亦有愿嫁之心;只是他父母口中还有些不伶不俐,想是见孩儿本钱短少,将来做不起人家,所以如此。此番上去,说出这段遭际来,他是个势利之人,必然肯许。"小楼道:"既然如此,你就上去看一看。"

及至到了汉口,姚继吩咐船家,说自己上岸,叫他略等一等。不想满船客人,都一起哗噪起来,说:"此等时势,各人都有家小,都不知生死存亡,恨不得飞到家中,讨个下落,还有工夫等你!"小楼无可奈何,只得在个破布袱中,摸出两封银子,约有百金,交与姚继道:"既然如此,我只得预先回去,你随后赶来。这些银子,带在身边,随你做聘金也得,做盘费也得。只是探过消息之后,即便抽身,不可担迟了日子,使我悬望。"姚继拜别父亲,也要叮咛几句,叫他"路上小心,保重身子";不想被满船客人催促上岸,一刻不许停留。姚继只得慌慌张张跳上岸去。

船家见他去后,就拽起风帆,不上半个时辰,行了二三十里。只见船舱之中,有人高声喊叫,说:"一句要紧的话,不曾吩咐得,却怎么处?"说了这一句,就捶胸顿足起来。

你说是哪一个? 原来就是尹小楼。起先在姚继面前,把一应真情,都已说破,只是自己的真名真姓与实在所住的地方,倒不曾谈及。只说与他一起到家，自然晓得，说也可，不说也可。哪里知道，仓促之间，把他驱逐上岸，第一个要紧关节，倒不曾提起；直到分别之后，才记上心来。如今欲待转去寻他，料想满船的人不肯耽搁；欲待不去，叫他赶到之日，向何处找寻？所以千难万难，唯有个抢地呼天，捶胸顿足而已。急了一会，只得想个主意出来，要在一路之上，写几个招子，凡他经过之处，都贴一贴，等他看见，自然会寻了来。

话分两头。且说姚继上岸之后，竟奔曹玉宇家，只以相探为名，好看他女儿的动静。不想进门一看，时事大非！只有男子之形，不见女人之面。原来乱信一到楚中，就有许多土贼假冒元兵，分头劫掠。凡是女子，不论老幼，都掳入舟中，此女亦在其内，不知生死若何；即使尚在，也不知载往何方去了。姚继得了此信，甚觉伤心，暗暗的哭了一场，就别过主人，依旧搭了便船，竟奔郧阳而去。

路不一日，到了个马头去处，地名叫做仙桃镇，又叫做鲜鱼口；有无数的乱兵，把船泊在此处，开了个极大的人行，在那边出脱妇女。姚继是个有心人，见他所爱的女子掳在乱兵之中，正要访她的下落，得了这个机会，岂肯惧乱而不前？又闻得乱兵要招买主，独独除了这一处不行抢掠。姚继又去得放心，就带了几两银子，竟赴人行来做交易，指望借此为名，立在卖人的去处，把各路抢来的女子都识认一番，遇着心上之人方才下手。不想那些乱兵又奸巧不过，恐怕露出面孔，人要拣精择肥，把像样的妇人都买了去，留下那些"拣落货"卖与谁人？所以创立新规，另做一种卖法：把这些妇女当做腌鱼臭鲞一般，打在包捆之中，随人提取。不知那一包是腌鱼，那一包是臭鲞，各人自撞造化。那些妇人都盛在布袋里面，止论斤两，不论好歹，同是一般价钱。造化高的，得了西子、王嫱；造化低的，轮着东施、嫫姆，倒是从古及今第一桩公平交易。姚继见事不谐，欲待抽身转去，不想有一张晓谕贴在路旁道：

卖人场上，不许闲杂人等，往来窥视。如有不买空回者，即以打探虚实论，立行枭斩，决不姑贷！特谕。

姚继见了，不得不害怕起来，知道："只有错来，并无错去。身边这几两银子，定是要出脱得了。就去撞一撞造化，或者姻缘凑巧，恰好买着心上的人，也未见得；就使不能相遇，另买着一位女子，只要生得齐整，像一个财主婆，就把她充了曹氏，带回家中，谁人知道来历？"算计定了，走到那又口堆中,随手指定一只说:"这个女子,是我要买的。"那些乱兵拿来秤准数目,喝定价钱,就架起天平来兑银子。还喜得斤两不多,价钱也容易出手。

姚继兑足之后,等不得抬到舟中,就在卖主面前要见个明白。及至解开袋结,还不曾张口,就有一阵雪白的光彩透出在岔口之外。姚继思量道:"面白如此,则其少艾可知。这几两银子,被我用着了。"连忙揭开叉口,把那妇人仔细一看,就不觉高兴大扫,连声叫起屈来。原来那雪白的光彩,不是面容,倒是头发。此女霜鬓皤然,面上縠①纹森起,是个五十向外、六十向内的老妇。乱兵见他叫屈,就高声呵斥起来,说:"你自家时运不齐,拣着老的,就叫屈也无用。还不领了快走!"说过这一句,又拔出刀来,赶他上路。

姚继无可奈何,只得抱出妇人,离了布袋,领她同走到舟中,又把浑身上下,仔细一看。只见她年纪虽老,相貌尽有可观,不是个低微下贱之辈。不觉把一团欲火,变作满肚的慈心。不但不懊悔,倒有些得意起来,说:"我前日去十两银子,买着一个父亲,得了许多好处;今日又去几两银子,买着这件宝货,焉知不在此人身上,又有些好处出来?况且既已恤孤,自当怜寡。我们这两男一女,都是无告的穷民,索性把鳏寡孤独之人,合来聚在一处,有什么不好?况且我此番去见父亲,正没一件出手货,何不就将此妇当了人情,送他充做一房老妾,也未尝不可。虽有母亲在堂,料想高年之人,无醋可吃,再添几个也无妨。"

立定主意,就对那老妇道:"我此番买人,原要买个妻子,不想得了你来。看你这样年纪,尽可以生得我出;我原是个无母之人,如今的意思,要把你认做母亲,不知你肯不肯?"老妇听了这句话,就吃惊打怪起来,连忙回复道:"我见官人这样少年,买着我这个怪物,又老又丑,还只愁你懊悔不过,要推我下江。正在这边害怕,怎么没缘没故说起这样话来?岂不把人折死?"姚继见她心肯,倒头就拜;拜了起来,随即安排饭食与她充饥;又怕身上寒冷,把自己的衣服脱与她穿着。

那妇人感激不过,竟号啕痛哭起来;哭了一会,又对他道:"我受你如此大恩,虽然必有后报,只是眼前等不得。如今现有一桩好事,劝你去做

---

①　縠(hú)——有绉纹的纱。

来。我们同伴之中,有许多少年女子,都要变卖,内中更有一个可称绝世佳人!德性既好,又是旧家,正好与你配对。那些乱兵,要把丑的老的都卖尽了,方才卖到这些人。今日脚货已完,明日就轮到此辈了,你快快办些银子,去了买来。"姚继道:"如此极好。只是一件,那最好的一个,混在众人之中,又有布袋盛了,我如何认得出?"老妇道:"不妨,我有个法子教你。她袖子里面藏着一件东西,约有一尺长、半寸阔,不知是件什么器皿,时刻藏在身边,不肯丢弃。你走到的时节,隔着叉口,把各人的袖子都捏一捏,但有这件东西的,即是此人,你只管买就是了。"

　　姚继听了这句话,甚是动心。当夜醒到天明,不曾合眼。第二日起来,带了银包,又往人行去贸易,依着老妇的话,果然去摸袖子;又果然摸着一个,有件硬物横在袖中。就指定叉口,说定价钱,交易了这宗奇货。买成之后,恐怕当面开出来,有人要抢夺,竟把她连人连袋,抱到舟中,又叫驾掌开了船,直放到没人之处,方才解看。

　　你道此女是谁?原来不姓张,不姓李,恰好姓曹!就是他旧日东君之女,向来心上之人。两下原有私情,要约为夫妇;袖中的硬物,乃玉尺一根,是姚继一向量布之物,送与她做表记的,虽然遇了大难,尚且一刻不离。那段生死不忘的情分,就不问可知了。

　　这一对情人,忽然会于此地,你说他喜也不喜?乐也不乐?此女与老妇,原是同难之人,如今又做了婆媳,分外觉得有情,就是嫡亲的儿妇,也不过如此。

　　姚继恤孤的利钱,虽有了指望,还不曾到手;反是怜寡的利息,随放随收,不曾迟了一日。可见做好事的,再不折本。奉劝世人,虽不可以姚继为法,个个买人做爷娘;亦不可以姚继为戒,置鳏寡孤独之人于不问也。

第　四　回

验子有奇方一枚独卵　认家无别号半座危楼

却说尹小楼自从离了姚继，终日担忧，凡是经过之处，都贴一张招子，说："我旧日所言，并非实话；你若寻来，只到某处地方，来问某人就是。"贴便贴了，当不得姚继心上并没有半点狐疑，见了招子，哪有眼睛去看，竟往所说之处，认真去寻访。那地方上面都说："此处并无此人，你想是被人骗了。"姚继说真不是，说假不是，弄得进退无门。老妇见他没有投奔，就说："我的住处，离此不远，家中现有老夫，并无子息。你若不弃，把我送到家中，一同居住就是了。"

姚继寻人不着，无可奈何，只得依她送去。只见到了一处地方，早有个至亲之人，在路边等候，望见来船，就高声问道："那是姚继儿子的船么？"姚继听见，吃了一惊，说："叫唤之人，分明是父亲的口气，为什么彼处寻不着，倒来在这边？"老妇听了，也吃一惊，说："那叫唤之人，分明是我丈夫的口气，为什么丢我不唤，倒唤起他来？"及至把船拢了岸，此老跳入舟中，与老妇一见，就抱头痛哭起来。

原来老妇不是别人，就是尹小楼的妻子。因丈夫去后，也为乱兵所掠。那两队乱兵，原是一个头目所管，一队从上面掳下去，一队从下面掳上来，原约在彼处取齐，把妇女都卖做银子，等元兵一到，就去投降，好拿来做使费的。恰好这一老一幼，并在一舱，预先打了照面。若还先卖幼女，后卖老妇，尹小楼这一对夫妻，就不能够完聚了。就是先卖老妇，后卖幼女，姚继买了别个老妇，这个老妇又卖与别个后生，姚继这一对夫妻，也不能够完聚了。谁想造物之巧，百倍于人！竟像有心串合起来，等人好做戏文小说的一般，把两对夫妻合了又分，分了又合，不知费他多少心思。这桩事情也可谓奇到极处，巧到至处了！

谁想还有极奇之情、极巧之事，做便做出来了，还不曾觉察得尽。小楼夫妇把这一儿一媳领到中堂，行了家庭之礼，就吩咐他道："那几间小楼，是极有利市的所在，当初造完之日，我们搬进去做房，就生出一个儿子。可惜落于虎口，若在这边，也与你们一般大了。如今把这间卧楼，让与你们居住，少不得也似前人，进去之后，就会生儿育女。"说了这几句，就把他夫妻二口，领到小楼之上，叫他自去打扫。

姚继一上小楼，把门窗户扇与床幔椅桌之类，仔细一看，就大惊小怪起来，对着小楼夫妇道："这几间卧楼，分明是我做孩子的住处，我在睡梦之中，时常看见的。为什么我家倒没有，却来在这边？"小楼夫妇："怎见得如此？"姚继道："孩儿自幼至今，但凡睡了去，就梦见一个所在，门窗也是这样门窗，户扇也是这样户扇，床幔、椅桌也是这样床幔、椅桌，件件不差！又有一夜，竟在梦中说起梦来道：'我一生做梦，再不到别处去，只在这边。是什么缘故？'就有一人对我道：'这是你生身的去处，那只箱子里面，是你做孩儿时节玩耍的东西，你若不信，去取出来看。'孩儿把箱子一开，看见许多戏具，无非是泥人、土马、棒槌、旗帜之属。孩儿看了，竟像是故人旧物一般。及至醒转来，把所居的楼屋，与梦中一对，又绝不相同！所以甚是疑惑。方才走进楼来，看见这些光景，俨然是梦中的境界。难道青天白日，又在这边做梦不成？"

小楼夫妇听了，惊诧不已，又对他道："我这床帐之后，果然有一只箱子，都是亡儿的戏物。前因儿子没了，不忍见他，并做一箱，丢在床后。与你所说的话，又一毫不差，怎么有这等奇事？终不然我的儿子不曾被虎驼去，或者遇了拐子拐去，卖与人家？今日是皇天后土，怜我夫妻积德，特地并在一处，使我骨肉团圆不成？"

姚继道："我生长二十余年，并不曾听见人说道我另有爷娘，不是姚家所出。"他妻子曹氏，听见这些话，就大笑起来道："这等说，你还在睡梦里！我们那一方，谁人不知你的来历？只不好当面说你。你求亲的时节，我的父母见你为人学好，原要招做女婿，只因外面的人道你不是姚家骨血，乃别处贩来的野种，所以不肯许亲。你这等聪明，难道自己的出处还不知道？"姚继听到此处，就不觉口呆目定，半晌不言。

小楼想了一会，就大悟转来道："你们不要猜疑，我有个试验之法。"就把姚继扯过一边，叫他解开裤子，把肾囊一捏，就叫起来道："我的亲儿，如今试出来了！别样的事或者是偶尔相同，这肾囊里面只有一个卵子，岂是同得来的？不消说得，是天赐奇缘，使我骨肉团圆的了！可见陌路相逢，肯把异姓之人呼为父母，又有许多真情实意，都是天性使然，非无故而至也。"

　　说了这几句，父子婆媳四人，一起跪倒，拜谢天地，磕了无数的头。一面宰猪杀羊，酬神了愿，兼请同乡之人，使他知道这番情节。又怕众人不信，叫儿子当场脱裤请验那枚独卵。他儿子就以此得名，人都称为"尹独肾"。

　　后来父子相继积德，这个独卵之人，一般也会生儿子，倒传出许多后代，又都是独肾之人，世世有田有地，直富到明朝弘治年间才止。又替他起个族号，都唤做"独肾尹家"。有诗为证：

　　　　综纹入口作公卿，独肾生儿理愈明。

　　　　相好不如心地好，麻衣术法总难凭！

闻过楼

第　一　回

弃儒冠白须招隐　避纱帽绿野娱情

诗云：

> 市城戎马地，决策早居乡。
> 妻子无多口，琴书只一囊。
> 桃花秦国远，流水武陵香。
> 去去休留滞，回头是战场。

此诗乃予未乱之先，避地居乡而作。古语云："小乱避城，大乱避乡。"予谓无论治乱，总是居乡的好；无论大乱小乱，总是避乡的好。只有将定未定之秋，似乱非乱之际，大寇变为小盗，戎马多似禾车，此等世界，村落便难久居；造物不仁，就要把山中宰相削职为民，发在市井之中去受罪了。

予生半百之年，也曾在深山之中做过十年宰相，所以极诮居乡之乐；如今被戎马盗贼赶入市中，为城狐社鼠所制，所以又极诮市廛之苦。你说这十年宰相，是哪个与我做的？不亏别人，倒亏了个善杀居民、惯屠城郭的李闯。被他先声所慑，不怕你不走。到这时候，真个是"富贵逼人来，脱去楚囚冠，披却仙人氅。"初由田畯社师起家，屡迁至方外司马。未及数年，遂经枚卜，直做到山中宰相而后止。

诸公不信，未免说我大言不惭，却不知道是句实话。只是这一种功名，比不得寻常的富贵，彼时不以为显，过后方觉其荣；不像做真官受实禄的人，当场自知显贵，不待去官之后，才知好运之难逢也。如今到了革职之年，方才晓得未乱以前，也曾做过山中的大老。诸公若再不信，但取我乡居避乱之际，信口吟来的诗，略摘几句，略拈几首念一念，不必论其工拙，但看所居者何地，所与者何人，所行者何事，就知道他受用不受用，神仙不神仙,这山中宰相的说话,僭妄①不僭妄也。如五言律诗里面,有"田耕新买犊,檐盖旋诛茅。花绕村为县,林周屋是巢"、"绿买田三亩,青赊水一湾。妻孥容我傲,骚酒放春闲"之句。七言律诗里面,有"自酿不沽村市酒,客来旋摘野棚瓜。枯藤架拥诙谐史,乱竹篱编隐逸花"、"栽遍竹梅风冷淡,浇肥蔬蕨饭家常。窗临水曲琴书润,人读花间字句香"之句。此乃即景赋成,不是有因而作。还有《山斋十便》的绝句,更足令人神往。诸公试览一过,只当在二十年前到山人所居之处,枉顾一遭。就说此人虽系凡民,也略带一分仙气,不得竟以尘眼目之也。何以谓之"十便"?请观小序,便知作诗之由。小序云:

> 笠道人避地入山,结茅甫就,有客过而问之曰:"子离群索居,静则静矣,其如取给不便何?"道人曰:"予受山水自然之利,享花鸟殷勤之奉,其便良多,不能悉数。子何云之左也?"客请其目,道人信口答之,不觉成韵。

耕 便
山田十亩傍柴关,护绿全凭水一湾。
唱罢午鸡农就食,不劳妇子馌田间。

课农便
山窗四面总玲珑,绿野青畴一望中。
凭几课农心力尽,何曾妨却读书工!

钓 便
不蓑不笠不乘舠,日坐东轩学钓鳌。
客欲相过常载酒,徐投香饵出轻缫。

灌园便
筑成小圃近方塘,果易生成菜易长。
抱瓮太痴机太巧,从中酌取灌园方。

汲 便
古井山厨止隔墙,竹梢一段引流长。
旋烹苦茗供佳客,犹带源头石髓香。

浣濯便

---

① 僭妄——僭:超越本分。这里指越分而狂妄。

浣尘不用绕溪行,门里潺湲分外清。

非是幽人偏爱洁,沧浪逼我濯冠缨。

樵便

臧婢秋来总不闲,拾枝扫叶满林间。

抛书往课樵青事,步出柴扉便是山。

防夜便

寒素人家冷落村,只凭沁水护衡门。

抽桥断却黄昏路,山犬高眠古树根。

还有《吟便》、《眺便》二首,因原稿散失,记忆不全,大约说是纯赖天工,不假人力之意。此等福地,虽不敢上希蓬岛,下比桃源;方之辋川、剡溪诸胜境,也不至多让。谁想贼氛一起,践以兵戎,遂使主人避而去之,如掷敝屣,你道可惜不可惜?今日这番僭妄之词,皆由感慨而作,要使方以外的现任司马,山以内的当权宰相,不可不知天爵之荣,反寻乐事于疏水曲肱之外也。

如今说个不到乱世,先想居乡的达者,做一段林泉佳话,麈尾清谈;不但令人耳目一新,还可使人肺肠一收。人人在市井之中,个个有山林之意,才见我作者之功;不像那种言势言利之书,驱天下之人而归于市道也。

明朝嘉靖年间,直隶常州府宜兴县,有个在籍的大老,但知姓殷,不曾访得名字。官拜侍讲之职,人都称为"殷太史"。他有个中表弟兄,姓顾,字呆叟,乃虎头公后裔,亦善笔墨,饶有宗风。为人恬澹寡营①,生在衣冠阀阅之乡,常带些山林隐逸之气。少年时节,与殷太史同做诸生,最相契密。但遇小考,他的名字常取在殷太史之前,只是不利于场屋。曾对人立誓道:"秀才只可做二十年,科场只好进五六次。若还到强仕之年而不能强仕,就该弃了诸生,改从别业。镊须赴考之事,我断断不为!"不想到三十岁外,髭须就白了几根。有人对他道:"报强仕者至矣,君将奈何?"呆叟应声道:"他为招隐而来,非报强仕也。不可负他盛意,改日就要相从。"果然不多几日,就告了衣巾,把一切时文讲章,与镂营穴孔的笔砚,尽皆烧毁,只留农圃种植之书,与营运资生之具,连写字作画的物料都送

---

① 恬澹(dàn)寡营——澹指安闲自得。形容不追求名利,安于自然生活。

与别人,不肯留下一件。

人问他道:"书画之事,与举业全不相关,弃了举业,正好专心书画,为什么也一起废了?"呆叟道:"当今之世,技艺不能成名,全要乞灵于纱帽。仕宦作书画,就不必到家,也能见重于世;若叫山人做墨客,就是一桩难事。十分好处,只好看做一分,莫说要换钱财,就赔了纸笔,白送与人,还要讨人的讥刺,不如不作的好。"知事的听了,都道他极见得达。

他与朋友相处,不肯讲一句肤言,极喜尽忠告之道。殷太史自作宦以来,终日见面的,不是迎寒送暖之流,就是胁肩谄笑之辈;只有呆叟一人,是此公的畏友。凡有事关名节,迹涉嫌疑,他人所不敢言者,呆叟偏能正色而道之。至于挥麈谈玄,挑灯话古,一发是他剩技,不消说得的了。所以殷太史敬若神明,爱同骨肉,一饮一食,也不肯抛撇他。他的住处,去殷太史颇远,殷太史待他,虽然不比别个,时时枉驾而就之,到底仕宦的脚步,轻贱杀了也比平人贵重几分,十次之中,走去就教一两次,把七八次写帖相邀,也就是折节下交、谦虚不过的了;何况未必尽然,还有脱略形骸、来而不往的时候。况且宜兴城里,不只他一位乡绅,呆叟自废举业以来,所称:"同学少年多不贱"者,又不只他一个。朋友人人相拉、个个见招,哪里应接得暇?若丢了一处不去,就生出许多怪端,说:"一样的交情,为什么厚人而薄我?"

呆叟弃了功名不取,丢了诸生不做,原只图得"清闲"二字;谁想不得清闲,倒加上许多忙俗,自家甚以为耻,就要寻块避秦之地。况且他性爱山居,一生厌薄城市,常有"耕云钓月"之想;就在荆溪之南,去城四十余里,结了几间茅屋,买了几亩薄田,自为终老之计。起初并不使人与闻,直待临行之际,方才说出:少不得众人闻之,定有一番援止。暂抑谈锋,以停倦目。

第 二 回

纳谏翁题楼怀益友　遭罹客障面避良朋

呆叟选了吉日，将要迁移，方才知会亲友，叫他各出分资，与自己饯别，说："此番移家，不比寻常迁徙，终此一生优游田野，不复再来尘世。有人在城郭之内，遇见顾呆叟者，当以'冯妇'呼之！"众人听了，都说："此举甚是无谓，自古道：'小乱避城，大乱避乡。'就有兵戈扰攘之事，乡下的百姓，也还要避进城来；何况如今烽火不惊，夜无犬吠，为什么没缘没故，竟要迁徙下乡，还说这等尽头绝路的话？"呆叟道："正为太平无事，所以要迁徙下乡；若到那犬吠月明、烽烟告急的时节，要去做绿野耕夫，就不能够了。古人云：'趋名者于朝，趋利者于市。'我既不趋名，又不趋利，所志不过在温饱。温莫温于自织之衣，饱莫饱于亲种之粟。况我素性不耐烦嚣，只喜高眠静坐；若还住在城中，即使闭门谢客，僵卧绳床，当不得有剥啄之声，搅人幽梦，使你不得高眠；往来之礼，费我应酬，使人不得静坐。希夷山人之睡隐，南郭子綦之坐忘，都亏得不在城市；若在城市，定有人来搅扰，会坐也坐不上几刻，会睡也睡不到论年，怎能够在枕上游仙与嗒然自丧其偶也？"

众人听了，都说他是迂谈阔论，个个攀辕，人人卧辙，不肯放他出城。呆叟立定主意，不肯中止。众人又劝他道："你既不肯住在城中，何不离城数里，在半村半郭之间，寻一个住处？既可避嚣，又使我辈好来亲近。若还太去远了，我们这几个，都是家累重大的人，如何得来就教？"呆叟道："入山唯恐不深。既想避世，岂肯在人耳目之前？半村半郭的，应酬倒反多似城内，这是断然使不得的。"回了众人，过不上几日，就携家入山。

自他去后，把这些乡绅大老，弄得情兴索然。别个想念他，还不过在口里说说；独有殷太史一位，不但发于声音，亦且形诸梦寐，不但形诸梦寐，又且见之羹墙。只因少了此人，别无净友，难道没些过失，再没有人规谏他。因想呆叟临别之际，坐在一间楼上，赠他许多药石之言，没有一字一句不切着自家的病痛。所以在既别之后，思其人而不得，因题一匾，名其楼曰"闻过楼"。

呆叟自入山中，遂了闲云野鹤之性，陶然自适，不啻登仙。过了几月，殷太史与一切旧交因少他不得，都写了恳切的书，遣人相接，要他依旧入城。他回札之言，言语甚是决裂。众人知道劝他不回，从此以后，也就不来相强。

一日，县中签派里役，竟把他的名字开做一名柜头，要他入县收粮，管下年监兑之事。差人赍票上门，要他入城去递认状。呆叟甚是惊骇，说："里中富户甚多，为什么轮他不着？我有几亩田地，竟点了这样重差？"差人道："官错吏错，来人不错。你该点不该点，请到县里去说，与我无干。"

呆叟搬到乡间，未及半载，饭稻羹鱼之乐，才享动头，不想就有这般磨劫！况且临行之际，曾对人发下誓言，岂有未及半年，就为冯妇之理！只得与差人商议，宁可行些贿赂，央他转去回官，省得自己破戒。差人道："闻得满城乡宦都是你至交，只消写字进去，求他发一封书札，就回脱了，何须费什么钱财！"呆叟素具傲骨，不肯轻易干人，况有说话在先，恐为人所笑，所以甘心费钱，不肯写字。差人道："既要行贿，不是些小之物，可以干得脱的，极少也费百金，才可以望得幸免。"呆叟一口应承，并无难色，尽其所有，干脱了这个苦差，未免精疲力竭，直到半年之后，方才营运得转。

正想要在屋旁栽竹，池内种鱼，构书屋于住宅之旁，畜蹇驴于黄犊之外，有许多山林经济，要设施布置出来。不想事出非常，变生不测：他所居之处，一向并无盗警，忽然一夜，竟有五七条大汉，明火执仗，打进门来，把一家之人，吓得魂飞胆裂。呆叟看见势头不好，只得同了妻子立过一边，把家中的细软，任凭他席卷而去。既去之后，捡着几件东西，只说是他收拾不尽，遗漏下来的；及至取来一看，却不是自己家中之物，又不知何处劫来的。所值不多，就拿来丢过一边，付之不理。

他经过这番劫掠，就觉得穷困非常，渐渐有些支撑不去；依旧怕人耻笑，不肯去告贷分文。心上思量说："城中亲友闻之，少不得要捐囊议助，没有见人在患难之中，坐视不顾之理。与其告而后与，何如不求而得？"过不上几日，那些乡绅大老，果然各遣平头，赍书唁慰。书中的意思便关切不过，竟像自己被劫的一般。只是一件可笑：封封俱是空函，并不见一毫礼物,还要赔酒赔食,款洽他的家人。心上思量道:"不料人情恶薄,一至于此!别人悭吝也罢了,殷太史与我是何等的交情,到了此时,也一毛不拔,要把说话当起钱来,总是日远日疏的缘故。古人云:'一日不见黄叔度,鄙吝复生。'此等过失,皆朋友使然,我实不能辞其责也。"写几封勉强塞责的回书,打发来人转去。从此以后,就断了痴想,一味熬穷守困。

又过了半年,虽不能够快乐如初,却也衣食粗足,没有啼饥呼寒之苦。不想厄运未终,又遇了非常之事。忽有几个差人赍了一纸火票,上门来捉他,说:"某时某日,拿着一伙强盗,他亲口招称,说在乡间打劫,没有歇脚之处,常借顾某家中暂停,虽不叫做窝家,却也曾受过赃物,求老爷拘他来面审。"

呆叟惊诧不已,接过票来一看,恰好所开的赃物,就是那日打劫之际遗失下来的几件东西,就对了妻孥叹口气道:"这等看来,竟是前生的冤孽了!我曾闻得人说:'清福之难享,更有甚于富贵。'当初有一士人,每到黄昏人静之后,就去焚香告天,求遂他胸中所欲。终日祈祷,久而不衰。忽然一夜,听见半空之中,有人对他讲道:'上帝悯汝志诚,要降福与汝,但不知所愿者何事?故此命我来询汝。'士人道:'念臣所愿甚小,不望富贵,但求衣食粗足,得逍遥于山水之间足矣。'空中的人道:'此上界神仙之乐,汝何可得?若求富贵则可耳。'就我今日之事看来,岂不是富贵可求,清福难享,命里不该做闲人?闲得一年零半载,就弄出三件祸来,一件烈似一件。由此观之,古来所称方外司马、山中宰相其人者,都不是凡胎俗骨。这种眠云漱石的乐处,骑牛策蹇的威风,都要从命里带来;若无夙根,则山水烟霞,皆祸人之具矣!"

说了这些话,就叫妻孥收拾行李,同了差役起身。喜得差来的人役,都肯敬重斯文,既不需索银钱,又不擅加锁钮,竟像奉了主人之命,来邀他赴席的一般,大家相伴而行,还把他逊在前面。

呆叟因前番被劫,不能见济于人,知道世情恶薄,未必肯来援手,徒足以资其笑柄,不如做个硬汉,靠着"生死由命"四个字,挺身出去见官。不想到近城数里之外,有许多车马停在道旁,却像通邑的乡绅,有什么公事商议,聚集在一处的光景。呆叟看了,一来无颜相见,二来不屑求他,到了人多的地方,竟低头障面而过。

不想有几个管家走来拽住道:"顾相公不要走!我们各位老爷知道

相公要到,早早在这边相等,说有要紧话商议,定要见一见的。"呆叟道:
"我是在官人犯,要进去听审,没有工夫讲话。且等审了出来,再见众位
老爷,未为晚也。"那几个管家,把呆叟紧紧扯住,只不肯放;连差人也帮
他留客,说:"只要我们不催,就住在此间过夜,也是容易的,为何这等
执意?"

正在那边扯拽,只见许多大老,从一个村落之内赶了出来,亲自对他
拱手道:"呆叟兄,多时不会,就见见何妨? 为什么这等拒绝?"说了这一
句,都伸手来拽他。呆叟看见意思殷勤,只得霁颜相就,随了众人走进那
村落之内,却是一所新构的住居。只见:

> 柴关紧密,竹径迂徐。篱开新种之花,地扫旋收之叶。数椽茅
> 屋,外观最朴而内实精工,不竟是农家结构;一带梅窗,远视极粗而近
> 多美丽,有似乎墨客经营。若非陶处士之新居,定是林山人之别业。

众人拽了呆叟,走进这个村落,少不得各致寒暄,叙过一番契阔,就问
他致祸之由。呆叟把以前被劫的情形,此时受枉的来历,细细说了一遍。
众人甚是惊讶。又问他:"此时此际,该作什么商量?"呆叟道:"我于心无
愧,见了县尊,不过据理直说。难道他好不分曲直,就以刑罚相加不成?"
众人都道:"使不得! 你窝盗是假,受赃是实,万一审将出来,倒有许多不
便。我们与你相处多年,义关休戚,没有坐视之理。昨日闻得此说,就要
出去解纷,一来因你相隔甚远,不知来历,见了县父母,难以措辞;二来因
你无故入山,满城的人都有些疑惑,说你踪迹可疑。近日又有此说,一发
难于分解,就与县父母说了,他也未必释然。所以定要屈你回来,自己暴
白一暴白。如今没有别说,县中的事,是我们一力担当,代你去说,可以不
必见官。只是一件,你从今以后,再到乡间去不得了,这一所住宅,也是个
有趣的朋友起在这边避俗的,房屋虽已造完,主人现在城中,不曾搬移得
出。待我们央去说,叫他做个仗义之人,把此房让你居住。造屋之费,待
你陆续还他,既不必走入市廛,使人唤你做'冯妇';又不用逃归乡曲,使
人疑你做窝家:岂不是个两全之法?"

呆叟道:"讲便讲得极是。我自受三番横祸,几次奇惊,把些小家资
都已费尽。这所房子,住便住了,叫把什么屋价还他? 况且居乡之人,全
以耕种为事;这负郭之田,比不得穷乡瘠土,其价甚昂。莫说空拳赤手不
能骤得,就是有了钱钞,也容易买他不来。无田可耕,就是有房可住,也过

不得日子,叫把什么聊生?"殷太史与众人道:"且住下了,替你慢慢的商量,决不使你失望就是。"

　　说完之后,众人都别了进城,独有殷太史一个,宿在城外,与他抵足而眠,说:"自兄去后,使我有过不闻,不知这一年半载之中,做差了多少大事。从今以后,求你刻刻提撕、时时警觉,免使我结怨于桑梓,遗祸于子孙。"又把他去之后,追想药石之言,就以"闻过"二字题作楼名,以示警戒的话说了一遍。呆叟甚是叹服,道他:"虚衷若此,何虑谠言①不至! 只怕葑菲之见,无益于人,徒自增其狂悖耳。"

　　两个隔绝年余,一旦会合,虽不比他乡遇故,却也是久旱逢甘。这一夜的绸缪缱绻,自不待说。但不知讼事如何,可能就结? 且等他睡过一晚,再作商量。

---

①　谠(dǎng)言——正直的言论。

第 三 回

魔星将退三桩好事齐来　讹局已成一片隐衷才露

呆叟与殷太史二人,抵足睡了一夜。次日起来,殷太史也进城料理,只留呆叟一人住在外面,替人看守山庄。呆叟又在山庄里面、周围踱了一回,见此果然造得中鋀①,朴素之中又带精雅,恰好是个儒者为农的住处,心上思量道:"他费了一片苦心,造成这块乐地,为什么自己不住,倒肯让与别人? 况且卒急之间,又没有房价到手,这样呆事,料想没人肯做。众人的言语,都是些好听话儿,落得不要痴想。"

正在疑虑之间,忽有一人走到,说是本县的差人,又不是昨日那两个。呆叟只道乡绅说了,县尊不听,依旧添差来捉他,心上甚是惊恐。及至仔细一认,竟有些面善。原来不是别个,就是去年签着里役,知县差他下乡唤呆叟去递认状的。呆叟与他相见过了,就问:"差公到此,有何见教?"那人答应道:"去年为里役之事,蒙相公托我夤缘,交付白银一百两;后来改签别人,是本官自己的意思,并不曾破费分文。小人只说自家命好,撞着了太岁,所以留在身边,不曾送来返璧。起先还说相公住得弆远②,一时不进城来,这百两银子,没有对会处,落得隐瞒下来;如今闻得你为事之后,依旧要做城里人,不做乡下人了,万一查访出来,不好意思,所以不待取讨,预先送出来奉偿,还觉得有些体面。这是一百两银子,原封未动,请相公收了。"

呆叟听见这些话,惊诧不已,说:"银子不用,改签别人,也是你的造化,自然该受的。为什么过了一年有余,又送来还我?"再三推却,只不肯收。那人不由情愿,塞在他手中,说了一声"得罪",竟自去了。呆叟惊诧不过,说:"衙役之内,哪有这样好人? 或者是我否极泰来,该在这边居住,所以天公要成就我,特地把失去之物,都取来付还,以助买屋之费,也

---

① 鋀(kuǎn)——空。

② 弆(diào)远——遥远。

未可知。"

正在这边惊喜，不想又有叩门之声，说："几个故人要会。"及至放他们进来，瞥面一见，几乎把人惊死！你说是些什么人？原来就是半年之前，明火执仗，拥进门来打劫他家私的强盗！自古道："仇人相见，分外眼明。"哪有认不出的道理？呆叟一见，心胆俱惊，又不知是官府押来取他，又不知是私自逃出监门，寻到这边来躲避，满肚猜疑，只是讲不出口。只见那几个好汉，不慌不忙对他拱拱手道："顾相公，一向不见，你还认得我们么？"呆叟战战兢兢，抖做一团，只推认他不得。

那些好汉道："岂有认不得之理！老实对你说罢，我们今日之来，只有好心，并无歹意，劝你不要惊慌。那一日上门打劫，原不知高姓大名，只说是山野之间一个鄙吝不堪的财主，所以不分皂白，把府上的财物尽数卷来。后来有几个弟兄，被官府拿去，也还不识好歹，信口乱扳，以致有出票拘拿之事。我们虽是同伙，还喜得不曾拿获，都立在就近之处打点衙门。方才听得人讲，都道出票拿来的人，是一位避世逃名的隐士，现停在某处地方。我们知道，甚是懊悔，岂有遇着这等高人，不加资助，反行打劫之理？所以如飞赶到这边，一来谢罪，二来把原物送还。恕我辈是粗鲁强人，有眼不识贤士，请把原物收下，我们要告别了。"说到这一声，就不等回言，把几个包袱丢在他面前，大家挥手出门，不知去向。

呆叟看了这些光景，一发愁上加愁、虑中生虑说："他目下虽然漏网，少不得官法如炉，终有一日拿着。我与他见此一面，又是极大的嫌疑了。况且这些赃物，原是失去的东西，岂有不经官府、不递认状，倒在强盗手中私自领回之理？万一现在拿着的，又在官府面前招出这主赃物，官府查究起来，我还是呈送到官的是？隐匿下来的是？"想到这个地步，真是千难万难。左想一回又不是，右想一回又不是，只得闭上柴门，束手而坐。

正在没摆布的时节，只听得几下锣响，又有一片吆喝之声，知道是官府经过。呆叟原系罪人，又增出许多形迹，听见这些响动，好不惊慌！唯恐有人闯进门来，攻其不意，要想把赃物藏过一边，怎奈人生地不熟，不知那一个去处可以掩藏。正在东张西望的时节，忽听得捶门之声如同霹雳，锣声敲到门前，又忽然住了，不知为什么缘故。欲待不开，又恐怕抵挡不住；欲待要开，怎奈几个包袱摆在面前，万一官府进来，只当是自具供招，亲投罪状，买一个强盗窝家，认到身上来做了，如何使得？急得大汗如流，心头突突的乱跳。又听得敲门之人高声喊道："老爷来拜顾相公,快些开门,接了帖进去!"

呆叟听见这句话,一发疑心说："我是犯罪之人,不行扑捉也够了,岂有问官倒写名帖上门来拜犯人之理? 此语一发荒唐,总是多凶少吉。料想支撑不住,落得开门见他。"谁想拔开门拴,果然有个"侍弟"帖子,塞进门来。那投帖之人又说:"老爷亲自到门,就要下轿了,快些出来迎接!"

呆叟见过名帖,就把十分愁胆放下七分,料他定有好意,不是什么计谋,就整顿衣冠出去接见。县尊走下轿子,对着呆叟道:"这位就是顾兄么?"呆叟道:"晚生就是。"县尊道:"渴慕久矣! 今日才得识荆。"就与他挽手而进。行至中堂,呆叟说是犯罪之人,不敢作揖,要行长跪之礼。县尊一把扯住说:"小弟惑于人言,唐突吾兄两次,甚是不安,今日特来谢过。兄乃世外高人,何罪之有!"呆叟也谦逊几句,回答了他,两个才行抗礼。

县尊坐定之后,就说:"吾兄的才品,近来不可多得,小弟钦服久矣! 两番得罪,实是有为而然,日后自明,此时不烦细说。方才会着诸位令亲,说吾兄有徙居负郭之意。若果能如此,就可以朝夕领教,不作'蒹葭白露①'之思了。但不知可曾决策?"呆叟道:"敝友舍亲都以此言相勖②,但苦生计寥寥,十分之中还有一二分未决。"县尊道:"有弟辈在此,'薪水'二字,可以不忧,待与诸位令亲替兄筹个善策,再来报命就是了。"呆叟称谢不遑。县尊坐了片时,就告别而去。

呆叟一日之中,遇着三桩诧事,好像做梦一般,祸福齐来,惊喜毕集。自家猜了半日,竟不知什么来由。直等黄昏日落之时,诸公携酒而出,一来替他压惊,二来替他贺喜,三来又替他暖热新居。吃到半席之间,呆叟把日间的事,细细述了一遍,说:"公门之内,莫道没有好人;盗贼之中,一般也有豪杰。只是这位县尊,前面太倨,后面太恭,举动靡常,倒有些解说他不出。"众人听了这些话,并不作声,个个都掩口而笑。呆叟看了,一发疑心起来,问他:"不答者何心,暗笑者何意?"殷太史见他盘问不过,才说

---

① 蒹(jiān)葭(jiā)白露——蒹葭:没有长穗的芦苇。《诗经》云:蒹葭苍苍,白露为霜。

② 勖(xù)——勉励。

出实心话来,竟把呆叟喜个异常、笑个不住!

原来那三桩横祸,几次奇惊,不是天意使然,亦非命穷所致,都是众人用了诡计做造出来的。只因思想呆叟,接他不来,知道善劝不如恶劝,他要享林泉之福,所以下乡,偏等他吃些林泉之苦。正要生发摆布他,恰好新到一位县尊,极是怜才下士。殷太史与众人就再三推毂,说:"敝县有才之士,只得一人,姓某名某,一向避迹入山,不肯出来谒见当事。此兄不但才高,兼有硕行,与治弟偶相处,极肯输诚砥砺。自他去后,使我辈鄙吝日增,聪明日减。可惜不在城中,若在城中,老父母得此一人,就可以食'怜才下士'之报。"

县尊闻之,甚是踊跃,要差人赍了名帖,下乡去物色他。众人道:"此兄高尚之心,已成了膏肓痼疾,不是弓旌召得来的。须效晋文公取士之法,毕竟要焚山烈泽,才弄得介子推出来。治弟辈正有此意,要借老父母的威灵,且从小处做起,先要如此如此。他出来就罢,若不出来,再去如此如此。直到第三次上,才好把辣手放出来。先使他受些小屈,然后大伸,这才是个万安之法。"县尊听了,一一依从,所以签他做了柜头,差人前去呼唤。明知不来,要使他蹭蹬,起头先破几分钱钞,省得受用太过,动以贫贱骄人。第二次差人打劫,料他穷到极处,必想入城,还怕有几分不稳,所以吩咐打劫之人,丢下几件赃物,预先埋伏了祸根,好等后来发作。谁想他依旧倔强,不肯出来,所以等到如今,才下这番辣手。料他到了此时,决难摆脱,少不得随票入城。

据众人的意思,还要哄到城中,弄几个轻薄少年立在路口,等呆叟经过之时,叫他几声"冯妇",使他惭悔不过,才肯回头。独有殷太史一位不肯,说:"要逼他转来,毕竟得个两全之法,既要遂我们密迩①之意,又要成就他高尚之心;趁他未到的时节,先在半村半郭之间,寻下一块基址,替他盖几间茅屋,置几亩腴田。有了安身立命之场,他自然不想再去。我们为朋友之心,方才有个着落。不然,今日这番举动,真可谓之虚构了。"众人听见,都道他虑得极妥。

县尊知道有此盛举,不肯把"倡义"二字让与别人,预先捐俸若干,送到殷太史处,听他设施。所以这座庄房与买田置产之费,共计千金。三股

---

①　密迩(ěr)——亲近。

之内,县尊出了一股,殷太史出了一股;其余一股,乃众人均出。不但宴会宾客之所、安顿妻孥之处,替他位置得宜,不落寻常窠臼;连养牛畜豕之地,鸡栖犬宿之场,都造得现现成成,不消费半毫气力。起先那两位异人、三桩诧事,亦非无故而然,都是他们做定的圈套,特地叫人送上门来,使他见了,先把大惊变为小惊,然后到相见的时节,说了情由,再把小喜变为大喜。连县尊这一拜,也是在他未到之先就商榷定了的。要等他一到城外,就使人相闻,好等县尊出来枉顾,以作下交之始。

呆叟在穷愁落寞之中,颠沛流离之际,忽然闻了此说,你道惊也不惊?喜也不喜?感激众人不感激众人?当夜开怀畅饮,醉舞狂歌,直吃到天明才散。

呆叟把山中的家小与牛羊犬豕之类,一起搬入新居,同享现成之福。从此以后,不但殷太史乐于闻过,时时往拜昌言;诸大老喜得高朋,刻刻来承麈教;连那位礼贤下士的令尹,凡有疑难不决之事、推敲未定之诗,不是出郭相商,就是走书致讯。呆叟感他“国士”之遇,亦以“国士”报之。凡有事关民社、迹系声名者,真所谓“知无不言、言无不尽。”殷太史还说声气虽通,终有一城之隔,不便往来;又在他庄房之侧,买了一所民居,改为别业。把“闻过楼”的匾额,叫人移出城来,钉在别业之中一座书楼之上,求他朝夕相规,不时劝诫。

这一部小说的楼名,俱从本人起见,独此一楼,不属顾而属殷,议之者以为旁出,殊不知作者原有深心。当今之世,如顾呆叟之恬澹寡营,与朋友交而能以切磋自效者,虽然不多,一百个之中,或者还有一两个。至于处富贵而不骄,闻忠言而善纳,始终为友,不以疏远易其情、贫老变其志者,百千万亿之中,正好寻不出这一位!只因作书之旨,不在主而在客,所以命名之义,不属顾而属殷。要使观者味此,知非言过之难,而闻过之难也。觉世稗官之小说,大率类此。其能见取于人,不致作覆瓿①抹桌之具者,赖有此耳!

---

① (瓿 bù)——小瓮。